ANNIE WEST

# Pour quelques nuits avec le cheikh



*Traduction française de*
ANNE DAUTUN

DIADÈME
HARLEQUIN

*Titre original :*
GIRL IN THE BEDOUIN TENT

*Ce roman a déjà été publié en 2018*



**HARPERCOLLINS FRANCE**
83-85, boulevard Vincent-Auriol, 75646 PARIS CEDEX 13
Service Lectrices — Tél. : 01 45 82 47 47 - www.harlequin.fr
ISBN 978-2-2804-9550-9

Composé et édité par HarperCollins France.
Imprimé en juillet 2023 par CPI Black Print (Barcelone)
en utilisant 100% d'électricité renouvelable.
Dépôt légal : août 2023.

MIXTE
Papier issu de sources responsables
FSC® C159065

Pour limiter l'empreinte environnementale de ses livres, HarperCollins France s'engage à n'utiliser que du papier fabriqué à partir de bois provenant de forêts gérées durablement et de manière responsable.

# Chapitre 1

A la lueur des étoiles, Amir traversa le campement pour regagner sa tente. L'après-midi, passé en piètre compagnie, l'avait plongé dans l'ennui le plus profond. Il avait mieux à faire que d'être l'hôte de Mustafa, le chef tribal renégat de l'Etat voisin ! D'importantes affaires personnelles à régler l'attendaient dans son propre pays.

Farouk, son aide de camp, qui se hâtait à sa suite, déclara :

— Votre Altesse, nous devons nous entretenir avant les négociations.

— Va plutôt dormir, répondit Amir. Nous aurons une longue journée demain.

Surtout Farouk, pensa-t-il. Son aide de camp était un citadin, guère habitué à cette région sauvage où régnaient des coutumes archaïques et où la diplomatie restait rudimentaire.

— Mais, Votre Altesse…

Les protestations de Farouk moururent sur ses lèvres quand Amir lui désigna silencieusement les gardes en faction autour de la tente. Officiellement pour le protéger, lui, l'hôte royal de Mustafa… mais en réalité pour tenter de l'espionner. Baissant la tête, l'aide de camp murmura :

— Il y a aussi la fille.

*La fille.* Amir ralentit en se rappelant la femme que Mustafa lui avait offerte ce soir avec ostentation. Des cheveux blonds brillants comme une coulée de soie liquide, encadrant un pâle visage ; des yeux violets lumineux, dont le regard hardi soutenait le sien comme peu d'hommes, et de femmes, l'auraient osé dans cette région reculée du monde.

Ce mélange inattendu de beauté et de hauteur lui avait coupé le souffle. Mais il s'était vite repris : son goût le portait vers les femmes sophistiquées, et non les danseuses ou les putains au maquillage outrancier, offertes par leur maître pour complaire à un visiteur de haut rang. Il pouvait séduire qui bon lui semblait parmi les beautés des six continents. Et c'était lui qui choisissait ses compagnes de lit.

Pourtant, quelque chose, chez cette femme, avait éveillé son intérêt. Peut-être sa façon altière, digne d'une impératrice, de hausser les sourcils ? Cela l'avait intrigué, en tout cas…

— Tu me crois incapable de la contrôler ?

Farouk étouffa un rire.

— Bien sûr que non, Sire. Mais elle a quelque chose… d'inhabituel.

Inhabituel, certes ! A Monte Carlo, Moscou ou Stockholm, son teint n'aurait pas attiré les regards, mais ici… Quant à ses yeux, leur couleur violette si particulière était sans doute due au port de lentilles colorées. Etrange, dans cette rude région frontalière où ne vivaient que des nomades, des brigands et des fermiers…

— Tranquillise-toi, Farouk, nous trouverons à nous « entendre », elle et moi.

Amir congédia son aide de camp d'un signe et entra sous sa tente. Il enleva ses bottes et ses pieds s'enfoncèrent dans les multiples épaisseurs de tapis.

L'attendrait-elle sur le lit, les voiles de sa jupe étalés en corolle autour d'elle ? Ou alors nue, peut-être ? Amir sentit son pouls s'accélérer au souvenir de la bouche pleine et sensuelle de la jeune femme. Comme pour contredire l'éclat fier de son regard, cette bouche semblait promettre des plaisirs charnels qui auraient tenté n'importe quel homme…

D'un geste, il écarta la lourde tenture, avança, et remarqua la faible lueur de la lampe à l'autre bout de la tente. Aucune trace de la jeune femme.

En alerte, il scruta les lieux. Soudain, une masse sombre bondit sur lui, et le heurta dans la pénombre. Il pivota pour agripper son agresseur, et ses mains se refermèrent sur une cape épaisse qui glissa au sol. Mais un cliquetis de sequins — le genre que portaient les femmes à la ceinture — lui permit de deviner à temps l'identité de son assaillant. Il se rejeta en arrière pour éviter de l'assommer d'un coup de poing.

Saisissant le bras de la jeune femme, il le tordit juste assez pour l'immobiliser ; malgré la résistance acharnée qu'elle lui opposait, il restait mesuré et précis. Il n'allait tout de même pas user de toute sa force contre une femme, même si elle lui avait tendu une embuscade sous sa propre tente ! La tigresse ! Elle ne désarmait pas ! Tantôt elle cherchait à se libérer de son emprise, tantôt elle essayait de lui porter des coups là où il était le plus vulnérable.

— Assez ! tonna-t-il, à bout de patience.

Il tendit la main pour saisir le bras encore libre de la jeune femme, mais, d'une contorsion, cette dernière se retourna et, dans un sursaut désespéré, tenta de le frapper avec un couteau. Heureusement, Amir fut sauvé par son instinct. Un instinct exacerbé par des années d'entraînement à la lutte armée et par des expériences plus troubles au cours desquelles il avait dû apprendre à survivre, coûte que coûte. Il se retourna à temps pour lui enserrer le poignet alors qu'il sentait déjà une lame froide appuyer contre la base de son cou.

— Espèce de tigresse ! s'écria-t-il, affermissant son emprise.

Le couteau tomba à terre. Sans hésiter, il allongea la jambe et projeta la jeune femme au sol, s'abattant sur elle dans un même mouvement. Il pesait sur elle de tout son poids. Immobilisant ses jambes entre les siennes, il emprisonna ses poignets d'une main ferme et lui releva les bras au-dessus de la tête.

Enfin ! Elle était hors combat ! Si immobile même, qu'il se demanda si elle respirait encore. Puis il vit se soulever sa poitrine, entendit son faible halètement saccadé.

Lentement, il palpa son propre cou et sentit une coulée humide. Elle l'avait atteint avec sa lame ! Instinctivement, il resserra son emprise. Le cri de douleur étouffé de la jeune femme lui fit aussitôt desserrer son étreinte.

Les mâchoires crispées, il ramassa la lame tombée à terre. L'inconnue se figea, le souffle court, mais il y prit à peine garde, occupé à soupeser l'arme. Un superbe couteau de cuisine ancien, très affûté, capable de peler un fruit au plus près ou… d'infliger une blessure grave à celui ou celle qui se laissait surprendre.

Il sentit sa prisonnière se raidir. Croyait-elle donc qu'il allait en user contre elle ? Lâchant un juron, il expédia la lame à l'autre bout de la pièce.

— Qui vous a chargée de m'attaquer ? demanda-t-il. Mustafa ?

Cela n'avait aucun sens ! Son hôte n'avait aucune raison de vouloir sa mort. Et qui aurait osé faire assassiner un roi ? Pourtant, le sang sur son cou était bien réel…

Partagé entre la curiosité et la colère, il fixa la bouche rouge de la jeune femme et ses yeux soulignés de khôl, d'un violet improbable, qui paraissaient immenses dans l'écrin de leurs paupières fardées de mauve.

— Qui êtes-vous ? demanda-t-il.

Il se pencha, leurs visages se touchaient presque, mais elle gardait une expression impassible, comme si elle était entraînée à ne manifester aucune émotion — encore moins la peur. Lâchant un nouveau juron, Amir se redressa sur un coude. Ce qui eut pour effet de la plaquer davantage contre lui. Confusément, en dépit de sa colère, son cerveau enregistra avec plaisir la souplesse de ce corps de femme. Ce n'était pas le moment de se laisser distraire ! se réprimanda-t-il. Il devait reprendre ses esprits. Si elle avait un couteau, pourquoi pas un deuxième ? Par prudence, il roula sur le côté, sans pour autant la lâcher.

Puis, il laissa courir son regard sur la peau révélée par sa parure de danseuse du ventre. Immédiatement, elle sembla respirer plus difficilement. Ses seins, qui se soulevaient à un rythme saccadé, semblaient vouloir se libérer de leur corsage étroit. Non, songea Amir, il n'y avait sûrement aucune place à cet endroit pour cacher une arme mortelle !

Il examina son buste, ses hanches rondes et sa taille fine mises en valeur par la ceinture décorative. La parure à sequins traditionnelle était assez large pour dissimuler une arme, mais c'était impossible dans les plis de son jupon fendu, si fin et léger.

Quand il posa la paume de sa main sur le ventre de l'inconnue, il la sentit frissonner. Jamais auparavant il ne s'était retrouvé ainsi, allongé avec une femme sans que celle-ci ne soit consentante. Mâchoires crispées, Amir se résolut à accomplir ce qui était nécessaire. Il s'agissait de sa survie.

Vivement, il glissa une main sous la ceinture. Aussitôt, la jeune femme se cambra et se contorsionna, cherchant à lui échapper, mais il maintint fermement son emprise.

— Non ! Je vous en prie, non !

Les mots, prononcés d'une voix rauque, avaient jailli dans une langue rarement entendue en ces lieux. Il tourna vivement la tête et son regard rencontra celui de l'inconnue. Il exprimait la terreur à l'état pur.

— Vous êtes anglaise ?

Cassie se figea. L'immobilité soudaine de son adversaire

et le fait qu'il avait retiré sa main de sous sa ceinture la tranquillisaient quelque peu.

Elle le fixait, le cœur battant et le souffle court.

Son air sévère accentuait la rudesse de ses traits, comme sculptés au burin. Cet homme avait quelque chose de farouche. Et une virilité de conquérant.

— Vous êtes anglaise ? répéta-t-il en fronçant les sourcils.

En quoi le fait qu'elle pût être anglaise avait-il de l'importance ? se demanda-t-elle fébrilement. Dans cette contrée où l'on enlevait et séquestrait les voyageurs, était-on plus ou moins en sécurité selon sa nationalité ?

— Américaine ? suggéra-t-il.

Il ne semblait plus en colère. Pourtant, le poids de sa cuisse puissante pesant sur les siennes et l'étau de sa main refermée sur ses poignets rappelaient à Cassie qu'elle se trouvait à sa merci.

Elle posa les yeux sur le sillon de sang qui coulait le long de son cou, et frémit. Elle avait cru se protéger en passant à l'attaque, mais il avait été plus rapide. Redoutable.

— Je vous en prie, murmura-t-elle.

La bouche virile prit un pli de colère et de dédain.

— Vous voulez que je vous relâche ? Après ceci ? dit-il en désignant son cou.

Cassie ferma les yeux. La voix grave de cet homme, son anglais cassant, à peine teinté d'accent, entamaient ses dernières défenses, renforçaient l'horreur de sa situation.

*Ceci n'était pas réel. Ce n'était pas possible !*

— Je suis désolée, je voulais juste..., commença-t-elle.

Soudain, tout parut tournoyer et se brouiller devant elle. Désespérément, elle lutta pour rester consciente. Au cours des vingt-quatre dernières heures, la peur, la colère l'avaient soutenue. Alors elle n'allait pas s'évanouir maintenant, pas au moment où elle sentait qu'elle ne courrait aucun danger si elle parvenait à converser avec cet homme !

Rassemblant ses forces, elle lutta pour garder les yeux ouverts. Il s'était penché davantage vers elle et elle pouvait distinguer l'ombre qui bleuissait sa mâchoire, la pâle cicatrice au coin de sa bouche, et l'éclat de ses yeux sombres qui, de si près, paraissaient noirs.

— Je vous en prie, murmura-t-elle. Ne me violez pas.

A ces mots, il eut un mouvement de recul et ses doigts se resserrèrent convulsivement sur ses poignets. Si fort que Cassie se mordit la lèvre pour ne pas crier de douleur.

— Vous croyez que… ? Vous pensez réellement que…, fit-il.

Puis il secoua la tête, grommelant quelques mots en arabe. Elle tressaillit mais se força à ne pas détourner les yeux. Donner le moindre signe de faiblesse serait une erreur fatale…

Mâchoires serrées, il la fixa avec une intensité brûlante. Et soudain, elle sentit qu'il lui serait impossible de lui tenir tête s'il décidait de lui imposer sa volonté.

A cet instant, une vague de souvenirs la submergea. Elle n'avait que seize ans, alors. Mais elle n'avait rien oublié. Ni le goût métallique de la peur dans sa bouche tandis qu'un homme beaucoup plus grand et âgé qu'elle l'écrasait contre une porte. Ni le contact de ses mains sous son chemisier, sur ses cuisses, encore moins le poids suffocant de son corps alors qu'il tentait de…

— Je ne m'abaisserais jamais à un tel acte ! s'exclama l'étranger, vibrant d'indignation.

Soudain arrachée au passé, Cassie leva les yeux vers lui. Il avait le visage d'un homme qui vient de subir la pire des insultes.

— Je préfère les femmes consentantes.

Pendant leur lutte, le turban de son adversaire s'était dénoué, et elle pouvait voir à présent ses cheveux noirs, courts et brillants, son regard de braise. Une vive émotion tendait ses traits superbes, que lui auraient enviés toutes les vedettes masculines avec lesquelles elle avait travaillé. Cet homme ne devait certes pas manquer de femmes consentantes !

Mais pouvait-elle se fier à la parole de cet inconnu ? Elle avait une conscience bien trop aiguë du poids de son corps, vigoureux et musclé, qui la clouait au sol et la dominait, presque avec désinvolture ; de sa main rude qui enserrait ses poignets ; de son odeur si virile.

— Alors, relâchez-moi, dit-elle, pour mettre à l'épreuve sa sincérité.

— Quand je serai certain que vous ne cachez pas une autre arme, déclara-t-il.

Quoi ? Il avait donc cherché une arme dissimulée ? Si elle avait disposé d'une meilleure arme que le mince couteau abandonné près du plateau de fruits, elle s'en serait déjà servie ! Quand il avait faufilé sa main sous sa jupe, elle avait cru qu'il…

Elle fut prise d'un rire nerveux. L'idée semblait si grotesque ! Ses vêtements vaporeux pouvaient-ils offrir la moindre cachette ?

— Arrêtez ! Arrêtez tout de suite ! tonna-t-il, la secouant par les épaules.

Son rire discordant s'arrêta net.

L'étranger se redressa, les mains toujours refermées sur ses poignets, le regard braqué sur elle. De si près, ses pupilles semblaient en velours noir. Il avait une peau dorée, des sourcils très foncés, une mâchoire rude et anguleuse et un nez plein de caractère qui lui donnaient un air particulièrement déterminé. Pendant un bref instant, elle eut l'impression que quelque chose passait entre eux. Comment qualifier cette sensation fugitive, presque impalpable ? L'avait-il sentie lui aussi ? Peut-être, car il la relâcha brusquement, avant qu'elle n'ait eu le temps de mettre de l'ordre dans les pensées confuses qui l'assaillaient. Déjà, elle inspirait de façon moins saccadée, son sang recommençait à circuler dans ses veines. Elle ramena ses poignets meurtris contre elle. Il l'avait relâchée ! C'était à peine croyable.

— Merci, murmura-t-elle avec difficulté.

Tout à coup, l'adrénaline qui l'avait portée jusque-là l'abandonna et elle se sentit terrassée par l'épuisement. Depuis vingt-quatre heures, elle vivait dans la terreur. Une terreur qui la laissait sans force. Consciente du regard posé sur elle, qui scrutait chacun de ses mouvements, elle roula sur elle-même puis prit appui sur un coussin pour se redresser avec le plus de dignité possible. Le moindre geste lui coûtait, et elle ressentait encore la puissance écrasante du corps musclé qui l'avait clouée au sol.

— Qu'est-ce ? demanda vivement l'étranger.

— Quoi donc ?

— Là, sur votre dos, juste au-dessus de votre jupe, et sur votre cuisse aussi.

Elle se mit à genoux, évitant de croiser son regard.

— Des ecchymoses, j'imagine. Le garde aime affirmer son autorité.

Ce sadique… elle voyait encore son regard illuminé, quand il s'était jeté sur elle. Il est vrai qu'elle avait commis l'erreur de le défier…

Un flot de mots coléreux, en arabe, lui fit tourner la tête. Le visage de l'étranger avait une expression si terrible qu'elle leva instinctivement les poings pour se protéger.

— Ne recommencez pas ! s'exclama-t-il. Vous n'avez rien à craindre de moi.

L'homme prit une profonde inspiration, comme s'il tentait de se maîtriser. Cassie réalisa qu'il regardait fixement la longue chaîne qui la retenait par la taille au grand lit dans un coin de la tente. Pendant des heures, elle s'était efforcée d'ouvrir un anneau sans y parvenir. Pas même avec l'aide du couteau. Elle avait tellement essayé que ses doigts et ses ongles étaient en sang.

La honte s'empara d'elle. La signification symbolique de cette chaîne qui l'attachait au lit telle une esclave était aussi évidente qu'humiliante : elle était ici pour le plaisir de cet homme, pour le satisfaire.

Tandis qu'elle scrutait les expressions qui se succédaient sur ses traits affirmés, elle fut soudain certaine d'y entrevoir quelque chose de spéculateur. Une expression typiquement masculine. Etait-il possible que leurs pensées aient suivi le même cheminement ?

Un élan de révolte la submergea. Le rapport de force entre un homme et une femme qu'il tenait près de lui pour son amusement était déséquilibré et brutal. Elle s'était toujours promis d'éviter ce genre de situation, quel qu'en soit le prix. Son passé était encore trop présent et la seule idée d'être le jouet sexuel d'un homme lui donnait des sueurs froides. Elle ne pouvait pas imaginer de pire rôle que celui qui lui était dévolu malgré elle.

— Où est la clé ? demanda l'homme.

— Si je le savais, je ne serais pas ici !

Il la considéra en silence. Sous son regard, elle était plus consciente que jamais de sa semi-nudité, du carcan de métal qui lui encerclait la taille. Se redressant, il ramassa la cape et la lui tendit d'un geste brusque.

— Couvrez-vous !

— Merci, murmura-t-elle d'une voix étouffée en se drapant dans la cape.

La chaleur du tissu rêche l'enveloppa bientôt. Pourtant, le froid intérieur qui l'avait envahie ne se dissipait pas : elle était parcourue de tremblements et ses dents claquaient. L'air montagnard était rude à cette heure de la nuit, mais elle était bien consciente que c'était plutôt le choc qu'elle venait de subir qui avait raison d'elle.

Pendant qu'elle s'efforçait de se réchauffer, l'inconnu s'occupa d'allumer une deuxième lampe et le brasero. Hélas, les crépitements du feu et sa lueur rassurante ne suffiraient sûrement pas pour dissiper sa sensation de froid glacial.

— Approchez, dit-il. Il y a de quoi manger. Vous vous sentirez mieux une fois restaurée.

— Je me sentirai mieux lorsque je serai hors d'ici ! rétorqua-t-elle sèchement.

Haut de taille, ténébreux, cet homme était mieux que beau : incroyablement attirant pour être tout à fait honnête... Qu'est-ce qui lui prenait ? Comment pouvait-elle y prêter attention dans la situation où elle se trouvait ? Etait-elle folle ?

Main tendue, il fit quelques pas vers elle, prêt à l'aider à se relever et elle réprima un frisson. Elle n'avait pas oublié sa puissance quand il l'avait clouée sous lui. Tout contact physique avec cet homme était dangereux, elle le sentait d'instinct. Il valait mieux ignorer son geste et se relever sans son aide, même si elle ne se sentait pas très solide sur ses jambes.

Dieu merci, elle parvint tant bien que mal à conserver son équilibre. Bien sûr, en tant qu'actrice, elle entretenait sa forme physique et son agilité, mais elle venait d'être expédiée au sol par un homme doté d'un corps d'athlète. Elle n'avait pas appris à encaisser ce genre de chute !

— Qui êtes-vous ? lui demanda-t-elle sur le ton du défi.

— Je m'appelle Amir ibn Masud Al Jaber.

Il inclina la tête en signe de salutation, puis attendit, comme s'il espérait une réaction de sa part.

Amir ibn Masud Al Jaber... Pourquoi ce nom lui était-il familier ? Elle n'avait jamais vu cet homme. Elle se serait souvenue de lui... Il avait un visage que l'on n'oublie pas !

— Je connais votre nom...

— Je suis le cheikh de Tarakhar.

— Le cheikh de... ?

C'était à peine croyable ! Le cheikh de Tarakhar était connu pour sa richesse fabuleuse et le pouvoir absolu qu'il exerçait sur son peuple. C'était son pays qu'elle avait traversé la veille. Que faisait-il ici ? Etait-il de mèche avec les hommes qui l'avaient enlevée ? Sa peur, qui commençait à se dissiper, se réveilla aussitôt et elle recula instinctivement, les bras noués, comme une protection autour d'elle.

Le regard fixé sur elle, il ne bougeait pas.

— Et vous êtes… ? s'enquit-il.

Malgré elle, elle s'immobilisa.

— Je m'appelle Cassandra Denison. Cassie.

— Cassandra, répéta-t-il d'une voix basse.

Etait-ce son léger accent exotique, musical, qui donnait à son prénom cette sonorité si envoûtante dans la bouche de l'inconnu ?

— Approchez ! Vous avez besoin de vous nourrir.

Son geste impérieux ne souffrait aucune résistance et Cassie se tourna machinalement vers la table basse à plateau de cuivre. Le couteau était de nouveau là où elle l'avait trouvé, près d'une coupe de fruits et d'amandes. Il lui en laissait l'usage ? Sa confiance en elle allait-elle vraiment jusque-là ? Ou tout cela n'était-il qu'une comédie pour qu'elle baisse sa garde ?

Elle regarda autour d'elle la vaste tente, les lourdes tentures qui barraient le passage à l'air froid de la nuit. Les gardes étaient-ils toujours en faction dehors ? Cela rendrait toute évasion impossible même si elle parvenait à briser sa chaîne…

Tout à coup, la main du cheikh sur son coude la fit sursauter. Elle pivota sur elle-même pour se trouver face à une paire d'yeux noirs impénétrables. Il avait cessé de froncer les sourcils, une expression plus indulgente, proche de la sympathie, adoucissait ses traits.

— Vous ne pouvez pas fuir, déclara-t-il. Les gardes de

Mustafa vous saisiraient aussitôt. D'ailleurs, seule dans ces montagnes, vous n'auriez aucune chance. Surtout de nuit.

Ses pensées étaient-elles donc si aisément déchiffrables ?

Elle se força à redresser le menton, et lança :

— Mustafa ?

— Notre hôte. L'homme qui vous a amenée à moi.

Sans lui lâcher le bras, le cheikh la guida vers une pile de coussins sur lesquels elle s'effondra. Il la relâcha aussitôt et, avec une grâce féline qui la frappa malgré elle, s'assit en tailleur face à elle, de l'autre côté de la table basse.

Même dans cette position, il restait dominateur, il envahissait l'espace. Elle fut frappée par son odeur, une senteur mâle et épicée à laquelle se mêlait le parfum du santal. Malgré elle, elle inspira profondément comme pour s'imprégner de cette odeur. Elle se redressa et affronta le regard de l'homme qui lui faisait face.

Les flammes dansantes du brasero accentuaient les lignes de son visage viril, qui semblait tout droit sorti d'un conte des *Mille et Une Nuits*. Sa voix profonde et grave s'éleva, dominant les pensées chaotiques dans lesquelles elle s'était plongée.

— Et maintenant, Cassandra Denison, expliquez-moi ce que vous faites ici.

# *Chapitre 2*

Cassie jeta un regard vers le mince filet de sang qui avait séché sur le cou hâlé de l'homme qui lui faisait face. Tendue à l'extrême, elle le regarda saisir le couteau à fruits, essuyer la lame avec un linge propre, puis peler une orange. Ses gestes étaient habiles, élégants et précis. En dépit de la peur qui ne la quittait pas, elle était fascinée.

Il reprit la parole et une note dure, métallique, perça dans sa voix de velours :

— Alors ? Votre histoire ? Je ne suis pas accoutumé à ce qu'on me fasse attendre.

— Et je ne suis pas habituée à ce qu'on m'enlève !

— Un kidnapping ? fit-il en haussant les sourcils. Cela change tout.

Il la considéra un long moment en silence, et elle eut le sentiment que son regard intense dépassait les apparences — le maquillage excessif, les motifs au henné sur ses mains et ses pieds, l'épaisse cape — pour voir en elle la femme réelle, celle qui recourait à la bravade pour masquer sa peur.

N'aurait-elle pas dû le supplier, implorer son aide avec d'éloquentes paroles ? Mais l'art des mots, l'attribut essentiel d'une actrice, semblait l'avoir abandonnée.

— Pardonnez ma curiosité, reprit-il enfin d'un ton

différent, plus léger. Une agression au couteau fait rarement partie de mon lot quotidien. D'où mon côté inquisiteur.

Il esquissa un semblant de sourire, et Cassie constata avec surprise qu'elle avait envie de lui faire confiance. Mais était-ce une bonne idée ? Il était peut-être de mèche avec ses ravisseurs !

— La présence de cette chaîne n'est-elle pas assez éloquente à vos yeux ? Ne signifie-t-elle pas forcément que je suis ici contre mon gré ?

— Je ne suis pas allé jusqu'à faire des déductions. J'avais d'autres soucis…

Décidément, il avait de l'humour, un sens certain de l'autodérision, et pas froid aux yeux ! Il venait d'être attaqué par une femme aux abois, armée d'un couteau, mais il conservait un sang-froid étonnant.

D'un geste élégant, il souleva une aiguière, rapprocha une bassine évasée, et l'invita à se laver les mains. Cassie se sentit étrangement apaisée par cette courtoisie d'un autre âge. Sans se faire prier, elle étendit les mains au-dessus de la cuvette et laissa échapper un soupir de contentement lorsque l'eau glissa sur ses doigts. C'était si bon de retrouver cette simple sensation ! Lorsqu'elle eut rincé ses mains, il lui tendit un linge en coton fin, en prenant manifestement soin de ne pas la toucher. Cassie laissa son regard errer sur les mains du cheikh. Viriles, fortes et bien modelées, elles étaient aussi attirantes que le reste de sa personne. Quant au linge qu'il lui avait passé, il était fin et luxueux. Quelle différence avec la tente spartiate où elle avait été détenue ! Le prince royal avait visiblement droit à ce qu'il y avait de meilleur. La voix du cheikh la tira de ses réflexions.

— La chaîne aurait pu être un artifice.

— Vous imaginez que je porte ceci par plaisir ? C'est lourd, inconfortable et inhumain !

Cette chaîne lui donnait le sentiment d'être un *objet*, et

non plus une personne, pensa-t-elle en se blottissant dans sa cape. L'enlèvement l'avait certes traumatisée et terrifiée, mais le fait d'être enchaînée comme un animal touchait à ses peurs les plus profondes.

Même sa mère, qui avait pourtant passé son existence à combler tous les désirs d'un homme, n'avait jamais été confrontée à une telle brutalité.

— Inhumain, le mot est juste, reconnut le cheikh. Même dans cette contrée barbare, je n'aurais pas cru être confronté au kidnapping et à l'esclavage.

Comme elle écarquillait les yeux, il précisa en désignant la lourde chaîne qui serpentait sur le sol :

— Dans les siècles passés, c'était ainsi qu'on entravait les captifs. Vous portez une chaîne d'esclave. J'ai d'abord cru qu'elle était symbolique. Je n'imaginais pas que…

— Vous avez cru que je pouvais *choisir* de la porter ?! Et *approuver* cet accoutrement ?

Bien sûr, il ignorait tout de sa lutte acharnée lorsque les femmes l'avaient déshabillée de force, de son horreur lorsqu'elles lui avaient présenté cette toilette provocante qui ne cachait presque rien de sa poitrine et des formes de son corps.

Mais elle n'oubliait pas le regard torride — vite réprimé il est vrai — de l'homme qui lui faisait maintenant face, quand on l'avait amenée devant lui dans la tente commune. Un regard brûlant.

— Je ne savais que penser, admit-il. Je ne vous connais pas.

Lentement, elle acquiesça. Oui, il en savait aussi peu sur elle qu'elle sur lui, après tout. La chaîne aurait pu n'être qu'un accessoire destiné à pimenter les distractions d'un homme blasé, à l'exciter en lui offrant une femme à sa merci, prête à satisfaire ses moindres désirs.

Amir appartenait-il à cette catégorie d'hommes ?

Brusquement, le souvenir qu'elle parvenait généralement

à étouffer refit surface… Curtis Bevan, l'amant de sa mère… Il se pavanait dans l'appartement, admirant tout ce qu'il avait acquis grâce à son argent — y compris sa maîtresse —, lorsque son regard de propriétaire s'était porté sur Cassie, de retour à la maison pour Noël…

— Cassie ?

Elle tressaillit et rencontra le regard de jais un peu trop perspicace du cheikh. Un instant, elle se sentit perdre pied, prise entre son cauchemar passé et son épreuve présente.

— Sachez que je ne veux pas être ici ! s'écria-t-elle. Quand vous êtes entré, j'ai cru…

— … que vous n'auriez pas le choix, acheva-t-il avec plus de douceur. Vous avez eu raison de m'attaquer. C'était courageux.

— Désespéré, plutôt.

Tout de suite, elle avait su qu'elle n'avait aucune chance. Il l'avait domptée et immobilisée en un rien de temps, avec une facilité qui soulignait sa supériorité physique. Désormais, quoi qu'il puisse se passer, elle ne tenterait plus d'avoir le dessus sur cet homme. Ce serait stupide. Elle devait absolument l'amener à lutter *pour* elle, et non s'en faire un ennemi.

— Qui est Mustafa ? demanda-t-elle.

— Un chef tribal. Il règne sur ces montagnes jusqu'à la frontière de Tarakhar. Nous sommes dans son campement.

Tout en parlant, il lui présenta une assiette garnie de quartiers d'orange et de dattes — sa première nourriture depuis vingt-quatre heures. Et si ces fruits étaient empoisonnés ? C'était cette crainte qui l'avait empêchée de se jeter dessus tout à l'heure, alors qu'elle était seule et s'efforçait de briser sa chaîne. Mais non, à la réflexion, cet homme n'avait nul besoin de la droguer, elle était déjà à sa merci. Elle refoula donc la peur qui la paralysait, et croqua dans un quartier d'orange. Quel délice de manger enfin ! Ce fut comme un brusque rayon de soleil.

— Vous alliez m'expliquer comment vous avez atterri ici, lui rappela Amir.

Les yeux du cheikh brillaient. De curiosité, comme il l'avait prétendu ? Avait-elle imaginé son intérêt, son regard de prédateur, tandis qu'ils luttaient l'un contre l'autre ? Au souvenir du contact de sa main puissante sur son ventre nu, elle frissonna. L'anxiété, et un autre sentiment, plus diffus, qu'elle peinait à reconnaître, s'emparèrent d'elle.

— Je traversais Tarakhar en car.

— Seule ?

Evidemment, seule ! Que croyait-il ? Elle avait bien été forcée d'apprendre, dès son plus jeune âge, à être indépendante en toutes circonstances. Comme la ville où elle se rendait, à l'écart des parcours touristiques, n'était accessible que par voie terrestre, elle avait pris le car, sans se poser plus de questions.

— J'ai vingt-trois ans, je suis capable de voyager sans escorte !

— A Tarakhar, les visiteurs sont les bienvenus et on les traite avec respect. Néanmoins, il n'est pas conseillé de voyager seule.

— C'est ce que j'ai constaté, répliqua-t-elle, acerbe, sentant se raviver sa colère. Peut-être auriez-vous pu émettre une mise en garde puisque vous dirigez le pays ? Les voyageurs étrangers sauraient ainsi qu'ils représentent une proie pour les kidnappeurs, acheva-t-elle d'une voix doucereuse.

Comment osait-il la blâmer ? S'il y avait une victime innocente, c'était bien elle !

Le visage du cheikh se ferma, mais il finit par hocher la tête.

— Vous avez raison. Il faut agir.

Qu'entendait-il par là ? Peu importait en réalité. Pour l'heure, il n'y avait qu'une chose qui la préoccupait vraiment.

— Vous avez dit que Mustafa régnait sur ces montagnes. Est-ce que… nous ne sommes plus à Tarakhar ?

— Nous sommes dans le Buthran voisin. La terre tribale de Mustafa. Ici, il a tout pouvoir.

Cassie sentit son cœur s'emballer. Elle avait espéré qu'elle se trouvait encore à Tarakhar, où une aide pouvait lui parvenir. Où le cheikh Amir exerçait l'autorité. Nul n'ignorait que le Buthran était un Etat sans loi.

Soudain, le désespoir la gagna. Mais elle devait lutter. Ce n'était pas le moment de renoncer ! Elle devait absolument trouver le moyen de sortir d'ici !

Instinctivement, elle tendit de nouveau la main vers la coupe. Pour fuir, elle aurait besoin d'énergie.

Amir regarda avec amusement sa compagne dévorer tout le contenu de la coupe de fruits. Elle mangeait avec avidité et délicatesse à la fois. Décidément, cette femme était faite de contrastes ! Un regard de feu, le sens de la réplique… et en même temps de la douceur, de la féminité. Assise sur ce coussin, sa bouche pleine encore brillante du jus des fruits qu'elle venait de manger, elle avait quelque chose d'invitant, songea-t-il, tandis que la pointe rose de sa langue apparaissait entre ses lèvres. Une sensualité naturelle…

Dérouté, Amir ne pouvait détacher son regard de la jeune femme. Il y avait longtemps, très longtemps qu'il n'avait pas été intrigué à ce point par une femme… Et dès le premier regard ! Dès que Mustafa la lui avait amenée, il avait été frappé par l'éclat de son regard. C'était comme si l'ennui de cette longue journée de négociations s'était tout à coup dissipé. Plus tard, malgré la violence de son attaque, il n'avait pu s'empêcher d'être sensible aux formes de ce corps délié et à l'odeur délicate de sa peau, à laquelle se mêlait un parfum de rose du désert…

La jeune femme allongea le bras pour saisir une datte et la cape s'entrouvrit légèrement, dévoilant la peau lisse et pâle de son cou, la naissance de ses seins. Le lainage glissa encore un peu, révélant sa parure de soie bleu nuit à l'échancrure profonde. Il la revit dans son costume de danseuse : toute en rondeurs, sa taille de guêpe accentuée par cette chaîne qu'il avait cru, sur l'instant, purement décorative. Mais ce n'était pas le moment de se laisser aller à de telles divagations s'il voulait tirer au clair cette affaire.

— Qu'est-ce qui vous amène dans cette région ? demanda-t-il.

— J'ai été acceptée comme bénévole pour donner des cours d'anglais à des adultes pendant quelques mois.

Des cours d'anglais ? Il dissimula avec peine sa surprise. Si le costume de danseuse ne lui était pas habituel — la manière dont elle venait de se couvrir était à cet égard révélatrice — il avait cependant du mal à l'imaginer dans une salle de classe.

— Vous êtes enseignante ?

— Ce n'est pas mon activité en Australie, d'où je suis originaire. Mais l'association avait besoin de volontaires, et la mission m'a paru… gratifiante.

— Comment êtes-vous arrivée jusqu'ici ?

— Le car est tombé en panne au pied des collines proches de la frontière. Un problème mécanique, je crois. Il était impossible de le réparer. Les passagers ont pris la direction de leurs foyers, je suis restée seule avec le chauffeur. Puis, nous avons entendu un grondement, comme un roulement de tonnerre.

Dans les yeux de la jeune femme, derrière son attitude de défi, Amir vit briller une lueur de peur. Instinctivement, il se pencha vers elle pour lui saisir la main, mais le mouvement de recul qu'elle esquissa l'arrêta. Ce n'était pas une réaction dont il avait l'habitude !

— Des cavaliers descendaient de la montagne au galop. Ils se sont emparés de moi. Avec tous ces chevaux et cette poussière, j'ai perdu le chauffeur de vue. Il… il s'était montré bon avec moi. J'ignore ce qu'il est devenu.

— J'ai été informé de ce raid peu avant mon arrivée. Le chauffeur se remet d'une commotion cérébrale à l'hôpital, répondit Amir.

Que Mustafa ait perpétré un raid et kidnappé une étrangère au sein des frontières de Tarakhar la veille de sa visite frisait l'insulte personnelle ! Pourtant, ce n'était pas l'arrogance de son hôte qui l'exaspérait le plus. Non, c'était le sort réservé à cette femme : terrorisée, kidnappée, maltraitée ! Et pourtant elle faisait preuve d'un courage incroyable. Elle le défiait, alors qu'elle dépendait entièrement de sa bonne volonté.

Etait-ce sa vulnérabilité ou au contraire son courage qui le touchait autant ? Quelle qu'en soit la raison, des émotions depuis longtemps en sommeil s'éveillaient en lui, un désir irrépressible de protéger cette femme. Quand s'était-il pour la dernière fois soucié du sort de quelqu'un, en dehors de son travail et de son plaisir ? *Jamais.*

Amir laissa ses souvenirs l'envahir. Oui, il avait toujours été autonome et content de l'être. Même enfant, il n'avait pas connu l'amour d'une mère ou d'un père. Et que dire de son adolescence ? Il n'avait même pas été autorisé à partager l'amitié des garçons qui, en même temps que lui, apprenaient à devenir de vrais guerriers sous la férule sévère de son oncle…

Depuis toujours, l'avenir de Tarakhar était sa seule préoccupation. Pourtant, ce soir, quelque chose avait changé. Il voulait venger cette jeune femme. Depuis le début de sa visite, il s'était comporté en invité courtois, avait joué la carte de la diplomatie, et Mustafa s'était délecté de l'honneur d'accueillir un homme infiniment plus puissant qu'il ne le serait jamais. Eh bien, dès demain, il constaterait un changement notable dans l'attitude de son hôte royal !

Amir ébaucha un sourire. Il avait souffert de devoir respecter la lenteur des négociations alors qu'une affaire de la plus haute importance l'appelait à Tarakhar. Mais maintenant, il avait hâte de mettre Mustafa sur le gril.

— Le chauffeur va se remettre ? demanda Cassie.

Ainsi, malgré sa propre situation, cette femme s'inquiétait pour un chauffeur qu'elle connaissait à peine. Un élan d'admiration traversa Amir.

— Oui. Il a été brutalement assommé, ce qui explique sans doute pourquoi il n'a pas donné l'alarme à votre sujet.

Amir voulut se relever mais l'expression de Cassie l'arrêta. Elle semblait soudain aux aguets, comme si elle redoutait une agression. Il était clair qu'il n'avait pas encore gagné sa confiance. Qu'avait-elle subi pour être à ce point sur la défensive ?

— Vous êtes restée aux mains des hommes de Mustafa depuis votre enlèvement ?

Elle acquiesça en silence, un silence qui lui parut éloquent. Que lui avaient-ils fait ?

Son cœur se serra à cette pensée.

Cassie regarda le cheikh verser du jus de fruits dans une coupe ciselée. Lorsqu'il la lui tendit, elle prit soin de la saisir sans l'effleurer. Elle ne se rappelait que trop la chaleur de sa peau contre la sienne, la curieuse sensation qu'elle avait éprouvée… Il valait mieux éviter tout nouveau contact. Cet homme était perturbant, même en cet instant où, détendu et bienveillant, il semblait s'intéresser à son histoire. Comment oublier la sensation de danger qui l'avait saisie quand elle avait posé les yeux sur son regard noir, sur sa bouche au pli dur ?

Oui, elle devait se méfier. Mais cela ne l'empêchait pas

de remarquer cette ombre sur sa mâchoire, qui lui donnait l'air d'un brigand sexy ; la façon dont sa bouche expressive et bien modelée modifiait l'expression de ses traits sévères. Inutile de le nier : il était incroyablement séduisant !

Cassie secoua la tête. Comment pouvait-elle se laisser aller à de telles pensées à un moment aussi critique ? Elle devait se ressaisir : le cheikh avait sûrement le pouvoir de l'aider, même s'il était hors de son royaume !

— Maintenant que vous savez que je suis retenue contre mon gré, vous allez pouvoir m'emmener hors d'ici.

Le cheikh garda un long moment le silence.

— Ce n'est pas aussi simple.

— Pas aussi simple ? s'écria-t-elle d'une voix rauque.

— Je le crains, oui. Vous devez être patiente.

Pourquoi ? Elle le scruta attentivement, cherchant à lire en lui. Ne comprenait-il donc pas son désespoir ? Ou bien avait-il décidé qu'il n'était pas dans son intérêt de lui accorder son aide ? S'était-elle laissé piéger dans un faux sentiment de sécurité ? Attendait-il quelque chose d'elle ?

Mais non, c'était ridicule ! Le cheikh de Tarakhar ne pouvait pas vouloir la mettre dans son lit. Elle n'avait ni la sensualité ni le savoir-faire qu'il recherchait sans doute chez ses maîtresses… Mais hélas le savoir-faire, en ce domaine, n'était pas toujours requis. N'en avait-elle pas fait l'amère expérience ?

Furtivement, par-dessous sa cape, elle rapprocha sa main du couteau à fruits.

— Rentrez donc vos griffes, chaton, intervint-il aussitôt. Vous n'avez nul besoin d'une arme.

*Chaton* ! Outrée, elle agrippa le manche du couteau.

— Vraiment ? lui lança-t-elle, vibrante de défi.

— Je ne m'en prends jamais aux femmes, déclara-t-il avec un mélange de hauteur et d'indignation.

— Etant donné les circonstances, vous comprendrez que je préfère prendre une assurance.

Amir l'examina avec curiosité. Ainsi, elle ne se contentait pas de sa parole ! Elle ne le jugeait pas digne de confiance ! Elle ne croyait tout de même pas qu'il était fait de la même grossière étoffe que Mustafa et ses sbires ?

Pourtant, il semblait bien que si !

Cassie releva fièrement la tête, révélant un cou gracieux, un teint clair et lumineux que son maquillage excessif ne parvenait pas à dissimuler. Il ne put s'empêcher d'éprouver du respect pour cette femme prête à combattre jusqu'au bout.

Lui-même avait passé de longues années en lutte perpétuelle. Il avait dû faire ses preuves, combattre le doute, la désapprobation et les préjugés. C'était sa détermination qui l'avait mené là où il était aujourd'hui. De quel droit exigeait-il qu'elle cède ?

— Si cela vous rassure, gardez le couteau.

Content de lui, il adressa un sourire à la jeune femme, sûr qu'elle manifesterait sa reconnaissance. Après tout, voilà peu de temps encore, porter une arme en présence d'un prince royal était un crime capital.

Elle demeura silencieuse. Quelle détermination ! Certes, elle était exaspérante. Mais elle méritait certainement son admiration.

— Mais n'essayez pas d'attaquer les gardes avec, continua-t-il. Ce sont des guerriers entraînés. Ils n'hésiteront pas à faire usage de leur force sans contrôler leurs coups, et votre sort n'en sera que pire.

— Des guerriers ? ironisa-t-elle. Ces gens qui enlèvent une femme sans défense ? J'aurais cru que les hommes de ce pays avaient plus d'honneur.

— Vous avez raison. Leur conduite les déshonore.

Un déshonneur qui rejaillissait sur lui ! C'était dans son

royaume qu'on avait commis le kidnapping. Cette idée lui faisait horreur.

— Les hommes de Mustafa obéiront à leur chef, ajouta-t-il.

— Et vous ?

Cette fois, elle allait trop loin !

— Mademoiselle Denison, déclara-t-il avec toute la superbe dont il était capable, vous n'avez rien à craindre de moi, je vous en donne ma parole. Je n'ai découvert votre présence ici qu'à l'instant où l'on vous a amenée dans la tente des festivités.

— Je... je vois. Merci.

Comme apeurée, elle se recroquevilla sur elle-même. Aussitôt, il regretta sa morgue. Où était donc passé son légendaire sang-froid ? Il avait décidément des réactions imprévisibles avec cette femme...

Ses relations avec les femmes avaient toujours été simples. Dès son adolescence, il avait été conscient de son ascendant sensuel. Il n'avait eu qu'à tendre la main pour faire son choix. Il savait donner du plaisir, et ses maîtresses étaient toujours comblées. Mais jamais il n'avait eu à conquérir la confiance d'une femme.

Alors, que faire de celle-ci ? Comment amadouer cette étrangère méfiante et pleine de défi qui piquait sa curiosité ?

# Chapitre 3

— Pourquoi n'est-ce pas simple ?

— Pardon ?

— De m'emmener hors d'ici. Vous avez dit que ce n'était pas si simple.

— En effet.

D'un geste lent, Amir porta une coupe à ses lèvres. Aussitôt, Cassie baissa les yeux. Il y avait quelque chose d'intime dans le fait de le regarder boire. Son cou brun se tendait alors qu'il vidait sa coupe en renversant la tête en arrière… Pourquoi y était-elle si attentive ? Etait-ce un effet du stress, du traumatisme ? Ou bien était-elle gagnée par l'atmosphère paisible de la tente baignée par la lueur chaude de la lampe ?

Amir reposa sa coupe sans la regarder et elle sentit qu'il allait lui annoncer une mauvaise nouvelle.

— Je viens d'arriver, je ne repartirai pas avant une semaine.

— Et… ? fit-elle.

— Il faudra que vous restiez ici jusque-là.

— Pas question ! s'écria-t-elle avec un mouvement furieux, aussitôt arrêté par la main et le regard impérieux d'Amir. Si vous croyez que je vais patienter tout ce temps…

— C'est exactement ce que je crois, mademoiselle. Lorsque j'aurai terminé ces négociations, je vous reconduirai en sécurité. D'ici là, vous serez sous ma protection, sous ma tente. Soyez sans crainte, tant que vous serez à moi, personne ne vous touchera.

*A moi.* Un frisson électrique la parcourut. Bien sûr, le sens de la scène de présentation sous la tente des festivités ne lui avait paru que trop clair — même si elle n'avait rien compris à la conversation en arabe. Mais c'était autre chose de l'entendre de la bouche du cheikh.

— Je ne suis pas à vous ! Je n'appartiens à personne !

— Pour Mustafa, et tout le monde dans ce campement, vous êtes à moi.

— C'est barbare !

— Oui, admit-il. Mustafa croit conforter sa position par ces faux actes de bravoure. C'est un comportement arriéré.

— Mais vous ne pouvez pas me demander de rester ici !

— Il m'est impossible d'écourter cette visite.

— Même pour secourir une femme en détresse ?

— Je suis venu mettre un terme aux agressions frontalières dont vous êtes l'une des victimes. Si la diplomatie échoue, il faudra recourir à la force. Mais si je dois risquer la vie de mes concitoyens, autant que ce soit en dernier recours. Je suis sûr que vous le comprendrez.

Le ton du cheikh était sans appel et son but louable, mais elle voulait qu'on l'emmène hors d'ici ! Vite !

— Même si vous restez, je pourrais sûrement…

— Quoi donc ? Trouver à vous mettre à l'abri par vos propres moyens ?

Pourquoi ce dédain, cette ironie ? Elle n'était pas naïve à ce point et savait très bien qu'elle ne s'en sortirait pas seule !

— Des gens à vous pourraient me conduire.

— Je n'ai emmené qu'une suite réduite dont je ne peux pas me séparer. Je suis navré, mais vous n'avez qu'une possibilité : partir en même temps que moi.

Cassie détourna la tête pour cacher l'accablement qui l'envahissait.

— Cette solution ne m'emballe pas non plus, dit Amir d'une voix plus douce. Mais il n'y en a pas d'autre… Cassandra, regardez-moi.

Elle se tourna vers lui :

— Cassie.

— Soit, Cassie. Me pardonnerez-vous l'honnêteté dont je dois à présent faire preuve ?

— Je préfère connaître ma situation exacte, répondit-elle, d'une voix qu'elle espérait ferme.

Savoir à quoi s'en tenir était une force. Amir esquissa un signe de tête approbateur.

— Le campement doit croire que je suis satisfait de cet arrangement. Et croire aussi que vous l'acceptez. C'est capital. Si ces hommes venaient à penser le contraire, Mustafa vous donnerait à un autre et me procurerait une compagne de remplacement. Il pourrait même vous garder pour lui. Je ne pense pas que vous voudriez vous exposer à ce risque.

Les visages durs et les regards concupiscents des guerriers montagnards de Mustafa s'imposèrent à Cassie. A regret, elle secoua la tête. Non. Elle n'avait pas le choix. Pour le moment.

Une demi-heure plus tard, debout et parfaitement immobile, Cassie observait avec attention la tenture qui lui faisait face. Dans un jardin intérieur avec fontaines et arbres d'ornement, de belles femmes semblaient se prélasser. L'une pinçait un instrument à cordes, l'autre brossait les longs cheveux noirs d'une troisième beauté qui portait une coupe à ses lèvres. Une autre encore cueillait une fleur en bouton d'un geste délicat.

— Cela représente un jardin des plaisirs, murmura la voix musicale d'Amir.

Son souffle tiède effleura la taille de Cassie, telle la caresse d'une aile de papillon. Elle s'efforça d'ignorer le feu qui l'embrasait quand il était si près d'elle. Chaque fois que les doigts agiles de cet homme frôlaient sa peau nue, elle était parcourue par un étrange frisson.

— Vraiment ? bafouilla-t-elle d'une voix rauque.

— Oui. Dans nos régions, un jardin symbolise le paradis, un lieu où l'eau coule en abondance, où prospèrent la végétation et la beauté.

Bien que consciente qu'il n'entretenait la conversation que pour la distraire — il avait manifestement quelque peine à crocheter le cadenas de la longue chaîne rattachée à sa ceinture —, Cassie n'en était pas moins touchée par sa belle voix grave.

Au cours de la dernière demi-heure, sa peur s'était en grande partie dissipée, et elle ne ressentait plus qu'une tension latente. Dans ce nouvel état, elle était redevenue sensible à une multitude d'autres choses. Comme à sa perception aiguë du corps de l'homme qui se tenait près d'elle, et aux réactions de son propre corps.

— Et les femmes de la tapisserie ? demanda-t-elle, cherchant à ranimer le dialogue pour oublier les sensations troublantes qui l'assaillaient.

— Ne bougez pas, la coupa-t-il. Cette serrure est grippée.

Cassie retint son souffle tandis qu'il glissait un doigt sous la chaîne qui enserrait sa taille et tentait de faire sauter le verrou. Il ajouta :

— Les femmes représentent les plaisirs des sens : la musique apaisante, l'odeur des bourgeons en fleur, le goût suave du nectar, le plaisir du toucher et le spectacle de la beauté.

— C'est fascinant. Je croyais qu'il s'agissait seulement d'un dessin décoratif.

— Cela va bien au-delà. On peut en donner des interprétations multiples.

— Ah oui ? Lesquelles ?

Dans un dernier effort, l'épaule musclée d'Amir tressaillit et effleura sa hanche nue. Il y eut un crissement puis, enfin, un déclic. Un instant plus tard, il se redressait, tenant entre ses doigts l'extrémité de la longue chaîne munie d'un antique cadenas. Le sourire heureux qu'il lui adressa modifia complètement l'expression de son visage. Il paraissait plus jeune, plus abordable et, il fallait bien l'avouer, follement séduisant. Cassie sentit son cœur s'emballer.

*C'est parce qu'il a enlevé la chaîne*, tenta-t-elle de se convaincre.

— La tapisserie est aussi une métaphore des plaisirs qu'on trouve auprès d'une amante, répondit-il, en la fixant droit dans les yeux. Le contact de sa peau soyeuse, le bruit de ses soupirs, son odeur, le plaisir de la contempler, de la goûter.

Le regard viril du cheikh descendit vers sa bouche, et un picotement se propagea dans tout son corps. Comment un simple regard pouvait-il autant la perturber ?

Cassie ferma brièvement les yeux. Lorsqu'elle les rouvrit, il s'était écarté et considérait la chaîne entre ses mains. Un soupir de soulagement échappa à Cassie. Ce n'était pas trop tôt. Elle s'était sentie humiliée, avilie, d'être « mise en laisse » tel un animal.

— Vous devez vous sentir mieux sans ça, dit Amir la voix chargée de colère. Je la ferai emporter demain.

Ainsi, cet homme prenait véritablement son parti ! Pour la première fois depuis des heures, elle ressentait comme un faible espoir. Elle avait toujours mené seule ses combats. Cette fois, elle avait son aide, et elle en éprouvait de la gratitude.

— Merci, Votre Altesse.

Il releva vivement la tête, et leurs regards se croisèrent.

— Etant donné les circonstances, nous pouvons renoncer aux formalités. Appelez-moi Amir.

Cassie sentit l'émotion lui nouer la gorge. Après ce qu'elle avait traversé, pourquoi était-elle si touchée par cette proposition toute simple ? Avait-elle tant aspiré à entendre une voix compatissante, à voir un visage ami ? Elle se sentait si… vulnérable !

— Merci, Amir.

*Amir…* comme son prénom résonnait étrangement dans sa bouche.

— Et ceci ? demanda-t-elle en glissant une main sous la fine chaîne qui encerclait toujours sa taille. Vous ne pouvez pas l'enlever ?

— Je n'ai pas les outils nécessaires.

Quoi ? Si cette chaîne n'était pas aussi pesante que l'autre, cela restait une chaîne d'esclave — un constant rappel de sa situation. Ainsi son sentiment de liberté n'avait été qu'une illusion. Une illusion qui se dissipait aussi vite qu'elle était apparue…

— Quand nous serons à Tarakhar, ce sera un jeu d'enfant de l'enlever, la rassura-t-il.

Puis, il lui désigna l'imposante et antique baignoire que les servantes avaient remplie d'eau chaude et d'où s'élevaient de légères vapeurs :

— Je vous laisse à votre toilette.

Avant de sortir, il ajouta :

— En cas de besoin, appelez-moi.

Amir regarda le cadran de sa montre. A l'en croire, le temps écoulé entre le moment où il avait laissé Cassie et celui où elle émergea de l'aire de bain n'était pas bien long. Pourtant, il avait l'impression que des heures entières étaient passées.

Incapable de se concentrer sur son travail, il avait rongé son frein en projetant le châtiment qu'il infligerait à Mustafa et aux hommes impliqués dans le kidnapping. Et ses pensées n'avaient cessé de dériver vers Cassie Denison, son courage, sa détermination. Il était hanté par son visage expressif, son corps appétissant…

Comme elle avait l'air tendue pendant les longues minutes qu'il lui avait fallu pour ouvrir l'antique cadenas. Le contact de ses mains d'homme avait sans doute été une véritable torture pour la jeune femme. Il n'avait pas osé la questionner sur ce qu'avaient pu lui infliger ses ravisseurs, mais un goût amer envahissait sa bouche à l'idée qu'une des canailles de Mustafa ait pu poser les mains sur elle. Instinctivement, il serra les poings.

Oui, c'était ce qui l'avait rendu si maladroit. Cette colère. Et un certain trouble… Les questions naïves qu'elle avait posées sur la tapisserie avaient orienté ses pensées dans une direction beaucoup trop intime pour le mettre à l'aise. Pendant un instant d'égarement, il s'était même imaginé qu'il goûtait à elle…

Décidément, son célibat prolongé ne lui valait rien de bon. Ses pensées dérivaient trop aisément vers le plaisir sensuel. Oui, ses conseillers avaient raison. Il ferait bien de se marier sans tarder. Bien sûr, c'était agréable d'avoir des maîtresses, mais leurs exigences devenaient lassantes… Une épouse ne se cramponnerait pas. Elle serait occupée par les devoirs de sa charge, la maisonnée royale, l'éducation de leurs enfants. Mais elle serait aussi présente pour son confort…

Amir sourit à cette pensée.

A cet instant, la femme de son fantasme avait des yeux violets et une chevelure évoquant des blés mûrs.

La chambre était paisible, presque plongée dans les ténèbres, mis à part la lumière tamisée d'une lampe. Le cœur battant, Cassie s'immobilisa sur le seuil.

Le lit était très vaste, il aurait facilement pu accueillir quatre personnes. Pourtant, l'homme qui s'y tenait seul semblait avoir totalement réduit cet espace. Certes, il lui avait donné sa parole, et affirmé qu'elle était en sécurité. Mais hors de question de partager sa couche ! A cette pensée, un frisson la parcourut. Non, elle s'installerait par terre.

Le plus silencieusement possible elle traversa la tente. D'une main, elle saisit sa cape. Puis, le souffle suspendu, elle tendit son autre main vers le lit pour attirer à elle un énorme coussin.

Le dormeur semblait inconscient de sa présence, sa poitrine se soulevait au rythme régulier de sa respiration. Le moins qu'on puisse dire c'est qu'il n'était pas très affecté par son kidnapping ! Mais bon, son sommeil lui facilitait la tâche. Rapidement, elle s'enveloppa de la cape et se pelotonna sur un des épais tapis de soie, à côté du lit. Enfin ! Elle faillit soupirer de contentement lorsque sa tête se posa sur l'oreiller, mais la voix du cheikh s'éleva :

— Vous ne pouvez pas dormir comme ça.

Cassie tressaillit. Ainsi, il ne dormait pas !

— Je préfère être seule.

— Cassie, nous avons déjà discuté de tout cela. Vous ne me faites toujours pas confiance ? demanda-t-il d'une voix lasse.

— Ce n'est pas..., commença-t-elle.

Non. Il avait raison, c'était une question de confiance. Mais comment pourrait-elle se fier à cet étranger ?

Un étranger, se rappela-t-elle, qui avait fait preuve de douceur, et d'une retenue rassurante lorsqu'il l'avait délivrée de l'odieuse chaîne. Un étranger à la voix grave et mesurée, dont l'attention discrète avait apaisé sa nervosité.

Un étranger qui l'avait soutenue au moment où elle en avait le plus besoin. Mais…

Une sensation de chaleur l'enveloppa soudain et ses pensées la désertèrent. Les bras solides du cheikh venaient de la soulever, et la maintenaient pressée contre un torse tiède et nu.

Aussitôt, une terreur sans nom l'envahit, balayant sa fragile sensation de bien-être. Elle se débattit de toutes ses forces, mais comment lutter contre cette musculature de fer ?

Un soupir étranglé lui échappa lorsque Amir la laissa tomber sur le lit. Fuir, vite ! Mais Amir la retint d'une main ferme. Paniquée, elle chercha à lui échapper.

— Assez ! s'exclama-t-il. Arrêtez ! Vous êtes en sécurité.

En sécurité ? Cassie leva les yeux vers son torse puissant et harmonieux ombré d'une fine toison, sa mâchoire carrée que bleuissait une barbe naissante, et son cœur lui sembla s'arrêter de battre. Etait-ce encore la peur ? Ou autre chose ?

— Vous ne pouvez pas rester sur le sol. Vous devez partager mon lit, et quand les servantes entreront demain matin, donner l'impression que vous êtes satisfaite. Est-ce clair ?

Son regard de jais brillait d'un feu contenu, tandis qu'il insistait :

— Cassie, est-ce bien entendu ? Il faut faire croire que nous avons passé la nuit ensemble, comme des amants. Pour votre sécurité. Si vous ne voulez pas qu'on vous emmène.

La respiration saccadée, le cœur battant, Cassie se sentait désemparée. L'effet de la colère sans doute… Amir s'inclina vers elle et une odeur de santal se répandit dans l'air.

— Est-ce d'accord ?

— Ai-je le choix ?

— Je vois que vous avez compris.

Sans la quitter des yeux, il se pencha pour atteindre

quelque chose près du lit. Cassie se figea, à la fois sur ses gardes et fascinée par le mouvement de ses muscles.

— Prenez, dit-il. Un cadeau.

Un cadeau ? Elle considéra avec étonnement le lourd objet qu'il venait de placer dans sa paume.

— Tenez-le comme ceci.

Joignant le geste à la parole, Amir referma sa main sur ses doigts tremblants, et tira du fourreau une lame impressionnante qui jetait des éclats sinistres à la lueur de la lampe.

— Vous n'êtes pas sérieux ! s'exclama-t-elle, interdite.

— Gardez cette dague jusqu'à ce que je vous aie mise en sécurité. C'est une arme plus efficace que le couteau à fruits.

Abasourdie, elle le regarda. Il souriait mais son regard sombre démentait la légèreté de son intonation. Tout à coup, elle le crut. Oui, elle avait confiance.

— Dormez avec ceci près de vous, Cassie. Si quelque chose vous effraie cette nuit, pensez que vous avez de quoi vous défendre.

Sur ces mots, il orienta vers son large torse la lame de la dague, que leurs mains superposées tenaient toujours par la poignée. Lorsque la pointe acérée fut contre sa peau nue, couleur de bronze, il retira sa main.

Cassie dut user de toutes ses forces pour soutenir seule le lourd coutelas. Cependant, tandis qu'Amir la regardait, et que la lame étincelait à chaque mouvement de son torse, elle réalisa avec émotion qu'il venait de lui restituer un pouvoir essentiel : celui de se protéger par elle-même.

Alors qu'elle commençait à trembler dangereusement, il lui saisit de nouveau la main et l'abaissa lentement jusqu'au drap.

— Reposez-vous, à présent. Personne ne vous fera de mal.

Pendant un court instant les doigts du cheikh Amir demeurèrent en suspens comme s'il allait lui caresser la joue. Mais il sembla se raviser et se leva rapidement, les lignes parfaites de ses épaules et de son torse se découpant dans le halo doré de la lampe. Cassie demeura parfaitement immobile tandis qu'il rabattait sur elle la couverture. Il posa sur elle un regard inquiet avant de se glisser sous les draps de l'autre côté du lit, dos à elle.

Combien de temps resta-t-elle immobile à monter la garde, à contempler son dos doré ? Elle n'en avait pas la moindre idée. Mais, en dépit de sa volonté, ses paupières se fermèrent, et une sensation de quiétude finit par la gagner. L'esprit embrumé par l'approche du sommeil, elle réalisa confusément d'où lui venait ce sentiment de paix : c'était parce qu'il l'avait bordée. Il y avait des années que cela ne lui était pas arrivé… qu'on ne lui avait pas manifesté tant de tendresse. Emue malgré elle, elle céda au sommeil.

Elle n'eut aucune conscience de la réaction d'Amir qui, roulant sur lui-même, se redressait sur un coude et, sourcils froncés, la regardait dans les ténèbres.

# Chapitre 4

La lune s'élevait déjà dans le ciel lorsque Amir, chevauchant aux côtés de Mustafa et de ses hommes, s'engagea dans le ravin venteux qui les séparait encore du campement.

Ils étaient dehors depuis l'aube — toute une journée de chasse au faucon agrémentée de multiples démonstrations à cheval destinées à flatter autant qu'à distraire les rudes montagnards qui avaient prêté allégeance à Mustafa. L'équipée aurait épuisé tout homme qui n'était pas rompu à la vie de guerrier, et il était évident que Mustafa ne l'avait organisée que pour arriver en position de force dans les négociations qui s'annonçaient.

Eh bien, son hôte l'avait sous-estimé !

Amir n'en doutait pas : les nombreux scandales de son passé étaient forcément arrivés aux oreilles du chef montagnard, comme à celles de tout le monde dans la région. L'identité de ses parents, ses premières années passées dans le luxe en des terres étrangères où les hommes étaient amollis par la paresse... Des débuts peu prometteurs pour un prince, surtout dans cette région du monde où prévalaient le courage et l'honneur.

Mais Mustafa aurait dû mieux se renseigner. Pour Amir, ces scandales, c'était de l'histoire ancienne ! Au lieu de l'affaiblir, son passé tumultueux avait forgé son caractère, et l'avait rendu bien plus redoutable que la plupart des « guerriers » qui l'entouraient ce soir.

Ce soir, c'était Mustafa qui vacillait sur sa selle, s'essuyait furtivement le front et faisait preuve d'une mauvaise humeur croissante. Amir, lui, avançait avec aisance, le corps droit et l'esprit clair. Il pouvait continuer ainsi la nuit entière s'il le fallait. Son hôte roublard et prétentieux ne lui faisait absolument pas peur !

Il n'avait aucun respect pour Mustafa. Ce n'était qu'un *condottiere* qui intriguait dans un territoire instable. Et après les révélations de la veille, Amir avait toutes les peines du monde à ne pas laisser éclater sa fureur. Mais, il devait faire preuve de sang-froid, l'heure n'était pas encore venue… Il venait juste d'offrir à Mustafa un avant-goût du dédain dont il était capable.

Soudain, le souvenir d'immenses yeux violets s'imposa à lui. Cassie dormait encore quand il était parti. A la lueur de l'aube, le visage nu, elle lui avait paru très jeune, ravissante et pleine d'innocence. Il avait regardé sa main encore crispée sur la poignée de la dague, même pendant son sommeil ; et là, une émotion farouche l'avait envahi, une envie irrépressible de la venger pour ce qu'on lui avait fait subir ! Et aussi une grande frustration — un sentiment d'impuissance auquel il n'était pas habitué. Non, en dépit de son désir ardent de la protéger, d'éteindre la peur qui l'habitait, il ne pouvait pas encore délivrer Cassie. Il avait des devoirs à accomplir envers son peuple, et tout mouvement précipité compromettrait à la fois les négociations de paix et la sécurité de sa protégée.

Il resserra les rênes, et son cheval partit au petit galop. Mustafa le suivit, affaissé sur sa selle. Au détour d'un éperon rocheux, le campement s'étendit sous leurs yeux. Enfin ! D'ici peu, il serait délivré de cette compagnie détestable pour quelques heures et il pourrait revoir Cassandra !

Pourquoi était-il si pressé ? N'était-ce que… de l'excitation ? Non. Pendant combien de temps était-il resté près d'elle à la regarder dormir, à se répéter chacune de ses paroles… couvant des yeux sa peau veloutée comme les pétales de rose, ses cheveux semblables à un bouquet de soleil, son ossature délicate, sa bouche sensuelle qui évoquait la passion…

Mais assez ! Ses pensées dérivaient trop loin. Elles étaient un signe de faiblesse et il n'y avait pas de place pour la faiblesse dans sa vie. Depuis l'âge de onze ans, il lui avait toujours fallu être meilleur, plus coriace que ses pairs. Il lui avait fallu *exceller.* Et pour y parvenir, il avait dû faire preuve d'un engagement total. Quant aux femmes, elles remplissaient un rôle précis. Avant cette nuit, il n'avait jamais regardé dormir l'une d'entre elles ! Il ne pouvait se permettre de se laisser distraire !

D'ailleurs, il allait suggérer à Mustafa d'entamer les discussions dès ce soir, après le dîner.

A cet instant, un cri perça l'air. De l'agitation monta du campement. Il vit des hommes se précipiter vers ses quartiers, installés un peu à l'écart des autres tentes. Que se passait-il ? Sans réfléchir, tenaillé par un sentiment d'urgence, il s'élança à bride abattue dans les ténèbres.

Il immobilisa brusquement sa monture à quelques mètres de sa tente.

— Assez ! tonna-t-il dans l'air nocturne.

Instantanément, le tumulte cessa et le vide se fit autour de lui.

Tandis que les hommes du campement reculaient avec force courbettes, il distingua deux silhouettes, de stature inégale, qui continuaient à se battre devant sa tente, manifestement insensibles à ses ordres. La plus menue des deux se défendait avec fureur, distribuant des coups de pied rageurs à son assaillant. Un instant, Amir crut même qu'elle allait prendre le dessus et envoyer au sol son énorme adversaire. Mais ce dernier se rétablit. C'était le garde qui avait amené Cassie dans la tente des festivités la veille ! Un cri aigu de douleur, suivi d'un rire guttural, s'éleva dans l'air tandis que la frêle silhouette était projetée au sol.

Cassie ! Ce ne pouvait être qu'elle, enveloppée dans une cape. Qui d'autre aurait eu l'audace de résister avec tant d'acharnement au garde le plus brutal de Mustafa ?

— Lâchez-la ! ordonna Amir, bouillant de fureur.

Mais déjà, l'homme armait son bras et son fouet.

Vivement, Amir mit pied à terre puis bondit sur le garde. Un coup à la mâchoire, un direct au plexus solaire… Prompt, rapide, efficace. Il avait contrôlé ses gestes, se contentant de mettre un terme à l'agression, seulement il avait peine à dompter sa rage de venger Cassie, et d'exercer des représailles bien plus violentes contre son agresseur — ce geôlier qui la terrorisait, et avait laissé sa marque sur le corps vulnérable de la jeune femme !

Dévoré de colère, Amir attira Cassie contre lui, au creux de son bras. Et aussitôt, il éprouva une sensation de familiarité. Comment était-ce possible, avec une femme qu'il connaissait à peine ? Et surtout, pourquoi ressentait-il ce besoin irrépressible de la protéger ?

— Ça va ? lui demanda-t-il.

— Oui, murmura-t-elle.

Il la sentait tendue comme un arc, prête à repousser une nouvelle attaque. Quel courage, quelle témérité !

— Qu'est-ce qui vous a pris, de sortir de la tente ?

— Il était très tard, j'ai cru que vous ne reviendriez pas.

Amir éprouva un élan de culpabilité. C'était à cause de lui qu'elle avait risqué cette sortie désespérée. Avait-elle cru qu'il l'avait abandonnée aux mains de Mustafa ?

Soudain, il s'aperçut que les autres cavaliers les avaient rejoints, surgissant des ténèbres, et s'étaient assemblés autour d'eux. Comme Mustafa mettait pied à terre, le garde écroulé sur le sol émit un gémissement.

— Ton garde pèche par excès de zèle, Mustafa, lança Amir d'une voix forte. Il a porté la main sur la femme qui m'appartient.

Protégée par sa capuche, Cassie risqua un coup d'œil sur la troupe de cavaliers. L'odeur de sueur, de poussière, de chevaux qui emplissait l'air la transporta de nouveau sur la route désertique où les brigands avaient attaqué le car immobilisé. Elle sentait encore sur elle leurs regards farouches et leurs mains brutales qui l'avaient soulevée pour la kidnapper.

La peur et la colère la submergèrent. Des brutes ignobles ! Qui l'avaient traitée comme un objet qu'on peut troquer contre la faveur d'un roi ! Du coup, elle avait éprouvé une immense satisfaction à se battre contre le garde. La lutte était inégale et elle courait à la défaite ? Et alors ? Au moins elle aurait montré à ces salauds qu'elle n'était pas tout à fait sans défense ! Jamais elle n'oublierait la surprise et même la peur qu'elle avait lues dans les yeux de son agresseur quand il avait compris que la partie ne serait pas aussi facile qu'il l'avait supposé.

A présent, cette poussée d'adrénaline était retombée, et Cassie redoutait les conséquences de sa tentative de fuite. Elle s'agrippa au bras d'Amir. Cet homme était son seul espoir. Même si elle pressentait que rien ne pourrait la sauver de cette meute de chacals.

Leur chef — l'homme solidement bâti qu'Amir appelait Mustafa — regarda le garde gémissant, à leurs pieds, puis posa sur elle un regard froid et méprisant. Il semblait furieux.

Cassie soutint pourtant son regard. Non, elle ne s'inclinerait pas. Marquer la moindre faiblesse devant une brute, c'était forcément s'attirer des ennuis.

Amir serra brièvement sa main tremblante puis lui fit

un rempart de son corps. Sidérée, elle le fixa, haute et puissante silhouette qui la protégeait de la foule mais lui barrait la vue. Alors, elle essaya de s'écarter pour suivre ce qui se passait — elle devait se préparer de son mieux à réagir ! — mais Amir la maintint fermement derrière lui.

De quel droit ! Comment osait-il !

Elle recouvra soudain sa présence d'esprit. Contre cette horde, elle n'avait pas une chance. Elle ne pouvait ni lutter contre eux, ni tenter de les raisonner, ni même les implorer, puisqu'elle ne parlait pas leur langue. Sa seule option était de s'en remettre au cheikh. Lui, au moins, était respecté par ces barbares.

C'était bien la première fois qu'un champion défendait sa cause… Elle se sentait un peu perdue, comme si ce héraut inattendu l'avait dépossédée de quelque chose… Pourtant, elle était aussi touchée par son geste. Le grand corps chaud et solide d'Amir lui apportait un étrange réconfort. Son port résolu, la manière dont il se tenait sur ses jambes, tout le révélait prêt à l'action.

Calme, plein d'autorité, il discutait avec Mustafa. Autour d'eux, le silence était glaçant, seulement troublé par le piaffement des chevaux et le cliquetis des harnais. Cassie se laissa bercer… Avec sa belle voix grave et chaude, Amir conférait aux mots incompréhensibles qu'il prononçait une mystérieuse beauté.

La conversation s'interrompit. Toujours aussi maître de lui, Amir s'adressa à elle en anglais sans se retourner :

— Regagnez la tente et attendez-moi.

Rappelée à la réalité, elle ouvrit les yeux. Avait-elle rêvé ?

— Cassie ! Allez sous la tente, répéta-t-il. Doucement et sans courir. Vous ne risquez rien.

Rassemblant son sang-froid, elle resserra les pans de la cape autour d'elle, et se força à obéir. Elle avait à peine rejoint le refuge de la tente qu'elle vit venir vers elle l'homme qui, la veille, escortait Amir. Il tenait à la main la longue chaîne. Le cœur battant la chamade, elle se sentit pâlir. Qu'est-ce que cela pouvait bien signifier ?

— Ne vous inquiétez pas, la rassura-t-il dans un anglais parfait. Vous n'aurez plus à vous soucier de cette chaîne. Son Altesse y veillera.

Sur ces mots, il esquissa une révérence et s'éclipsa avant qu'elle n'ait eu le temps de se ressaisir. Malgré elle, elle sentit flotter un sourire sur ses lèvres : la courtoisie de cet homme lui semblait incongrue après la lutte qu'elle venait de mener dans la nuit. Elle se serait presque crue à l'abri — comme en Australie, le pays si sûr qu'elle avait laissé derrière elle pour venir se perdre dans cette contrée sauvage.

Sauf que sa dépendance envers le cheikh de Tarakhar était totale…

Appuyée contre un montant de la tente, elle tenta de mettre de l'ordre dans les pensées confuses qui l'habitaient. Amir avait accompli pour elle ce qu'aucun autre homme n'avait fait jusque-là. Il l'avait protégée ! Il était même allé jusqu'à se battre pour elle !

Les hommes qu'elle avait côtoyés avant lui n'étaient pas des modèles de vertu, eux… Elle avait appris très tôt à s'en méfier, à ne compter que sur elle-même. C'est pourquoi elle n'avait jamais permis à un homme de l'approcher vraiment. Pourtant, quelque chose en elle désirait qu'Amir soit un homme d'honneur. Cette pensée la perturba. Certes, en la défendant au mépris du danger qu'il encourait lui-même, il avait mérité sa gratitude et son respect… mais comment ignorer les rudes leçons que la vie s'était chargée de lui inculquer ? Amir attendrait-il qu'elle le récompense de sa protection ?

— Cassie ? Qu'est-ce qui ne va pas ? Etes-vous blessée ?

La voix grave et veloutée d'Amir l'enveloppa comme une caresse. Il l'enlaça de ses bras solides, la souleva, et elle se retrouva blottie contre son torse. Surprise, elle voulut réclamer qu'il la repose à terre mais… une sensation de bien-être inattendue l'envahit et la fit se taire.

— Je vais bien, affirma-t-elle. Je réfléchissais seulement.

Amir l'assit sur l'immense lit, puis recula comme pour ne pas lui imposer la proximité de son corps d'homme. Après les épreuves qu'elle venait de traverser, tant de sollicitude était réconfortant. Elle murmura dans un souffle :

— Merci…

— Etes-vous blessée ?

— Non, je vous assure, dit-elle en s'efforçant de se tenir droite malgré son corps endolori.

Il haussa les sourcils de façon éloquente, mais n'émit aucun commentaire.

— Et vous ?

— Je ne me suis jamais mieux porté, déclara-t-il avec un demi-sourire.

Un sourire qui éveilla en elle des sensations étonnantes.

Son trouble s'accrut encore lorsqu'elle croisa le regard noir d'Amir. Que fallait-il penser de son changement d'attitude ? En tant que comédienne, elle maîtrisait l'art du langage corporel, mais cet homme était si difficile à déchiffrer !

— Merci d'être venu à mon secours, ajouta-t-elle. Sans vous je…

— Je vous avais dit que je veillerais sur vous. Pourquoi ne m'avez-vous pas cru ?

— Je ne pouvais pas en être sûre… Et puis, je suis seule depuis longtemps, j'ai pris l'habitude de veiller sur moi. Comme je n'ai vu personne de toute la journée, je…

— Personne ? coupa Amir. Et que faites-vous des servantes qui ont apporté de la nourriture et de l'eau ?

Elle secoua la tête. N*on, personne n'était venu*. Les traits d'Amir se durcirent.

— Continuez, dit-il, le regard flamboyant, et l'air sombre.

— Il n'y a pas grand-chose à ajouter, prétendit-elle. Au début, je me suis sentie en sécurité et confortablement installée, puis, à mesure que la soirée s'étirait, j'ai commencé à m'inquiéter…

En réalité elle avait piaffé d'impatience dès l'aube, partagée entre l'envie de le voir revenir et celle de prendre la fuite tout de suite, de ne pas rester une minute de plus dans ce campement.

Sous le feu du regard attentif du cheikh, Cassie détourna les yeux. Inutile de lui dire qu'elle s'était crue abandonnée à son sort.

— Je me suis demandé s'il vous était arrivé quelque chose.

— Vous aviez peur des conséquences pour vous si cela avait été le cas ?

Elle hocha la tête.

— Finalement, j'ai renoncé à attendre, expliqua-t-elle. J'ai pris votre dague, et j'ai essayé de me faufiler dehors à l'arrière de la tente. Je… J'aime mieux ne pas penser à ce qui serait arrivé si vous n'étiez pas revenu à temps.

— Vous êtes sous ma responsabilité.

Soudain, elle se rappela. L'arme ! L'arme qu'elle avait laissée échapper pendant la lutte !

— Votre dague ! s'écria-t-elle.

— Nous la chercherons plus tard.

— Il faut la retrouver ! insista-t-elle.

La veille, lorsqu'il lui avait donné cette arme, Cassie avait surtout prêté attention à la signification de ce geste. Mais, dans la journée, elle avait eu tout le loisir de l'examiner. Stupéfaite, elle avait découvert qu'il s'agissait très certainement d'un antique héritage. Le fourreau était incrusté de rubis. La lame affûtée portait, près de la garde, une inscription gravée, d'une calligraphie raffinée, et le manche en métal précieux était orné d'une émeraude grosse comme un œuf de pigeon. Cette dague était sûrement un trésor royal !

Elle se leva d'un bond, mais la douleur la figea sur place et elle porta une main au creux de ses reins. Comme elle avait mal ! Le garde ne l'avait pas ménagée !

— Cassie ?

— Ce n'est rien, prétendit-elle en gagnant l'arrière de la tente.

Elle le sentait, debout derrière elle, pendant qu'elle scrutait le sol, à demi accroupie à l'endroit où elle s'était faufilée à travers les tentures. Sa présence aurait dû la perturber, après le traumatisme des derniers jours. Pourtant, sa proximité avait quelque chose de rassurant. Comme s'il ne pouvait rien lui arriver de mal lorsque Amir était là.

Quelle idée ! Elle s'égarait ! D'ailleurs, ces idées étaient dangereuses…

La voix d'Amir la tira de ses pensées :

— Elle est là !

Il vint se pencher au-dessus d'elle pour attraper la dague, dissimulée entre deux épaisseurs de tapis. Cassie n'osa plus bouger. Un sentiment de panique la saisit. Il était si près, si proche… Si elle bougeait, elle allait le toucher. Elle était… sous son emprise. Une frayeur sans nom la submergea.

Dieu merci, il se redressa vite. Puis il lui offrit sa main.

Non, elle ne voulait pas de son aide ! Mais la lutte avec le garde l'avait tellement épuisée… Elle avait l'impression d'avoir été piétinée par une horde de chevaux sauvages. Alors, contrainte et forcée, elle accepta sa main et le remercia faiblement.

— Si cette dague avait disparu, je ne me le serais jamais pardonné, dit-elle. Elle doit valoir une fortune.

— Et plus encore. Elle est transmise de génération en génération dans ma famille, depuis des siècles.

— Et vous me l'avez confiée ? s'étonna-t-elle.

— Vous en aviez plus besoin que moi.

Cassie retint un soupir. Pour lui, cela semblait simple.

Mais il y avait quelque chose d'insensé dans le fait de confier à une étrangère, fût-ce pour peu de temps, cet héritage incomparable.

— Prenez, dit-il en lui tendant l'arme qui brillait au creux de sa paume. Gardez-la jusqu'à ce que vous soyez libre.

Pour quoi faire ? songea-t-elle. Avec lui, elle se sentait en sécurité.

Cependant, l'idée que les gardes restaient en faction autour de la tente et le souvenir du regard mauvais de Mustafa la retinrent de refuser.

Elle empoigna la dague, comme pour en éprouver la solidité. Prétexte, admit-elle pour elle-même. La vérité, c'est qu'elle mettait tous ses efforts à ignorer les sensations que lui procurait le contact avec la main d'Amir.

# *Chapitre 5*

Amir parcourait un rapport sur le nouvel oléoduc qu'il voulait faire construire. Soudain il perçut une présence derrière lui. *Cassie venait de quitter la salle de bains.* Pieds nus sur le tapis, elle n'avait fait aucun bruit. Pourtant, il *sentait* sa présence, *là, sur son territoire.*

Délibérément, il garda les yeux fixés sur son dossier, mais les mots se brouillaient, devenaient flous sous ses yeux, l'empêchant de poursuivre sa lecture. Pour finir, il repoussa les feuillets et leva les yeux vers la jeune femme.

Il eut le souffle coupé. Envolé le costume de danseuse du ventre. Cassie portait une de ses chemises blanches, à col officier. Qu'est-ce qui avait bien pu lui passer par la tête en lui prêtant cette chemise ? Il est vrai qu'il n'aurait jamais pu imaginer ce résultat — la vision la plus sexy qu'il lui ait été donné de voir…

Pris d'une flambée de désir, il la contempla. Le tissu fin la couvrait presque jusqu'aux genoux, et le vêtement, trop grand, flottait autour d'elle. Elle avait retroussé ses manches et le col fendu dévoilait la naissance de sa poitrine. L'ombre d'une rondeur suggestive accrocha le regard d'Amir. Le coton épousait parfaitement la forme de ses seins haut perchés, révélant leur fermeté. Malgré lui, il s'attarda sur leurs pointes qui saillaient sous le tissu.

La bouche sèche, il laissa glisser son regard vers les

jambes fuselées de la jeune femme, vers ses pieds menus. Le costume de danseuse avait certes été conçu pour exciter et flatter les instincts sexuels masculins les plus archaïques, mais la simplicité de cette toilette était infiniment plus érotique que ses souvenirs les plus torrides…

Ou était-ce simplement l'idée que Cassie était nue sous ce fin tissu qui le rendait fou ?

— J'ai quelque chose pour vous, dit-il d'une voix rauque.

— Des chaussures ?

Il esquissa un demi-sourire.

— Tout mon pouvoir est impuissant à faire apparaître une paire de souliers à la taille de vos pieds si menus. Mais je peux vous procurer une chemise plus petite, suggéra-t-il, pensant à Farouk, dont la stature était nettement inférieure à la sienne.

— Non, merci, celle-ci est très bien.

Amir acquiesça. Il n'avait aucune envie de l'imaginer dans les vêtements d'un autre homme que lui. D'où lui venait cette soudaine possessivité ? Cassie Denison éveillait décidément en lui des élans primitifs, indignes d'un homme civilisé ! Bien sûr, il avait eu de nombreuses maîtresses dès l'adolescence — des partenaires accommodantes prêtes à assouvir ses moindres désirs… mais aucune n'avait provoqué de telles réactions en lui…

— Qu'est-ce que vous avez pour moi ? demanda Cassie d'une voix timide.

— Une pommade, répondit-il avec un sourire.

Il leva les yeux, attentif à ne regarder que le visage de la jeune femme. Sans maquillage, les joues rosies par la vapeur du bain, les cheveux nattés en une longue tresse dorée, elle était follement attirante.

— Une pommade ?

— Oui, un cadeau de mon aide de camp. Elle devrait soulager vos douleurs.

Une pensée soudaine le traversa :

— Vous aurez sans doute besoin d'aide pour l'appliquer.

— J'y arriverai très bien toute seule, affirma-t-elle d'une voix assurée en tendant la main, paume ouverte.

Mais au lieu de lui tendre le pot de crème, Amir l'interrogea :

— Où avez-vous mal ?

— A la hanche.

— Et aux reins, ajouta-t-il.

Il n'avait pas oublié : la veille, lorsqu'elle s'était levée pour chercher la dague, elle avait porté les mains au bas de son dos. Qui pouvait la masser ? Il passa mentalement en revue les hommes de sa propre escorte, et n'en retint aucun. Il ne pouvait tout de même pas la confier à un inconnu ! Ce serait trop exiger d'elle, elle avait été profondément traumatisée par tout ce qui lui était arrivé ! Il y avait sans doute des femmes dans le campement… Mais il serait imprudent de livrer Cassie à une servante de Mustafa. Non, il n'avait pas confiance…

Lui seul pouvait s'en charger, conclut-il. Seulement cela le perturbait.

— Allongez-vous sur le ventre, dit-il, soudain tendu. Je vais vous aider.

— Je vous assure que…

— Cassie, ne mettez pas ma patience à l'épreuve. Vous ne pourrez pas faire pénétrer correctement la pommade là où vous avez mal, et sans traitement cela ne fera qu'empirer. Cette crème calmera la douleur et vous dormirez mieux.

La jeune femme laissa échapper un long soupir avant de détourner les yeux. Bon sang, pourtant, ce n'était pas elle qui entretenait des pensées coupables !

Sans un mot, elle se glissa dans le lit, et Amir entrevit la peau laiteuse de ses jambes. Malgré ses bonnes résolutions, il sentit le désir fouetter ses reins de plus belle. Depuis quand un contact charnel avec une belle femme était-il une épreuve ? Un instant, l'idée que Cassie Denison était *à lui*, disponible pour satisfaire ses désirs, le traversa. Mais il la repoussa rapidement. Ce n'était pas si simple…

Lentement, il s'approcha du lit. Cassie s'était allongée sous les draps rabattus juste au-dessous de sa cambrure.

— Relevez un peu votre chemise, dit-il d'une voix rauque.

Elle obéit immédiatement.

— Bien, fit-il d'un ton aussi neutre qu'il put, en ouvrant le pot.

Puis, s'ordonnant de se calmer, il se concentra, se remémorant les gestes qui soulagent qu'on lui avait appris. Seulement, il ne pouvait oublier une chose : ces gestes étaient souvent le prélude à des plaisirs hautement sensuels…

Cassie, crispée et nerveuse, attendait les soins d'Amir. Ne prenait-elle pas un risque insensé en lui accordant sa confiance ? Il l'avait protégée et sauvée, certes. Et elle gardait en mémoire l'instant où il avait tenu tête à une horde de brutes en lui faisant un rempart de son corps.

Mais elle ne supportait pas d'être en position de faiblesse face à un homme. L'image de Curtis Bevan s'imposa à elle. Immédiatement, un goût amer envahit sa bouche. Cet homme avait osé glisser sa main sous son chemisier à l'instant même où sa mère était sortie de l'appartement ! Et que dire du regard lubrique du metteur en scène qui lui avait proposé, avec insistance, une « audition privée » ? Quant aux hommes de Mustafa, comment oublier leurs airs concupiscents lorsqu'on l'avait traînée devant eux à moitié nue ? Non, impossible de se fier à un homme, quel qu'il fût !

— J'ai changé d'avis, je…

— Détendez-vous, ordonna Amir.

Cassie se figea. Elle se sentait paralysée par le contact de cette main d'homme posée sur sa taille. Une main douce, presque hésitante.

Tendue, douloureusement consciente de sa semi-nudité, elle soupira. Comment aurait-elle pu se détendre alors qu'elle était incapable de détacher son attention du va-et-vient de la hanche d'Amir contre sa cuisse, à chacun de ses mouvements ? Comment oublier la finesse du drap qui séparait leurs deux corps ?

— Ne vous crispez pas, lui conseilla-t-il, sinon, ce sera douloureux. Essayez de vous relaxer, de penser à quelque chose d'agréable.

Amir approfondit son massage et elle sentit ses deux mains puissantes masser son dos avec des gestes réguliers et cadencés. Elle tenta de se concentrer sur cette perception. Tout à coup, une sensation de bien-être l'envahit. La même que celle provoquée par le chocolat chaud quand il vous fond dans la bouche, réalisa-t-elle. Comme Amir pétrissait habilement les zones endolories de son dos, s'attardant sur les points les plus sensibles, elle laissa échapper un soupir.

Amir se figea.

— Je vous ai fait mal ?

— Non, murmura-t-elle en s'étirant. C'est… agréable.

C'était divin, en réalité ! Si délectable qu'elle avait toutes les peines du monde à ignorer la sensation qui naissait au creux de son ventre, l'accélération de son pouls, l'instinct qui la poussait à se cambrer sous la caresse… Elle en aurait presque ronronné de plaisir.

— Quelle est la hanche qui vous fait souffrir ? demanda Amir.

Sa voix lui sembla changée, tendue. A quoi pouvait-il bien penser ?

— La droite.

Il baissa le drap et poussa un profond soupir. Aussitôt, Cassie se raidit.

— Qu'est-ce qu'il y a ?

— Un très vilain bleu. Il faudra du temps pour qu'il disparaisse.

Cassie frissonna. Le massage allait être douloureux ! Mais Amir l'effleura à peine de ses doigts, étalant la pommade sur l'ecchymose avec la plus grande légèreté.

— Où avez-vous encore mal ?

Un instant, Cassie hésita. Etait-ce raisonnable de prolonger l'expérience ? Mais Amir n'avait pas eu le moindre mouvement déplacé. Au contraire, il était clair qu'il n'avait pas d'intentions cachées, il lui rendait service, voilà tout ! Elle céda :

— Dans le dos, un peu plus haut…

Sans un mot, il dénuda ses épaules. Cassie soupira. Les mains d'Amir avaient vraiment un effet magique sur ses muscles crispés par des jours de tension et d'angoisse. La douleur s'était presque entièrement dissipée et un plaisir délicieux l'envahissait…

— Vous êtes très habile de vos mains, dit-elle.

— Merci.

La sécheresse de sa voix fit frissonner Cassie. Bien sûr, il devait être las de se prêter au rôle de masseur ! Il faut dire qu'elle avait perdu la notion du temps sous ses doigts experts…

— Vous pouvez arrêter. Je me sens beaucoup mieux, déclara-t-elle.

— Dans un instant.

Amir fit glisser ses doigts vers le bas de son dos, sous la chaîne qui ceignait toujours sa taille. Une langueur soudaine gagna le creux de son ventre. Cette immobilité forcée devenait une véritable torture ! Elle avait besoin de remuer les hanches, les jambes. Il fallait absolument trouver un moyen d'oublier ces sensations…

— Pourquoi l'homme a-t-il emporté la grosse chaîne, hier ? demanda-t-elle dans l'espoir de relancer la conversation.

— Farouk ? Il fait partie de ma suite. La chaîne était destinée au garde qui vous a frappée.

— Pourquoi ? Que lui a-t-on fait ?

— Rien encore. Mais il souffre beaucoup, déclara Amir avec une satisfaction évidente.

Cassie dut s'avouer qu'elle n'était pas fâchée d'apprendre que cet homme payait le mal qu'il lui avait fait. Pas de quoi culpabiliser. C'était un sentiment bien naturel, après tout.

— Nous l'emmènerons à Tarakhar, reprit Amir. Mustafa me l'a livré pour qu'il subisse son châtiment.

— Mustafa ne doit pas être enchanté, observa-t-elle.

Elle gardait à la mémoire le regard rageur du chef tribal quand il avait vu son homme à terre, tordu de douleur.

— Peu m'importe. Ce garde vous a attaquée et, aux yeux de tous, vous m'appartenez. Il doit payer.

— Que va-t-il lui arriver ? demanda Cassie, parcourue par un frisson.

Dans quel univers barbare était-elle donc venue se perdre ?

— Sera-t-il battu ? reprit-elle.

— Rien d'aussi simple ni d'aussi bref. Un grand chantier vient de s'ouvrir aux abords de ma capitale. Votre « ami » se lèvera chaque jour avant l'aube pour creuser, transporter et tailler la pierre, et ne s'arrêtera que bien après le coucher du soleil. Il apprendra à la dure que la violence envers les femmes n'est pas tolérable.

— Vous prenez bien de la peine pour châtier cet homme, dit Cassie en tournant vivement la tête vers Amir.

— Il vous a frappée délibérément. Il ne s'est pas contenté d'empêcher votre fuite.

A voir son expression, pas de doute, il était furieux contre le garde. Mais l'intensité de ce regard noir lui fit baisser les paupières, et elle se sentit rougir. Il avait vraiment le don de lui faire perdre tous ses moyens…

Attentive à ne pas croiser son regard, elle concentra son attention sur la base du cou d'Amir, où battait son pouls rapide ; puis sur ses lèvres. Soudain, elle sursauta : le pli dur de la bouche d'Amir s'incurvait insensiblement, laissant peu à peu place à une expression plus sensuelle. Oui, elle en était sûre, ce n'était plus le garde qu'Amir avait à l'esprit. C'était *elle-même*. Elle tenta de réprimer le tremblement intérieur qui s'était emparé d'elle.

Comme perdu dans ses pensées, Amir glissa les doigts sous la chaîne qui enserrait sa taille — rappel permanent qu'aux yeux de Mustafa et ses hommes elle n'était ici que pour le plaisir du cheikh.

Surprise, Cassie releva les yeux. L'éclat singulier qui brillait dans ceux d'Amir lui noua le ventre. Malgré elle, elle sentit les pointes de ses seins durcir et un trouble étrange s'insinua en elle.

— Que va-t-il aider à construire ? demanda-t-elle d'une voix faible.

Le sourire radieux qu'Amir lui adressa alors balaya la tension qui venait de s'installer entre eux.

— Un hôpital pour les femmes et les enfants. Approprié, non ?

Tout au long de la soirée, Cassie s'efforça de garder à l'esprit que le danger n'avait pas disparu, qu'elle n'aurait pas dû se sentir si détendue… Oui, le danger était bien là. Et l'homme qui vaquait à ses occupations à l'autre bout de la vaste tente n'y était pas étranger !

Mais, malgré elle, le réconfort et les soins qu'Amir lui avait prodigués, sa simple présence dans la tente, lui donnaient le sentiment d'être à l'abri.

En proie à des sentiments contraires, elle le suivit du regard, fascinée par chacun de ses mouvements. Il n'y avait rien d'étonnant à cela, après tout. Sa curiosité était bien naturelle, elle vivait une aventure assez extraordinaire. Et être fascinée par ce torse lisse, ces muscles puissants, ces larges épaules et ces hanches étroites, ces fesses qu'elle devinait fermes sous le mince tissu de son ample pantalon… n'était pas un crime ! Comment ne pas être sensible à tant de virilité conquérante ?

Pourtant, Cassie se sentait perturbée : elle n'avait jamais été du genre à convoiter un homme, fût-il superbe ! Pourquoi Amir éveillait-il ses instincts les plus profondément enfouis ? Pourquoi son cœur battait-il plus fort quand elle le regardait ainsi aller et venir avec cette élégance presque féline ?

Le regard de jais d'Amir se posa sur elle et elle eut le souffle coupé. Soudain, il fut près d'elle. Seul le lit les séparait. Plongée dans ses pensées, elle ne l'avait pas vu se rapprocher, et il lui faisait maintenant face depuis l'autre côté de l'immense lit.

— Voulez-vous que la lampe reste allumée cette nuit ? demanda-t-il. Cela vous rassurerait-il ?

A ces mots, l'excitation de Cassie retomba. Alors, elle s'était trompée ? Le regard d'Amir, cette question prosaïque, tout montrait qu'il n'éprouvait pour elle que de la sollicitude ! Une sorte de déception l'envahit malgré elle. Un sentiment qu'elle s'efforça de refouler : elle ne voulait pas qu'il s'intéresse à elle, n'est-ce pas ? Elle était, elle *devait être* soulagée d'être seulement… sa protégée !

— Ce n'est pas la peine, vous pouvez éteindre, répondit-elle, en s'efforçant de maîtriser sa voix.

Il ne devait rien savoir des émotions qui la traversaient.

Un instant plus tard, la tente était plongée dans l'obscurité. Cassie ne percevait plus que quelques sons légers : le bruit d'un objet déposé sur la table de nuit, un froissement lorsque son compagnon se glissa sous le drap. Aussitôt, elle sentit son cœur s'emballer et la réalité s'imposa à elle avec force : elle était au lit avec un homme. Un homme inconnu. Viril. Puissant.

Furtivement, elle glissa la main sous son oreiller et replia les doigts sur la poignée dorée de la magnifique dague qu'il lui avait prêtée. Mais en vain. Ce contact n'apaisa pas son agitation. Elle soupira. Elle n'avait nul besoin de se protéger contre Amir ! C'était contre son propre trouble qu'elle devait lutter. Se sentir partagée entre l'envie de courir se réfugier à l'autre bout de la tente et le désir brûlant de se blottir au creux des bras d'Amir la tourmentait.

— Ecoutez, Amir, dit-elle alors, aucune servante n'est venue aujourd'hui. Personne ne s'apercevra que nous n'avons pas passé la nuit ensemble. Je pourrais m'installer sur le tapis…

— Non, coupa-t-il. A partir de maintenant, vous serez traitée avec respect. J'ai été intransigeant sur ce point avec Mustafa, ce n'est pas pour vous faire dormir par terre dans ma propre tente. D'ailleurs, vous avez besoin de repos après cette épreuve. Un peu de confort vous fera du bien.

Le silence les enveloppa. Cassie tenta de se détendre, sans y parvenir. De nouveau, la voix grave et douce d'Amir s'éleva :

— Cassandra ?

— Oui ?

— Cet homme sera puni pour vous avoir frappée. S'il y a autre chose à lui reprocher… il faut me le dire.

— Je…

— Ou si les autres vous ont… fait du mal. S'ils vous ont maltraitée d'une autre manière, ils le paieront, continua-t-il, la voix vibrant d'une colère sourde, mal contenue.

Cassie se sentit rougir. Elle venait enfin de comprendre à quoi il faisait allusion. Dieu merci, la lumière était éteinte.

Jamais elle n'aurait pu supporter son regard pendant cette conversation.

— Ils ne m'ont pas touchée de cette façon.

— Vous n'avez pas à avoir honte, assura-t-il avec chaleur. S'ils vous ont...

— Non ! s'écria-t-elle. Non, ils ne l'ont pas fait.

Elle marqua une pause, hésita — mais le besoin de se confier était plus fort que sa gêne. Dans le noir, il était plus facile de dévoiler ses peurs... Et de puiser du réconfort dans la présence d'Amir.

— J'étais sûre qu'ils allaient me violer. Chaque fois que le garde entrait dans la tente, et qu'il me regardait, j'étais sur le qui-vive... La nuit dernière, quand ils m'ont traînée dans la grande tente, j'ai cru que...

— Evidemment, souffla Amir, d'une voix brusque. Vous avez été très courageuse, hier soir. La plupart des femmes auraient eu trop peur pour oser m'attaquer... Et même pour se défendre.

La colère et la compassion qu'elle décelait dans sa voix bouleversèrent Cassie. Il était vraiment son allié ! Soudain, elle réalisa que, obsédée par son propre sort, elle ne s'était même pas excusée de l'avoir attaqué la veille. A présent, elle tremblait à l'idée de ce qu'elle avait failli faire.

— Je suis désolée de vous avoir blessé, dit-elle. Si le couteau avait pénétré profondément...

— Ce ne serait pas arrivé, affirma-t-il avec calme.

— Il s'en est fallu de peu.

— C'est vrai. Vous êtes une de ces femmes avec lesquelles il faut compter.

Un compliment inestimable pour une femme qui avait toujours dû se débrouiller seule ! songea Cassie, avec émotion.

— Est-ce que ça vous fait mal ?

— Je n'y pense même pas. Mais je veillerai à ne pas

vous mettre en colère la prochaine fois que nous partagerons une coupe de fruits !

Cassie étouffa un petit rire. L'humour d'Amir était communicatif et, pour la première fois depuis une éternité, elle se sentit le cœur léger. C'était si bon !

# Chapitre 6

Cassie inspira à pleins poumons l'air frais que la végétation environnante parfumait de senteurs épicées. Après plusieurs jours de confinement dans la tente, elle savourait la liberté de se promener dans ces montagnes. Même si cette liberté restait illusoire…

Elle jeta un coup d'œil vers l'endroit où, dissimulés à la vue, les gardes assuraient la sécurité de l'hôte royal de Mustafa. Et veillaient aussi, sans doute, à ce qu'elle-même ne prenne pas la fuite !

— La vue vous plaît ? lui demanda Amir.

Sa voix grave et sensuelle ramena son attention vers Amir. Comme à son habitude, il restait à bonne distance. Bien plus que cela n'était nécessaire… La vérité, songea Cassie, c'était que, en dépit de leur intimité forcée, il ne s'intéressait pas à elle. Et il le lui faisait clairement savoir.

Avait-il perçu combien elle était troublée pendant qu'il la massait ? Avait-il deviné son désir pour lui ?

Chassant les pensées qui la tourmentaient, elle se concentra sur ce qui l'entourait.

— Cet endroit est très beau. Merci de m'y avoir amenée.

— L'enfermement doit vous peser, observa-t-il. J'aimerais pouvoir faire plus pour vous.

Elle soupira. Amir était un homme d'action, elle l'avait tout de suite compris. Habitué à triompher de tous les obstacles.

Il devait être exaspéré de ne pas pouvoir l'emmener tout de suite à Tarakhar.

— Je me doute que le temps que vous me consacrez est autant de temps perdu pour les négociations. Et plus elles traînent, plus notre départ est retardé.

Amir haussa les sourcils. Etait-il surpris, s'était-il imaginé qu'elle ne comprenait pas la situation ? Elle avait pourtant tout le temps de réfléchir, pendant ses longues heures d'enfermement...

— Je vous suis très reconnaissante d'avoir organisé cette excursion, continua-t-elle, consciente qu'il avait fallu pour cela mobiliser les hommes de Mustafa et l'ensemble de la suite d'Amir. Mais soyez certain que j'ai aussi hâte que vous de partir.

Certes, Amir la protégeait, mais elle ne se sentirait tirée d'affaire qu'une fois à Tarakhar. De nouveau, son regard se posa sur le splendide panorama qui s'offrait à eux.

— Où se situe la frontière ? demanda-t-elle.

D'un geste, Amir désigna la vaste étendue de champs en contrebas du sentier rocheux sur lequel ils se trouvaient.

— Tout cela fait partie de Tarakhar.

— Une terre prospère... Lors de ma traversée du désert dans le car, je l'avais crue plutôt aride.

— Elle est irriguée par un très ancien réseau de canaux qui recueillent les eaux de ruissellement, précisa Amir. Plus loin au sud, c'est le Grand Désert. Un des endroits les plus inhospitaliers au monde. Mais des nomades vivent à sa lisière.

Cassie l'écouta, fascinée par sa fougue. Il lui décrivait son pays, fait de vallées fertiles, de zones désertiques, de montagnes découpées... Quelle ferveur ! Bien sûr, elle aimait Melbourne, son animation, sa vie culturelle intense. Mais jamais elle n'avait ressenti cet attachement puissant, cet amour pour sa terre, si vibrant chez Amir.

— Je ne pensais pas que ce serait si beau, murmura-t-elle en contemplant le paysage qui s'étendait sous leurs yeux.

— Vraiment ? Cela vous plaît ?

Amir réprima un sourire.

Pourquoi attachait-il autant d'importance à l'approbation de cette femme qu'il connaissait à peine ?

Remettant cette interrogation à plus tard, il la guida en silence vers les sièges confortables que ses aides de camp avaient dépliés à proximité, près d'une table chargée de victuailles. Une fois de plus, Farouk s'était surpassé.

A la vue de l'éventail impressionnant des mets disposés sur la table, un petit rire joyeux s'échappa des lèvres de Cassie. Malgré ses bonnes résolutions, Amir sentit un sourire se dessiner sur ses lèvres. Il devait se reprendre s'il ne voulait pas risquer de briser la réserve qu'il imposait à leur relation. Bien sûr, il voulait la mettre à l'aise et, si possible, la guérir de son traumatisme. Mais le danger était trop grand. Déjà, leur intimité croissante le mettait mal à l'aise. A regret, il refoula son envie d'entendre rire encore sa fascinante compagne, de faire plus ample connaissance avec elle.

Dans la tente plongée dans l'obscurité Amir luttait pour trouver le sommeil. Et, bon sang, Cassie ne lui facilitait pas la tâche ! Elle devait être épuisée par leur excursion car elle s'était rapidement endormie et n'avait pas tardé à rouler vers lui, certainement en quête de chaleur. Il sentait contre son dos, ses fesses et ses jambes le corps de la jeune femme qui frôlait le sien : ses seins ronds, le renflement de son ventre, ses jambes repliées contre les siennes. Elle avait même glissé une main sur lui. Cela serait si simple de se déplacer légèrement, pour que cette main vienne se poser là où son désir le brûlait… Pourtant, il fallait résister à cette tentation. Comment la simple compassion avait-elle pu se muer si vite en fascination, et cette fascination en désir ?

Il poussa un soupir, et tenta de penser à autre chose. Mais Cassie soupira aussi dans son sommeil, et vint se blottir plus près encore. Le souffle chaud et régulier de la jeune femme lui caressa la nuque.

Une image s'imposa à lui. La bouche de Cassie. Sa bouche incroyablement sensuelle, même lorsqu'elle n'était pas fardée... Ses lèvres pleines, pulpeuses, leur moue languide... Une pure invitation aux fantasmes les plus torrides.

Un frisson de désir le traversa. Combien de nuits d'insomnie et de trouble devrait-il encore endurer ? Il y avait forcément une explication rationnelle aux réactions qu'elle provoquait en lui : après tout, il n'avait pas fait l'amour depuis des mois. Mais cette idée ne calma pas le feu qui s'emparait de lui. Au contraire, il eut soudain envie de la renverser, de la clouer sous lui et de satisfaire son désir impérieux.

Bien entendu, il n'en ferait rien. Il ne pouvait pas se comporter comme une brute. Cassie était sous sa protection, elle lui faisait confiance.

Amir soupira. Il devait aussi penser à sa future épouse qui l'attendait à Tarakhar. Mais, bizarrement, l'approche de ses noces n'éteignait en rien son désir pour cette envoûtante femme aux yeux violets qui partageait son lit.

Amir se figea dans l'antichambre qui précédait la pièce principale de la tente, fasciné par le spectacle que lui offrait Cassie malgré elle. Toute la journée, il s'était interdit de penser à la jeune femme. Pour négocier avec Mustafa, cet homme retors et malhonnête, il devait mobiliser toute sa concentration. Pourtant, cette excitation latente, la conscience confuse qu'il retrouverait Cassie quand il regagnerait ses quartiers, ne l'avait pas quitté.

Et maintenant, cette vision !

Vêtue du costume de danseuse, elle faisait des étirements et des mouvements de gymnastique. Son corps souple et vigoureux promettait des merveilles dans des exercices beaucoup plus intimes… Il la regarda descendre au sol en grand écart puis ployer vers l'avant, les mains nouées sous un pied, la tête posée sur le genou.

Une vague de désir l'assaillit. Il avait envie de…

— Amir !

Un sourire éclaira le visage de Cassie, et, l'espace d'un instant, ses extraordinaires yeux semblèrent briller de plaisir. Mais elle baissa vite les paupières et il éprouva une vive frustration. Quel comportement étrange ! Cette femme fougueuse n'avait pas hésité à l'attaquer férocement et, maintenant, elle lui dérobait son regard depuis des jours. Est-ce qu'en dépit de son courage et de son indépendance, elle manquait de confiance en elle ?

Ou était-ce parce qu'elle percevait, rentrée en lui, la tension qui le tourmentait ?

Laissant retomber derrière lui la lourde tenture, il avança vers la jeune femme.

Cassie se releva immédiatement, gênée de porter une tenue si peu pudique et consciente que quelque chose n'allait pas. Amir semblait tendu. Plus farouche que jamais, l'éclat de son regard fit battre plus vite le cœur de Cassie.

— Que s'est-il passé ?

— Des palabres, une fois de plus. Des propositions et contre-propositions. Des échanges de courtoisie.

Il esquissa un sourire furtif avant de poursuivre :

— Un rituel ennuyeux, mais comment faire autrement ?

A cette évocation, Cassie se rembrunit. Bien sûr, elle avait conscience du fardeau qui pesait sur Amir. Mais il semblait le porter avec une telle aisance qu'elle en oubliait parfois qu'il dirigeait un royaume, qu'il était responsable du bien-être de milliers de personnes. La présence d'une intruse sous sa tente ne pouvait que le priver de l'intimité dont il avait besoin après une longue journée…

Un désespoir soudain l'envahit. Que dire de ses journées à elle ? Passées à lutter contre l'ennui et cette insupportable angoisse que lui causait la présence des gardes autour de la tente. Et à penser à Amir aussi, bien sûr. Comment avait-elle pu sous-estimer si longtemps le poids qu'elle était pour lui ? C'était terriblement gênant d'être à ce point indésirable ! Mais que faire ?

Dans un mouvement de défense, elle s'enveloppa dans sa cape, prête à aller se réfugier dans un coin de la tente où elle ne le dérangerait pas. Mais elle n'en eut pas le loisir.

— Vous êtes danseuse ? lui demanda Amir.

Cassie tressaillit. Cela faisait des jours qu'ils n'avaient que des conversations impersonnelles, souvent d'ordre pratique — sans doute pour éviter que leur proximité forcée ne devienne dangereusement intime. Une précaution bien inutile ! Amir occupait ses pensées, de toute façon ; il hantait ses rêves. Quand il était là, son cœur battait plus vite. Si leurs regards se croisaient, un trouble inconnu l'envahissait…

— Danseuse ? Non, pas du tout, répondit-elle.

— On aurait dit des exercices de danse.

— J'en ai fait un peu il y a quelques années, ainsi que du yoga et de la gymnastique. J'ai besoin de m'occuper.

Les heures lui semblaient bien longues dans sa solitude. Et puis, elle n'avait jamais pu supporter l'inactivité.

Sans un mot, Amir continuait à l'observer. Comme toujours, elle se sentit faiblir : son air impénétrable, ses silences… toute cette tension entre eux devenait intenable.

— Je suis comédienne, s'empressa-t-elle d'ajouter. Je dois entretenir ma forme. C'est épuisant d'être sur scène.

— Une actrice ? Et vos parents en pensent quoi ?

— C'est un métier respectable, vous savez, répondit-elle

en réprimant un sourire. Quant à mes parents… je n'en ai pas. Ma mère est morte l'an dernier.

— Je suis désolé. Vous avez perdu votre père lorsque vous étiez très jeune, c'est ça ?

Il aurait été plus simple d'acquiescer pour clore le sujet. Après tout, c'est ce qu'elle avait toujours fait quand on lui posait des questions sur son père… Mais quelque chose dans le comportement d'Amir, dans sa sollicitude désintéressée l'empêchait de lui mentir. Tous ces efforts pour préserver sa vie privée, et voilà que cet homme, au regard si perspicace, triomphait de sa pudeur…

— Nous n'avons pas de relations, avoua-t-elle.

Certes, c'était une version édulcorée de la vérité. Mais il n'avait quand même pas besoin de savoir que son père n'avait jamais tenu compte de son existence !

— Mais c'est son devoir de s'occuper de vous ! De vous protéger ! s'exclama Amir.

Oui, c'était sans doute ce que les pères normaux faisaient… Incapable d'affronter plus longtemps le regard d'Amir, Cassie se détourna en silence, et alla s'asseoir sur un coussin, près de la table basse.

— Cassie ?

Amir semblait encore plus las et tendu qu'à son arrivée. Elle avait tort de lui imposer ses propres soucis…

— Il n'y a pas de problème, je vous assure. C'est une vieille histoire.

Pour se donner une contenance, elle saisit un abricot sec dans la coupe en céramique et le porta machinalement à ses lèvres. Amir vint s'asseoir près d'elle. Lorsqu'elle le surprit qui regardait sa cuisse dénudée, elle réprima la tentation de s'écarter de lui. Surtout, ne pas trahir son trouble…

— Racontez, dit-il.

— Dès qu'il a pu, il m'a mise en pension pour se débarrasser de moi. C'était son idée de l'éducation.

— Peut-être voulait-il vous assurer une bonne formation.

— Je crois surtout qu'il ne voulait pas de moi. A ses yeux, j'étais un embarras, confessa-t-elle.

Un silence gêné tomba sur eux. Amir saisit à son tour un abricot et y mordit de toute la force de ses dents parfaitement blanches. Cassie le regarda malgré elle croquer le fruit. S'il l'embrassait, se montrerait-il aussi gourmand, aussi sensuel ? Ses lèvres étaient-elles aussi douces qu'elle se l'imaginait ?

— Les hommes ne sont généralement pas très portés sur les démonstrations d'affection, lâcha-t-il enfin.

Cassie laissa échapper un rire amer, qui trahissait sa blessure. Une blessure qu'elle avait cru guérie depuis des années.

La sympathie qu'elle lut alors dans le regard de jais d'Amir la bouleversa. Elle était si peu habituée à inspirer de la compréhension… D'ailleurs, elle n'en attendait pas. Amir avait le don de la faire se sentir vulnérable et cela ne lui plaisait pas. Pour survivre, elle devait rester indépendante, ne surtout pas se laisser aller.

Cassie se força à se remémorer tous ces projets qui lui permettaient de lutter contre le vide de sa vie : enseigner la comédie dans un centre social, faire du bénévolat à l'étranger… Oui, elle s'en sortait très bien toute seule !

— Cassie ? Qu'y a-t-il ?

— Rien, murmura-t-elle, c'est du passé.

Mais le regard d'Amir l'obligea à poursuivre. Il n'était pas dupe.

— Mes parents n'étaient pas mariés, lui avoua-t-elle. Mon père avait déjà un foyer, et ma naissance n'a pas été considérée comme une bonne nouvelle.

Inutile de lui préciser que, malgré tout, ses parents avaient continué d'entretenir une liaison illégitime pendant des années. Des années pendant lesquelles elle n'avait été qu'un fardeau, un accident embêtant.

— Bref, je ne dois de comptes à personne. Je suis libre de mener ma vie et ma carrière comme je l'entends. De décider par moi-même.

— Et y a-t-il quelqu'un qui se soucie de votre sort à Tarakhar ou ailleurs ? s'enquit Amir.

Elle se força à lui adresser un pâle sourire :

— L'école où je dois enseigner ne m'attend pas avant une semaine. Mais ma logeuse espère recevoir une carte postale, et mes amies voudront connaître mes aventures lorsque je rentrerai à Melbourne. J'aurai beaucoup de choses à leur raconter, n'est-ce pas ?

— Si je comprends bien, personne en particulier n'attend votre retour ?

— Non.

Elle avait toujours été seule. Alors pourquoi, tout à coup, y attachait-elle de l'importance ? Mortifiée par l'émotion qui l'étreignait, elle tenta de faire diversion :

— Et vous ? demanda-t-elle. Quelqu'un vous attend dans votre pays ?

Il ne serait pas étonnant qu'il ait une compagne, peut-être même une épouse. Pourquoi n'avait-elle pas envisagé cette possibilité ? Soudain, elle frissonna : elle avait peut-être partagé la couche d'un homme marié, et rêvé qu'il la touche comme aucun homme, jamais, n'avait été autorisé à la toucher…

Mais le regard intense qu'il posa sur elle semblait dire le contraire.

— Non, personne en particulier.

Entre eux, l'air se chargea d'une tension impalpable.

— Vous aimez votre métier ? demanda Amir.

— J'adore ça. La plupart du temps.

— Mais pas toujours ?

— Il y a des hauts et des bas, comme pour tout. Mais je gagne ma vie et j'ai des activités de complément. Il m'a fallu un certain temps pour économiser l'argent nécessaire à mon séjour à Tarakhar.

— Etait-ce si important de faire du bénévolat chez nous ?

— C'est une chose qui me tient à cœur, oui…

Elle n'avait aucune envie de s'expliquer. C'était… *personnel*. Et avec Amir, elle n'avait déjà que trop tendance à s'épancher.

Bien sûr, elle aimait le métier d'actrice, mais elle était lasse de l'égocentrisme qui régnait dans le milieu du spectacle. Toute sa vie, elle s'était sentie seule, à la dérive. Sa mère ne cessait de lui reprocher sa rupture avec son père. Comme si, par sa naissance, elle avait volontairement gâché l'idylle qui liait sa mère et le seul homme qu'elle eût aimé.

Cassie frissonna. Oui, elle avait appris très jeune à ne compter que sur elle-même. Mais aujourd'hui elle désirait bâtir quelque chose de solide et de stable. Avoir le sentiment d'échanger et de partager, de contribuer à quelque chose. Si seulement son séjour à Tarakhar pouvait l'aider à faire le point sur cette nouvelle vie…

Perdue dans ses pensées, elle tendit machinalement la main vers la coupe de fruits et heurta le bras d'Amir. Il tressaillit, comme brûlé par ce contact, et replia brusquement le bras. Son regard se fit menaçant, comme si elle venait de faire quelque chose de mal.

Cassie s'écarta aussitôt. Evidemment ! Amir était un prince royal ! Il était habitué au luxe et pas à partager ses appartements avec une « invitée » indésirable à laquelle, en temps ordinaire, il n'aurait même pas accordé un regard. Il allait encore la gratifier d'un commentaire ironique qui ne manquerait pas, comme toujours, de la mettre mal à l'aise…

Mais non. Il gardait le silence. Incapable de rester près

de lui plus longtemps, elle esquissa un mouvement pour se lever.

— Restez !

C'était clairement un ordre, pas une requête. Il fit un geste, comme pour la retenir, mais se figea avant de la toucher. Une fois de plus, la distance qu'il maintenait entre eux était éloquente. Il ne voulait aucun contact avec elle… Comme si le contact de sa peau allait le souiller. Soudain, les instants où il l'avait tenue derrière lui pour la protéger, où il l'avait massée, lui revinrent à la mémoire. Cela lui avait-il inspiré de la répugnance ? Il semblait terriblement lointain, en tout cas, et plus rien ne subsistait de leur complicité.

Un sentiment trop familier d'infériorité l'envahit et Cassie se sentit plus abattue encore que d'habitude. Car, cette fois, c'était Amir qui l'humiliait. Amir, l'homme dont le soutien lui était presque devenu indispensable.

Bien sûr, elle s'était endurcie contre le rejet et l'humiliation, son lot quotidien depuis le lycée, où élèves et professeurs avaient fait de sa vie un enfer. Tous ceux qui avaient appris la vérité sur ses parents l'avaient toujours méprisée. Alors, la désapprobation qu'elle lisait maintenant sur le visage d'Amir n'aurait pas dû la perturber…

Et pourtant, aujourd'hui, elle se sentait plus blessée que jamais auparavant.

Elle dut faire appel à tout son art de comédienne pour dissimuler sa peine.

— Veuillez m'excuser…, dit-elle d'une voix qu'elle espérait calme. Quand on ne veut pas de moi, je m'en rends très bien compte.

Mais ses jambes se dérobèrent lorsqu'elle se leva et elle trébucha sur sa cape. Amir la rattrapa. D'un coup sec, il la tira vers lui, et Cassie laissa échapper un petit cri. Chaque fois, le contact de sa main ferme et chaude éveillait en elle des sensations troublantes. Elle le dévisagea, partagée entre la colère, le chagrin et l'étonnement.

— Si…, lâcha-t-il dans un souffle. Quelqu'un veut de vous.

Toujours aussi troublée, elle le scruta. A quoi jouait-il ?

— Ce n'est pas la peine de me ménager ! s'exclama-t-elle, gagnée par un sentiment d'indignation.

— Je n'ai aucun goût pour les platitudes hypocrites, Cassie, répliqua-t-il avec un étrange sourire.

Un sourire qui aurait pu exprimer l'amusement aussi bien que la souffrance.

— Je dis toujours ce que je pense. Vous êtes la bienvenue sous ma tente. Mieux que la bienvenue.

— C'est très aimable de votre p…

— Non, je ne suis pas aimable, et je n'ai rien d'un homme gentil. Je n'ai pas été habitué à l'être. Mais je suis franc. Vous pouvez me croire quand je vous dis que je vous désire.

*Du désir ?* Cassie eut le souffle coupé Amir lui parlait-il bien de cet émoi sensuel qu'elle s'attachait à éviter depuis le jour où elle avait compris ce que signifiait l'expression « femme entretenue » ? Depuis ce jour où elle avait pris conscience que sa propre mère subvenait à ses besoins en accédant aux désirs sexuels de son père et de tous les hommes riches et exigeants qui lui avaient succédé.

Pourtant, sous le regard torride et fiévreux d'Amir, au contact de sa main chaude qui emprisonnait la sienne, elle ne ressentait pas la répulsion familière. Au contraire, elle était parcourue par un frisson d'excitation.

Enfin, la sensation qu'elle éprouvait depuis plusieurs jours en sa présence prenait un nom ! Elle éprouvait du *désir*. Pour un étranger qu'elle connaissait à peine. C'était de la folie ! Mais il lui avait accordé plus de véritable tendresse que nul autre avant lui…

— Ne soyez pas si surprise, petit oiseau. Est-ce donc si étonnant ? Vous êtes belle, fascinante, dit-il en posant sur elle un regard chaleureux et bienveillant, comme s'il n'était pas seulement attiré par ses appâts les plus évidents.

Elle secoua la tête, à court de mots. Elle qui avait toujours su repousser les avances des hommes avec une réplique acérée !

Mais là, c'était différent. Pour la toute première fois de sa vie, elle était irrésistiblement tentée par l'intimité que lui proposait Amir. Elle ressentait au plus profond d'elle-même l'envie de le toucher, de se presser contre son corps. C'était donc cela qui l'avait rendue si nerveuse ces derniers jours !

Il la relâcha tout doucement. Cassie frissonna, aussi frustrée que s'il l'avait abandonnée.

— Ne vous inquiétez pas, dit-il, d'une voix calme et distante, redevenu maître de lui. Je vous veux, mais vous êtes en sécurité, sous ma protection — y compris contre moi-même !

De nouveau, il esquissa cet étrange demi-sourire. Cette fois, aucun doute, elle y décelait bien une forme de souffrance. Elle ouvrit la bouche, prête à confesser ce qu'elle ressentait. A lui avouer qu'elle ne savait plus comment lutter contre le besoin d'être avec lui, de se donner à lui dans ce lit qu'ils partageaient.

Mais elle retint les paroles qui menaçaient de franchir ses lèvres.

Dire qu'ils ne s'étaient même pas embrassés. Ils n'avaient pas eu une seule conversation intime. Pourtant, les sentiments qui la poussaient vers lui étaient irrépressibles. Et cette violence lui faisait peur…

Oui, elle était perdue. Toutes ces années, elle avait méprisé la conduite de sa mère et celle de ses amants. Alors, face au désir ardent qu'elle était en train de découvrir en elle, elle perdait pied, partagée entre l'excitation et la crainte.

Pourquoi éprouvait-elle toutes ces sensations et leur contraire ? Etait-elle seulement reconnaissante à Amir de l'avoir sauvée du pire ? Ou devait-elle croire à la force véritable de ses propres sentiments ?

Ils étaient si puissants, si débordants, même…

Elle osa poser sa main sur celle d'Amir.

— Ne me touchez pas, dit-il d'un ton vif qui la fit battre en retraite. Ma volonté est déjà soumise à rude épreuve. Ne me rendez pas les choses plus difficiles.

Il était si calme et si froid… Comment être sûre qu'il ne jouait pas avec elle ? Qu'il ne feignait pas ce trouble qu'il disait éprouver ? Non, il ne jouait sûrement pas. Lorsqu'elle l'avait effleuré, elle avait perçu sa tension. *Amir la désirait.*

Et elle le désirait aussi !

Mais céder à cette attirance, si violente qu'elle soit, serait une folie.

# Chapitre 7

— Vous jouez remarquablement aux échecs.

Cassie lui adressa un sourire réjoui, puis détourna vite les yeux comme si elle avait honte d'apprécier ce compliment. La lumière caressante effleurait joliment ses traits. Elle devenait de jour en jour plus animée, plus radieuse, comme illuminée par un feu intérieur. Elle était si attirante ! Quel homme pouvait lui résister ? se demanda Amir.

Mais il ne fallait plus y penser. Il lui avait déclaré son désir et elle ne lui avait pas répondu. Elle ne l'avait pas encouragé et c'était suffisant pour qu'elle soit intouchable. Même si c'était une véritable torture, même s'il n'en dormait plus…

Comment s'étonner qu'elle n'ait aucune envie de céder à ce qui ne serait sans doute qu'une passion passagère, un feu de paille ? L'enlèvement l'avait marquée… Et puis, il n'aurait jamais dû révéler son désir.

N'empêche, il n'avait pas pu rester insensible à ses confidences. Il avait été touché, bouleversé, même, de découvrir qu'elle avait été une enfant négligée et mal-aimée. Ainsi, c'était sa fragilité qu'elle cachait sous cette carapace de fierté…

Amir s'abandonna à ses souvenirs… Pour sa part, il avait grandi sans liens véritables avec sa famille. L'isolement, la nécessité de s'affirmer face au doute et au mépris des autres l'avaient rendu autonome. C'était grâce à sa force de caractère qu'il avait triomphé des obstacles dressés sur sa route. Il n'était pas du genre à perdre son temps en regrets inutiles. Non, il fuyait les émotions. Et pourtant… En découvrant le passé de Cassie, il avait été submergé par l'envie de la venger, et de la réconforter… Comme s'il en était capable !

Il savait donner du plaisir, cela oui. Mais Cassie avait besoin de plus. Décidément, ses pensées l'entraînaient sur une pente dangereuse, il était temps de se reconcentrer sur leur partie d'échecs. D'ailleurs, elle avait mal protégé son roi. Il avança son pion.

— Echec.

— Oh ! Je suis un peu rouillée, dit-elle les sourcils légèrement froncés.

Elle se plongea dans la contemplation de l'échiquier, absorbée par le jeu, et Amir dut résister à la tentation d'effleurer ses lèvres, d'y presser sa bouche… Encore trois jours, songea-t-il, et ils seraient hors d'ici. Tout serait alors plus facile. Si elle se sentait en sécurité, il aurait moins de scrupules à tenter de la séduire, il pourrait tout mette en œuvre pour la convaincre d'entrer dans son lit. Et Dieu sait s'il en avait envie ! Tant qu'il n'aurait pas eu cette femme, aucune autre ne pourrait l'en distraire ! C'était Cassie qu'il voulait. Elle l'obsédait. En fait, il n'était pas loin de l'avoir dans la peau…

— Qui vous a appris à jouer ? demanda-t-il.

— Un professeur. Celui qui m'a formée à l'art dramatique.

— Vous étiez très occupée.

— Je collectionnais les activités : badminton, tir à l'arc, pâtisserie, français… J'ai su jouer du piano et du saxophone avant d'entrer au collège. Mais j'ai dû arrêter le violon, je crois que j'étais très mauvaise…

— Vous avez accompli beaucoup de choses, pour votre âge.

Et il la comprenait. Ce besoin de se confronter sans cesse à l'inconnu, il le connaissait. Toute sa propre vie n'avait été qu'une succession de défis à relever. Des défis où tout le monde s'attendait à le voir échouer. Mais il s'était contraint à exceller. En tout. En particulier dans les arts guerriers traditionnels de Tarakhar. Son oncle et tous les dignitaires du royaume avaient été si sûrs qu'il ne trouverait jamais son rang parmi eux ! Il leur avait prouvé leur erreur.

— J'aurais préféré me plonger dans un bon livre, mais je n'avais pas le choix, raconta Cassie. Ces occupations extrascolaires me permettaient de rester à l'écart de la maison, à l'époque où je n'étais pas encore en pension. Une fois à l'internat, elles ont remplacé les week-ends en famille.

A ces mots, il sentit la colère, le regret et la compassion monter de nouveau en lui. De toute évidence, elle ne recherchait pas sa sympathie… et pourtant, il était ému. Qu'avait donc cette femme de si particulier pour le toucher à ce point ? Pourquoi Cassie Denison le bouleversait-elle, lui qui avait toujours su garder ses distances avec ceux qui désiraient entrer dans son intimité ?

— Et vous ? reprit-elle. Est-ce votre père qui vous a appris les échecs ?

— Non, répondit-il plus sèchement qu'il ne l'aurait voulu. Une servante du palais.

— Vraiment ? Comme les vieilles nourrices d'autrefois ?

— Si l'on veut. Mon oncle trouvait inconcevable que je ne sache pas jouer, lorsque je suis arrivé à Tarakhar. Il a ordonné qu'on m'apprenne.

Elle le dévisagea avec curiosité :

— Vous n'êtes donc pas né à Tarakhar ? Comment êtes-vous devenu cheikh, alors ?

— Le Conseil des anciens m'a désigné comme le plus digne de régner au sein de la famille royale.

Amir réprima une moue de dérision. Pourquoi avait-il tant de mal à contenir son émotion ?

— Tout va bien ? demanda Cassie.

Manifestement, en dépit de ses efforts pour les dissimuler, ses états d'âme n'avaient pas échappé à la jeune femme. Lui qui ne laissait jamais rien transparaître de ses sentiments, pourquoi baissait-il involontairement sa garde lorsqu'il était avec elle ?

— Oui, tout va bien. C'est juste que… Disons qu'en arrivant à Tarakhar, je ne bénéficiais d'aucune considération. J'étais sans doute le dernier auquel on aurait confié un rôle public.

— Pourquoi ? Qu'aviez-vous fait ?

— Rien du tout. Je n'avais que onze ans.

— Je ne comprends pas…

De toute évidence, elle ne lisait pas les rubriques people. Ou alors, c'était de l'histoire trop ancienne pour que les médias se donnent encore la peine de remuer ces scandales. De toute façon, il y avait des années qu'il ne lisait plus ce qu'on écrivait sur lui.

Il reporta son attention sur l'échiquier et déplaça une pièce, surpris de constater que, pendant leur conversation, Cassie était passée à l'attaque et commençait à retourner la situation.

— Mon père était le frère cadet du vieux cheikh, expliqua-t-il. Je faisais donc partie de la famille royale. Mais je ne vivais pas à Tarakhar.

— Vous avez été élevé dans la famille de votre mère ?

— Pas du tout.

De fait, il n'avait aucune famille maternelle ; sa propre mère était née « de père inconnu ». C'était la mention qui figurait sur son certificat de naissance, et son oncle avait veillé à le lui faire savoir, ça et beaucoup d'autres faits qu'il aurait préféré ignorer.

— Mes parents se déplaçaient souvent, expliqua-t-il. Ils vivaient en résidence hôtelière. Un jour dans les Caraïbes, le lendemain au Maroc, ou dans le sud de la France.

— Très exotique…

— Je suppose. Pour moi, ce n'était qu'un tourbillon de lieux et de visages.

De nouveau, les souvenirs affluèrent… Ses parents ne s'attardaient jamais assez longtemps quelque part pour qu'il puisse s'y faire des amis. Ils avaient la fâcheuse habitude de renvoyer ses nounous au moment où il commençait enfin à s'habituer à elles. Et quant à eux, ils étaient bien trop occupés à s'amuser, à passer de fête en fête, pour se soucier de lui.

La voix douce de Cassie le tira de ses pensées :

— Pourquoi n'étiez-vous pas estimé ?

Il contempla le regard attentif de la jeune femme. D'où lui venait ce besoin soudain de s'épancher ? Lui qui ne parlait jamais de sa vie personnelle ! Une vie personnelle qui relevait en grande partie du domaine public, d'ailleurs…

— Dès ma naissance, j'ai vécu entouré par le scandale. Mon père était le mouton noir de la famille. Il avait commis toutes les fautes imaginables : dilapider sa fortune au jeu, détourner des fonds publics…

— Vous plaisantez ! s'exclama Cassie.

D'un mouvement de tête, il fit signe que non.

— Il comptait sur son aîné pour le tirer des mauvais pas et le couvrir en toutes circonstances. Et il avait raison. Le vieux cheikh était prêt à tout pour lui éviter la prison. La honte aurait rejailli sur l'ensemble de la famille royale, vous comprenez… Mon père a fini par obtenir de son frère une très généreuse pension.

— Pour payer l'hôtel ?

— Et bien d'autres choses. C'était un coureur, un fêtard. Il ne s'était marié avec ma mère que parce qu'elle attendait un enfant.

— Au moins, il l'a épousée.

— C'est la seule fois où il s'est conduit en homme. Malheureusement, ma mère était un ex-mannequin de lingerie. Elle avait grandi dans un taudis et avait la réputation de monnayer les confidences que ses partenaires avaient le malheur de lui faire sur l'oreiller… Ce n'était pas vraiment ce qu'espérait la famille royale de Tarakhar.

— J'imagine.

— Le fait qu'ils soient morts tous les deux d'une overdose dans une soirée très privée n'a rien arrangé.

Cassie porta la main à son cœur.

— Oh ! Amir, je suis désolée !

Désolée ? Il n'avait nul besoin de compassion. Il avait à peine connu ses parents, alors pourquoi lui auraient-ils manqué ? En fait, il devait bien avouer que son retour à Tarakhar l'avait soulagé, et cela en dépit de la tyrannie de son oncle.

— C'est de l'histoire ancienne, affirma-t-il. Mais mon oncle redoutait que je devienne comme mon père : instable et irresponsable. Je ne peux pas lui en vouloir, tout le monde pensait comme lui et me regardait de travers.

— C'est injuste !

— La vie est injuste. Mais c'est peut-être parce que tout le monde attendait de me voir échouer que j'ai trouvé la force de surmonter les obstacles, justement. Et j'ai réussi.

Amir s'efforçait de parler d'un ton léger. Comme si le sujet n'avait que peu d'importance. Pourtant, il s'était juré qu'aucun de ses enfants n'aurait à souffrir comme il avait souffert ; jamais ils ne porteraient le sceau de la honte pour une chose dont ils n'étaient pas coupables. Il les protégerait. Il veillerait sur eux !

Il regarda Cassie, qui semblait préférer reporter son attention sur la partie d'échecs plutôt que de soutenir son regard.

— Votre oncle aurait pu vous accorder le bénéfice du doute ! dit-elle. Vous n'aviez que onze ans !

— C'était un homme bien. Mais après avoir passé son existence à tirer son frère d'affaire, il était à bout. Pendant des années, il s'est attendu à ce que je manifeste les mêmes traits de caractère que mon père.

— Mais cela n'a pas été le cas, affirma Cassie.

La certitude qu'il lut dans son regard chaleureux et rassurant le transperça. Et, pendant un instant un peu fou, il eut envie de la croire, de se contenter de cette confiance absolue qu'elle semblait avoir en lui. Il la détrompa pourtant :

— Je ne suis pas un saint, Cassie. Je ne suis pas toujours resté dans le droit chemin.

Cassie se sentit rougir, confrontée au regard brûlant d'Amir. C'était de lui qu'ils parlaient, pourtant elle avait l'impression qu'il perçait tous les secrets qu'elle s'efforçait de garder pour elle. Cette excitation, presque palpable, lorsque leurs regards se croisaient, par exemple. Ou cette sensation d'intimité, alors qu'ils restaient, après tout, des étrangers l'un pour l'autre…

Mais comment ne pas être touchée par ce qu'ils avaient en commun ? Tous deux étaient des enfants non désirés dont les parents songeaient avant tout à leur propre plaisir. Des parents dont la conduite honteuse avait jeté une ombre sur leur vie et fait d'eux des parias, des solitaires.

— Il est naturel que vous vous soyez révolté, affirma-t-elle, tout en le regardant pousser son avantage sur l'échiquier.

Il était en train de refermer le piège qu'il avait tendu à son roi.

Fascinée par ses gestes, suspendue à ses paroles, envoûtée par le timbre de sa voix, elle savourait le spectacle à la dérobée. Il n'était pas difficile de deviner que sa rébellion avait dû passer, en partie, par la séduction de nombreuses femmes. Amir était-il un play-boy comme son propre père ? Il avait un charme fou, et un sens de l'autodérision qui le rendait encore plus attirant. Sans parler du feu de son regard quand il lui avait avoué qu'il la désirait… Le seul souvenir de ce moment suffisait à faire se précipiter les battements de son cœur.

Mais ce qui l'intriguait par-dessus tout, c'était sa réserve. Que cachait-il sous ses airs ombrageux ? Quand il prenait ses distances, elle avait une envie folle de l'attirer contre elle, de le réconforter… Quelle idiote ! Amir n'avait nul besoin de son réconfort !

*Regarde la vérité en face*, s'ordonna-t-elle. En dépit de son désir pour elle, il ne s'était jamais laissé aller au moindre écart.

— Et vous ? Vous êtes-vous révoltée ? demanda-t-il de sa voix si musicale.

— J'ai cherché l'évasion, plutôt. A travers la comédie. Cela me permettait de m'inventer un autre monde, de devenir qui je voulais. D'exprimer mes émotions et d'oublier ce qui se passait autour de moi.

— Vous n'avez pas eu la vie facile…

— Je m'en suis tirée, je suis devenue forte.

Pendant qu'elle parlait, il s'était penché vers elle, et la contemplait de son regard intense. Un frisson la parcourut et, une fois de plus, elle se remémora l'instant où il lui avait avoué son trouble. Qu'est-ce qui l'empêchait de répondre à son désir ?

Pour dissimuler son agitation, elle s'ordonna de se concentrer sur le jeu. En vain. L'esprit vide, tout à son émoi intérieur, elle fixa l'échiquier sans bouger une seule pièce.

Soudain ses pensées s'éclaircirent. Mais bien sûr, la solution était là ! C'était tellement évident ! Incapable de retenir un petit sourire de satisfaction, elle déplaça sa reine, leva les yeux, rencontra le regard perplexe d'Amir et déclara :

— Echec et mat.

Cassie s'étira dans un demi-sommeil, savourant avec volupté une délicieuse sensation de bien-être.

— Cassie…

La voix d'Amir l'enveloppa.

— Mmm ? répondit-elle à contrecœur.

— Vous devriez vous déplacer.

Elle secoua la tête et se blottit plus profondément au creux du lit bien chaud. Cette odeur d'épices qui emplissait l'air était délicieuse et elle n'avait pas du tout envie de bouger. Pourquoi cherchait-il à la réveiller ? Cet état de somnolence rêveuse était absolument exquis.

— Cassie, il ne faut pas rester là…

La voix basse d'Amir venait peu à peu à bout de sa résistance et son assoupissement était sur le point de se dissiper lorsqu'il la tira, sans ménagement, vers la tête du lit. Elle ouvrit les yeux en sursaut, prête à protester. Dans un premier moment de confusion, elle ne perçut qu'un regard noir et ardent fixé sur elle ; puis un contact sur sa bouche, tiède et doux…

Mon Dieu ! Elle n'était pas pelotonnée comme d'habitude tout au bord du grand lit. Non, elle était collée à Amir ! Dans ses bras ! La délicieuse sensation de tiédeur qu'elle éprouvait, c'était son torse chaud et nu. Et elle sentait la caresse de sa bouche sur la sienne.

Les yeux mi-clos, elle sentit qu'il glissait la langue entre ses lèvres, et ses sens s'enfiévrèrent. Se cramponnant à lui, elle se cambra sous ses caresses et une onde de chaleur inonda son corps alangui… Sa fine chemise de nuit n'était plus guère une barrière entre leurs corps. La peau veloutée d'Amir était chaude contre la sienne, ses muscles fermes contre sa chair. Ce contact la grisait. Elle n'avait jamais rien ressenti d'aussi fort…

Lorsque Amir l'enlaça, elle faillit laisser échapper un

gémissement de plaisir. Instinctivement, sa bouche épousa celle d'Amir, la goûta, et leur baiser devint plus profond…

Ce n'était pas la première fois qu'un homme l'embrassait. Elle avait joué sur les planches beaucoup de scènes de séduction. Et dans la vie aussi, elle avait rencontré des hommes, qu'elle avait parfois encouragés. Pour essayer d'oublier ses peurs, la répugnance qui la paralysait… Jusque-là, aucun d'eux n'avait su triompher des blocages qui l'avaient toujours empêchée de se donner.

Tandis qu'avec Amir… Sous ses caresses, elle sentait toutes ses inhibitions s'envoler. Elle n'était plus que sensations. L'odeur et le goût d'Amir, épicés et virils, mêlés au parfum de fraîcheur et de propreté des draps, aiguisaient maintenant le désir puissant qu'elle avait de lui. Ses caresses légères, le contact de son corps ferme lui faisaient perdre la tête.

Elle glissa les mains sur son torse, caressant sa peau à la fois douce et brûlante. Elle avait envie de plus, beaucoup plus…

Sans un mot, Amir lui accorda ce que tout son corps réclamait. Il la fit rouler sur le dos et promena ses mains à la découverte de son corps… Cassie sentit s'accélérer les pulsations de son cœur. Pour la première fois de sa vie, elle voulait qu'un homme la touche. Un souffle de liberté et de vie l'animait. Attirant plus bas la main qui glissait sur son cou, elle murmura :

— S'il te plaît…

Et il ne se fit pas prier pour l'exaucer. Aussitôt, elle sentit qu'il prenait dans sa paume la rondeur d'un de ses seins. Sans la quitter des yeux, il se rapprocha encore pour mieux la caresser, puis il la recouvrit de son corps.

Tout à coup, la panique gagna Cassie. Elle étouffait ! Il l'écrasait ! Son plaisir avait laissé place à une insupportable sensation de suffocation, et voir cette forme obscure penchée au-dessus d'elle dans la pénombre la jeta dans l'angoisse.

Envolés, les délices du baiser ! Une peur incontrôlable la submergeait, à présent. Elle se sentait dominée par cet homme imposant. A sa merci.

Les souvenirs resurgirent du plus profond de son âme — elle était plaquée contre une porte par l'homme qui venait de sortir de la chambre de sa mère. Il la touchait. Encore aujourd'hui, elle pouvait presque entendre son rire gras, sentir son odeur de sueur et d'alcool…

Vite, il fallait qu'elle sorte de cette tente ! Qu'elle respire ! Mais elle était impuissante à rompre l'étreinte d'Amir. Dans un sursaut de terreur, elle réussit enfin à le repousser violemment, puis elle se débattit de toutes ses forces.

Soudain, elle se sentit libre. Haletante, elle se jeta en arrière et se recroquevilla à l'autre bout du lit.

Après un moment, qui lui sembla durer une éternité, son souffle se calma. Elle se tourna vers Amir. Il était assis, accablé, une main dans les cheveux, et respirait à un rythme saccadé. Sa peau était striée de marques rouges : mon Dieu, elle l'avait griffé !

Elle se figea. Que lui était-il arrivé ? Comment avait-elle pu passer du désir ardent à la panique la plus totale ? Tout cela en une poignée de secondes !

Amir la fixait avec inquiétude.

— Est-ce que ça va ?

Incapable de prononcer le moindre mot, elle hocha la tête. Il esquissa un geste indéchiffrable. Etait-ce de la frustration ou de la colère ?

— Ne me regardez pas comme ça, Cassie !

D'un mouvement vif, il se leva et gagna l'entrée de la tente, comme pour mettre une bonne distance entre elle et lui. Un instant plus tard, il s'était drapé dans une cape et s'apprêtait à sortir. Il lui jeta un dernier regard ; ses traits étaient tendus, mais Cassie perçut l'éclat fébrile qui enflammait toujours son regard.

— Je vous demande pardon. Cela ne se produira plus, dit-il. J'ai cru que vous désiriez…

Il marqua une pause, secoua la tête, puis affirma :

— Vous êtes en sécurité ici.

— Ce n'est pas votre faute, confessa-t-elle d'une voix étranglée. Je…

Mais il se détournait déjà.

— Dormez. Personne ne vous dérangera.

Sur ces mots, il sortit, pieds nus et impérial. Désemparée, Cassie se retrouva seule avec ses pensées.

# Chapitre 8

Amir traversait à grands pas le campement, insensible aux gravillons qui s'enfonçaient dans ses pieds nus. La peur de Cassie, son expression horrifiée lorsqu'elle l'avait repoussé l'obsédaient.

*Comment avait-il pu commettre une telle erreur ?*

Elle était à peine éveillée quand il avait tenté de la faire bouger. Il aurait dû se douter qu'elle ne savait pas ce qu'elle faisait. Mais comment résister alors que cela faisait des heures qu'il était tourmenté par le désir ? Depuis que ce joli corps endormi, à peine couvert d'une fine chemise, s'était collé contre le sien… Malgré ce que lui dictait sa raison, il n'avait pas pu s'empêcher de l'embrasser. Il faut dire qu'elle avait d'abord réagi favorablement à ses caresses… Quand elle l'avait imploré, il avait cru qu'elle éprouvait, comme lui, un désir dévorant. Comment avait-il pu se tromper autant ? Croire que sa voix vibrait de désir alors que c'était l'accent de la peur ?

Ses pas le guidèrent vers un affleurement rocheux à la lisière du campement, et il regarda les premières lueurs de l'aube qui, depuis les montagnes, s'étendaient peu à peu vers Tarakhar. Si seulement ils avaient regagné son pays !

Là-bas, on aurait veillé sur Cassie. Elle aurait pu se remettre de ses épreuves, sans avoir à partager le lit d'un homme qui menaçait à chaque instant de s'octroyer des privautés qu'elle ne désirait pas lui accorder. Et dire que son sang-froid était légendaire ! A l'idée de ce qu'il avait failli faire, il était malade. Comment avait-il pu… alors qu'il lui avait promis de la protéger ?

A présent, deux jours encore les séparaient du départ. Deux jours entiers pendant lesquels elle redouterait le moindre de ses gestes. Deux jours pendant lesquels il ne pourrait fermer l'œil, de peur de se réveiller, une fois encore, dans une situation qui lui échappait.

Mais il avait été confronté à des épreuves bien plus terribles dans sa vie ! Il pouvait venir à bout de ces deux jours, non ?

Allongée dans ce lit trop grand pour elle, Cassie cherchait vainement le sommeil. Amir n'était pas reparu depuis l'aube. Dehors, des rires et de la musique résonnaient dans l'air nocturne. Sans doute y avait-il des festivités dans la tente principale. Et Amir en était sûrement l'invité d'honneur.

Pourquoi souffrait-elle autant de cette absence ? Il ne l'avait évitée qu'une journée…

Elle avait hâte de lui dire qu'il n'avait rien à se reprocher, et d'effacer la culpabilité qu'elle avait lue sur ses traits. Il avait en l'air si choqué lorsqu'il l'avait dévisagée avant de sortir ! Mais son baiser, si doux, n'avait été qu'une invite au plaisir. Il n'avait rien demandé, non, c'était elle qui l'avait incité, qui l'avait supplié même, d'aller plus loin. Il fallait qu'elle s'explique ! Qu'elle…

Cassie tenta de refouler la pensée qui l'obsédait. Oh ! Elle savait très bien ce qu'elle voulait : Amir. Oui, elle le désirait comme elle n'avait jamais désiré aucun homme. Pendant plusieurs jours, elle avait voulu se convaincre que c'était une illusion, due à l'étrange concours de circonstances qui les avait réunis. Elle avait voulu croire qu'il perdrait son charme une fois qu'elle aurait quitté cet endroit.

En réalité, elle avait juste eu trop peur d'affronter la vérité : elle le désirait ! D'ailleurs, pourquoi cela n'aurait-il pas été le cas ? Il était fort, beau, honorable. Et il la respectait.

Cassie soupira. Les événements des dernières heures l'obligeaient à regarder en face une autre réalité, enfouie au plus profond d'elle-même. Oui, la réaction qu'elle avait eue ce matin était *normale.* Elle désirait Amir mais, au moment où tout basculait, c'était un souvenir d'adolescence qui s'était emparé d'elle et l'avait plongée dans la peur.

Certes, Curtis Bevan ne l'avait pas violée, mais elle s'était sentie sale, souillée par cette agression. Cet incident et le mode de vie de sa mère l'auraient-ils plus profondément affectée qu'elle ne l'avait cru à l'époque ?

Pourquoi était-elle encore célibataire ? Parce qu'elle n'avait pas rencontré l'homme qu'il lui fallait… ou bien parce que ses blessures l'empêchaient de se donner ?

Elle s'était toujours considérée comme une survivante parce qu'elle avait résisté à tout. Aux brimades et à l'isolement ; à la négligence et aux reproches de sa mère ; à la honte et à l'indifférence de son père. Parce qu'elle avait réussi à se bâtir une carrière grâce à son talent et ses efforts. Eh bien, elle avait eu tort.

A la mort de sa mère, elle avait cru qu'en se débarrassant de tout ce que ses amants lui avaient offert — en distribuant ces « cadeaux », comme cette broche en diamant dont sa mère était si fière, auprès d'associations de charité — elle se sentirait libérée du passé.

Mais en réalité, elle n'était toujours pas libre. Or, elle voulait l'être. Elle désirait cette liberté autant qu'elle désirait Amir.

Il était minuit passé quand Amir rentra dans ses quartiers. Pourtant, une lampe brûlait encore sous la tente lorsqu'il y pénétra, baignant le vaste lit d'une lumière dorée… Même si les festivités de la soirée n'étaient pas à son goût, il s'était forcé à s'y attarder, repoussant le moment où il lui faudrait affronter le regard apeuré de Cassie.

Et maintenant elle était là, étendue sur le lit, offerte à son regard.

Amir soupira de soulagement. Dieu merci, elle dormait. Il n'aurait donc pas à faire face à l'angoisse de la jeune femme ce soir.

Cela dit, il se méfiait trop de lui-même pour partager de nouveau son lit. Il gardait à la mémoire le désir fiévreux qui s'était emparé de lui ce matin-là, quand il avait goûté à ses lèvres sensuelles, à sa peau qui avait la saveur du miel…

A cette pensée, un frisson le parcourut. Il allait dormir sur le sol, c'était plus sûr. Il enleva ses tuniques et enfila un pantalon léger, puis attrapa un coussin sur le lit.

— Ne partez pas, murmura Cassie.

Amir se figea. Lorsqu'il se retourna enfin vers elle, l'éclat des yeux violets de Cassie, rivés à lui, le foudroya. Il frémit, écartelé entre désir et remords. Bien sûr ! Elle ne dormait pas ! Elle était dévorée par l'angoisse, nerveuse à l'idée de le voir revenir…

— Je ne voulais pas vous réveiller.

— Ce n'est pas le cas.

— Ne vous inquiétez pas. Je dormirai par terre, ce soir.

— Ce n'est pas nécessaire.

Elle se redressa sur un coude, et les couvertures glissèrent, révélant le haut de son corps, la longue échancrure étroite de sa chemise… Il valait mieux éviter de regarder dans cette direction…

— C'est mieux comme ça, dit-il en détournant les yeux.

— Non, Amir.

Surpris, il la regarda fixement. Elle s'était empourprée et ses yeux brillaient d'un éclat qu'il ne s'expliquait décidément pas.

— Je veux coucher avec vous, dit-elle.

Incrédule, envahi de désir, il crut avoir mal entendu et secoua la tête. Mais elle s'obstina :

— Je suis désolée pour ce matin…

Il l'arrêta d'un signe :

— Vous n'avez pas à vous excuser.

— Si. Vous n'avez rien fait de mal. J'avais envie que vous m'embrassiez, j'avais envie de plus que cela…

Elle baissa les yeux en soupirant, et il regarda ses seins qui se soulevaient, libres sous la fine chemise. Les pointes saillaient sous le tissu. Amir se détourna pour dissimuler l'excitation qui le gagnait.

— Vous avez changé d'avis, il n'y a rien de mal à ça, affirma-t-il en cherchant à paraître détaché.

Résolu à mettre fin à cette conversation embarrassante, il entreprit de détacher sa montre et de la déposer sur la table de nuit. Dans sa nervosité, elle lui échappa et atterrit en cliquetant sur la surface marquetée.

— Dites quelque chose, Amir !

Qu'aurait-il pu dire ? Qu'il n'était pas sûr de pouvoir se contenir si elle changeait de nouveau d'avis ? Qu'il était un homme de chair et de sang, comme les autres ? Qu'il avait de plus en plus de mal à maîtriser son désir ?

— C'est une erreur, Cassie. Ce matin, vous étiez terrorisée.

Elle se rapprocha du bord du lit, de lui, et le regarda, posant sur lui ses grands yeux inimitables, d'un air presque grave. Sa bouche pleine était entrouverte, comme une invitation.

— Ce n'était pas à cause de vous. C'est juste que je me suis souvenue d…

— Je m'en doute, coupa-t-il, trop conscient de la terreur

qu'avait dû lui causer son enlèvement. Mais vous ne soignerez pas vos peurs en couchant avec moi.

Etait-ce bien lui qui parlait ? Lui qui cherchait à la dissuader ? Il n'en revenait pas ! Dans ses relations avec les femmes, il s'était toujours accordé la priorité. Bien sûr, il n'avait jamais volontairement blessé aucune d'entre elles, mais ses motivations avaient toujours été égoïstes, orientées vers son propre plaisir. Avec Cassie, tout était… différent. Elle était si vulnérable et en même temps si pleine de fougue et d'aplomb qu'elle le déstabilisait. S'il était indéniablement attiré, presque malgré lui, il désirait aussi la protéger.

— Vous ne savez rien de mes peurs ! s'écria-t-elle.

— Demain matin, vous serez soulagée que nous n'ayons pas…

— Non ! Je sais ce que je veux, Amir. J'ai paniqué ce matin, mais je vous veux.

*Je vous veux.* Ces mots, il les avait entendus dans la bouche de beautés si nombreuses qu'il en avait perdu le compte. Toutes plus belles, douces et sophistiquées les unes que les autres. Mais il n'avait jamais lu sur leur visage cette sincérité, cette authenticité. Il y avait en Cassie une fierté et une passion qui lui ôtaient tous ses moyens.

C'était une véritable torture de lui résister. Mais il était évident qu'elle était traumatisée par son enlèvement. Elle ne savait pas vraiment ce qu'elle voulait !

— Ne me tentez pas, dit-il.

Résolu à lui tourner le dos, il fut arrêté par la main fine de Cassie, qu'elle posa tout en douceur sur la sienne.

— Mais j'ai envie de vous tenter ! Ne le voyez-vous pas ? Ce n'est pas comme ce matin. Je sais ce que je fais.

Délicatement, elle laissa glisser ses doigts sur son poignet, et il réprima un frisson.

— Vous me désirez, lui dit-elle.

— Bien sûr.

Comment ne voyait-elle pas que c'était justement ce qui le tourmentait ? Qu'il la voulait trop pour se maîtriser encore longtemps ?

Elle lui adressa un petit sourire satisfait et, sans le quitter des yeux, ôta sa chemise. Alors, il fut perdu. D'un pas, il regagna le lit et rabattit les couvertures. Ses seins fermes aux pointes rosées, ses cuisses laiteuses, la courbe appétissante de ses hanches… c'était trop ! Un besoin urgent de la sentir contre lui s'empara d'Amir.

Il se glissa dans le lit et prit sa bouche. Cassie réagit aussitôt et l'accueillit avec élan tandis qu'il faisait courir ses mains sur sa peau claire et soyeuse. Oui, cette fois, elle répondait à ses baisers avec une passion non contenue. La sentir si proche, si consentante, c'était bouleversant…

— Es-tu tout à fait sûre ? murmura-t-il, se forçant à interrompre leur baiser.

— Certaine.

Son ton était presque grave, mais elle avait les lèvres gonflées par ses baisers, et le sourire le plus doux qu'il lui ait été donné de voir.

Lorsqu'elle colla son corps contre le sien, et l'enlaça comme si elle désirait le retenir pour toujours, il eut l'impression de s'embraser tout entier. Enivré, il prit dans sa paume un de ses seins et promena son pouce sur la pointe rose. Le soupir de plaisir qui le récompensa était délicieux et il renouvela sa caresse jusqu'à ce qu'elle se cambre pour mieux s'offrir à sa caresse. C'était un pur bonheur, un pur soulagement de la sentir si réceptive…

Levant les yeux, il lut de l'émerveillement dans le regard mauve de Cassie, assombri par le désir. Pendant un bref instant, le doute l'assaillit : elle semblait bouleversée, n'avait-elle jamais goûté à ces délices ? Emporté par la passion, il cessa vite de réfléchir, inclinant la tête pour happer la pointe de son sein entre ses lèvres et la sucer avec fièvre. Aussitôt, elle noua ses jambes autour de lui, et il crut sentir son sang courir dans ses propres veines.

Comme il la voulait ! Et elle aussi le désirait avec cette même ferveur.

Confusément, il fut traversé par l'idée qu'il ne fallait pas aller trop vite, qu'il devait songer d'abord au plaisir de Cassie, et non au sien. Mais, malgré ses années d'expérience, il était submergé par l'envie de la posséder tout de suite. Elle ne pouvait pas se refuser. Il en mourrait, sinon.

Pourtant, en lui imposant le poids de son grand corps, il ranimait sans doute chez elle des peurs latentes... Quelque chose avait mal tourné, ce matin... impossible de savoir pourquoi. Alors, son instinct lui souffla de cesser de peser sur elle, et il roula sur le côté, l'entraînant de façon à ce qu'elle se retrouve sur lui.

— Embrasse-moi, ordonna-t-il d'une voix impérieuse, sans lui laisser le temps d'hésiter.

Leurs bouches s'épousèrent et ce fut Cassie, cette fois, qui lui imposa son rythme. Elle était ardente et exigeante, ses mains l'exploraient avec fébrilité. Elle ondulait contre lui comme si elle aspirait à plus sans savoir comment s'y prendre...

Il la souleva légèrement et se glissa doucement en elle. Une vague de chaleur le traversa alors que sa chair le gainait peu à peu. Avec douceur, presque paresseusement, il fit glisser ses doigts sur la peau de Cassie et la sentit s'alanguir sous ses caresses. Alors, il se risqua à s'enfoncer plus profondément en elle.

Elle glissa plus bas sur son sexe, l'enveloppant d'un cocon de chaleur. Quand il donna un nouveau coup de reins, elle accompagna son mouvement jusqu'à ce qu'enfin, ils ne fassent plus qu'un.

Amir se tendit comme un arc et réprima sa jouissance. C'était mieux encore qu'il ne l'avait rêvé ! Le regard brûlant de Cassie se posa sur lui et il éprouva une sensation violente, quelque chose qui allait bien au-delà de l'union de leurs corps, de leur abandon total.

Un déferlement de plaisir le fit trembler de tout son être. Avec un sentiment d'incrédulité, il comprit alors que le temps lui était compté, que, déjà, les vagues de l'orgasme l'emportaient.

Cassie agrippa Amir qui, sous elle, était soulevé, secoué par les ondes du plaisir. Son propre corps commençait à peine à réagir, des pulsations agréables s'étendaient dans son ventre… Fascinée par l'abandon de son amant, elle le regarda perdre le contrôle, comme si une force irrésistible s'était emparée de lui…

Mais déjà, ses propres sensations s'estompaient. Quant à Amir, le souffle court, il s'était amolli entre ses bras. Timidement, elle remua.

— Pas si vite, lui dit-il.

Immobile, elle l'observa un moment. Elle commençait à se sentir mal à l'aise. Dans cette position, au-dessus d'Amir, elle se sentait… *exhibée*. Les yeux clos, il était manifestement perdu dans un autre monde. Un monde auquel elle n'avait pas eu accès.

Et soudain, sans qu'elle n'y comprenne rien, il roula sur lui-même, la renversant sur le côté en douceur, et, sans même lui accorder un regard, se leva pour gagner la salle de bains. Allait-il vraiment l'abandonner comme ça ? Un sentiment d'impuissance l'envahit. Incapable de détacher son regard de son dos nu, fascinée par ses mouvements puissants et gracieux, elle se prit à regretter cet envoûtement qu'il exerçait sur elle.

Elle se sentait… oui, flouée. Le désir intense qu'ils avaient l'un de l'autre, la façon dont son corps réagissait au moindre des effleurements d'Amir… tout cela avait semblé promettre bien d'autres satisfactions ! Frustrée, elle se recroquevilla au bord du lit, du côté qu'elle occupait d'habitude, et ramena les draps sur elle.

Pourquoi s'était-elle imaginé qu'il était différent des autres hommes ? Bien sûr, il avait fait passer son plaisir d'abord. Et si elle était restée bloquée aux portes du paradis, pas lui ! Ce qu'elle avait pu éprouver ou non le laissait indifférent ! Il ne l'avait même pas *regardée* ! Il s'était éloigné d'elle, presque comme si elle lui faisait *honte*.

Peut-être était-ce le cas, maintenant qu'il avait eu ce qu'il voulait ?

Non ! Elle ne le laisserait pas faire. Elle n'était pas comme sa mère. Et Amir n'avait pas le droit de l'humilier ainsi.

Mais ne dramatisait-elle pas ? Après tout, cette expérience avait quand même un aspect positif. En dépit de sa déception, elle avait réussi à dominer la terreur qui l'avait toujours paralysée à l'approche de l'intimité physique. Elle avait même découvert que cette intimité pouvait être merveilleuse ! Euphorique ! Cette expérience l'aiderait sûrement à guérir le mal invisible qui la rongeait depuis si longtemps, n'est-ce pas ?

— Cassie ?

La voix d'Amir était toute proche : elle sentit son souffle chaud sur sa nuque alors qu'il se glissait de nouveau sous les draps. De son bras viril, il l'enveloppa, la prit par la taille et l'attira contre son corps ferme. Elle frémit. Ce n'était pas juste ! Malgré sa colère et sa déception, son corps la trahissait.

Alors, furieuse, elle se raidit et essaya de s'écarter : mais Amir la maintenait contre lui. Prisonnière, elle était prisonnière ! Un mouvement de colère lui échappa.

— Je suis désolé, Cassie, murmura-t-il. C'était plus fort que moi. J'ai perdu la tête.

Une excuse à laquelle les hommes n'avaient que trop souvent recours et qui ne méritait aucune réponse…

— Tu es fâchée.

Elle haussa les épaules. Peut-être sa colère était-elle disproportionnée, après tout. Son inexpérience et son passé ne la rendaient sans doute pas très objective…

— Je n'ai pas aimé que tu te détournes de moi de cette manière, répondit-elle cependant à Amir.

A ces mots, Amir la renversa sur le dos. Cassie retint son souffle. Son visage était semblable à celui d'un dieu sculpté dans la pierre : magnifique, mais lointain, et son regard sombre comme la nuit était impénétrable.

— Cassie, je te demande pardon. Il y a longtemps que je n'avais pas perdu le contrôle à ce point… Seuls les jeunes gens et les amants égoïstes prennent sans donner en échange. Je suis désolé, je n'ai pas réussi à me contrôler, j'aurais dû rester plus maître de moi.

Désolé ? La surprise submergea Cassie. Elle avait mal jugé Amir, apparemment. Loin de manquer de considération, il avait simplement eu trop honte pour la regarder en face…

— Tu as un vrai problème avec la perte de contrôle, tu sais, lui dit-elle.

— Nous sommes deux alors, répondit-il en faisant courir ses doigts sur sa peau, dans une caresse pleine de promesses. Je n'ai jamais rencontré une femme aussi farouchement attachée à son indépendance.

Cassie aurait aimé savourer ces mots-là, qui lui étaient si chers, mais elle se sentit happée par le plaisir que les mains d'Amir qui parcouraient son corps faisaient peu à peu naître en elle. Amir pinça la pointe d'un de ses seins, puis laissa glisser sa main plus bas, se faufilant audacieusement vers le creux de ses cuisses. Des sensations puissantes la submergèrent.

Eperdue, elle prit le visage d'Amir dans ses mains et l'attira à elle pour l'embrasser à pleine bouche. A son tour, il s'empara de ses lèvres et lui répondit par un baiser langoureux et profond.

Amir lui faisait l'amour avec ses mains, sa bouche, avec tout son corps. Quant à elle, guidée par un instinct qu'elle ignorait, elle répondait à chacune de ses caresses, et il faisait surgir en elle un plaisir inimaginable, délectable, la menant vers un orgasme incroyablement intense.

Lorsqu'elle s'apaisa enfin, elle prit conscience qu'il lui murmurait des mots doux. Jamais on ne lui avait offert tant de douceur, tant de tendresse. Alors, enfin, elle se sentit différente, changée. Comme si elle vivait une seconde naissance. Etendue sous lui, haletante, l'esprit en feu, ses sensations allaient bien au-delà d'une simple entente charnelle.

Amir émergea à l'aube du sommeil le plus intense qu'il eût connu depuis longtemps. Déjà, la vie s'éveillait dans le camp, quelques cris, des cliquètements de harnais s'élevaient dans l'air matinal.... Mais il n'avait aucune envie de bouger. Il se sentait heureux, satisfait.

Et, surtout, il savourait la présence de la femme assoupie entre ses bras. La rondeur de ses seins et de ses hanches, sa chaleur, sa sensualité... tout en elle était terriblement excitant. Elle s'était donnée à lui avec enthousiasme, comme si la sexualité était un nouveau monde à explorer. Dans l'amour ils étaient égaux. Contrairement à ses maîtresses habituelles, elle ne demandait rien, sinon un plaisir partagé. D'où lui venait cette honnêteté totale ? Elle éveillait son intérêt bien au-delà d'une simple attirance physique.

Même si, en ce moment, c'était surtout son joli corps qui le tentait... Il posa une main possessive sur les hanches de sa compagne. Oui, la tentation était forte de repousser les couvertures pour la dénuder et...

Soudain, son cœur s'arrêta.

Une trace de sang s'étalait sur les draps. D'où cela pouvait-il venir ? Ni lui ni Cassie n'étaient blessés. Et il aurait juré que ce drap avait été rabattu vers le bas du lit pendant leurs ébats, non ? Ou peut-être pas… Dans ce cas, il n'y avait qu'une explication possible : Cassie avait dû le griffer pendant l'amour.

Il esquissa un sourire. Dans le feu des transports sensuels, elle pouvait se montrer sauvage, et il avait hâte de renouveler l'expérience… La nuit écoulée avait été ardente. Et maintenant, Cassie dormait, oublieuse du monde. Quel contraste avec les nuits précédentes, où son sommeil avait été agité, sans doute entrecoupé de cauchemars !

A regret, il ramena à lui sa main vagabonde, s'écartant un peu du corps tiède de sa maîtresse. Etrange… Il n'était pourtant pas dans ses habitudes de se retenir de prendre une initiative sexuelle. Et après ce qu'ils avaient partagé, elle accueillerait certainement ses caresses avec enthousiasme. Avec les autres femmes, avait-il jamais réprimé ses envies ? Non. Au contraire, il n'avait songé qu'à assouvir son désir.

N'empêche… Amir s'interdit de céder à son envie. Cassie était manifestement épuisée et dormir lui ferait le plus grand bien. Amir sourit pour lui-même : donner la priorité aux besoins de Cassie lui procurait une singulière sensation de satisfaction. Il était… heureux. Oui, heureux, de la regarder dormir.

Un sentiment de paix inédit l'envahit. Pour la première fois de sa vie, il regrettait presque d'être un solitaire. Enfant, il avait tellement aspiré à compter pour quelqu'un, à être spécial aux yeux d'un être, à avoir dans sa vie quelqu'un d'unique à chérir… En vain. Personne ne lui avait apporté d'affection. Il soupira. Et soudain, le sentiment de vide qu'il éprouvait enfant s'empara de nouveau de lui.

Assez ! C'était une faiblesse et il fallait être fort pour survivre. Il ne pouvait pas se permettre d'être sentimental…

Il secoua la tête. Il allait se marier. Les négociations étaient déjà en cours. L'attirance, les émotions, si volatiles, étaient des bases trop fragiles pour une union. Il l'avait appris, à ses dépens, dès son plus jeune âge. Alors il ne ferait pas l'erreur de faire un mariage d'amour. Non, il se marierait pour assurer sa descendance, pour la stabilité de sa nation, pour restaurer le prestige de sa dynastie après les excès et les scandales des dernières années.

Sa fiancée avait été choisie pour ses origines irréprochables, son appartenance à l'une des familles les plus riches et puissantes de Tarakhar, autant que pour sa beauté et sa docilité. Elle veillerait à son confort et à son plaisir.

Et, contrairement à sa propre mère, elle n'attirerait pas le scandale. Jamais leurs enfants ne connaîtraient le déshonneur. Ils pourraient toujours compter sur la protection et l'affection d'une mère respectable, d'un père présent. Ils ne souffriraient pas du dédain et de la méfiance de tout un peuple, qui s'attendrait à les voir quitter le droit chemin, comme leurs parents avant eux.

Sauf que toutes ces belles raisons ne l'empêchaient pas de désirer Cassie. Amir sentit son cœur battre plus fort comme il pensait à elle. Il y avait, chez cette belle étrangère, quelque chose d'unique, quelque chose qui manquerait forcément à sa future épouse si vertueuse. Et il voulait prendre le temps d'explorer ce mystère, d'y prendre plaisir, même. Sourire aux lèvres, il attira encore plus près de lui sa compagne endormie entre ses bras.

Oui, Cassie le suivrait à Tarakhar. Elle y serait son invitée, son amante, jusqu'à ce que leur passion soit entièrement consumée. Elle serait sa dernière histoire avant le mariage.

Il faudrait du temps pour arranger les fiançailles, puis la noce. Du temps qu'il consacrerait à Cassie, et cette parenthèse promettait d'être des plus agréables. Pour elle comme pour lui…

# *Chapitre 9*

— Non ! Je ne peux pas accepter !

Cassie contempla, sur le couvre-lit brodé, les vêtements somptueux que la caméristе du palais venait de lui apporter.

— Vous êtes sûre, madame ? demanda cette dernière en fronçant les sourcils. On va en apporter d'autres.

— Tout à fait certaine, déclara Cassie, se forçant à sourire pour ne pas froisser la domestique. Tout ceci est ravissant, mais je n'ai pas besoin de tant d'habits.

Ces toilettes étaient aux antipodes des vêtements pratiques et confortables qu'elle avait emportés en partant pour Tarakhar. Avait-on jamais vu une enseignante bénévole vêtue de robes vaporeuses, incrustées de pierres semi-précieuses ou brodées de fils d'argent ?

A vrai dire, cet étalage de tissus lui rappelait une de ses rares visites dans l'appartement luxueux de sa mère. Cette dernière revenait juste d'une séance de shopping — avec la carte platine de son dernier amant en date sans doute : dessous de soie et dentelle, escarpins à talons vertigineux, sacs de stylistes étaient étalés sur son lit. Comment oublier le sentiment de dégoût qui l'avait saisie face à cette cupidité maladive ? Bien sûr, elle savait bien que l'avidité de sa mère était le symptôme d'une insatisfaction profonde, qu'elle n'était pas heureuse de sa vie sans attaches, mais cela n'excusait pas tout. D'ailleurs, si elle se sentait seule, pourquoi l'avait-elle toujours repoussée ? Plus jeune, elle aurait tout donné pour nouer une relation plus affectueuse avec la femme qui l'avait mise au monde.

Mais Cassie avait toujours su qu'elle n'avait pas sa place dans la vie de sa mère. Pas plus que dans ce luxueux palais… Après avoir été baignée dans une immense baignoire de marbre, massée avec un mélange d'essences de rose et revêtue d'un caftan de la soie la plus fine, elle en était sûre. Cette vie n'était pas pour elle.

Quand elle était prisonnière dans les montagnes, elle avait perçu, bien sûr, l'autorité d'Amir, et elle savait qu'il était roi. Mais c'était autre chose de le voir évoluer dans son palais, dans son royaume. Des révérences des serviteurs à l'excitation de la foule sur le passage du cortège royal, impossible d'oublier son rang et son pouvoir !

Lorsqu'ils avaient passé la frontière, une équipe médicale les avait rejoints, spécialement réquisitionnée pour elle. Profondément émue par cette attention d'Amir, elle s'était tournée vers lui, prête à lui sauter dans les bras. Seules les expressions figées des membres de la suite royale l'avaient retenue. Amir, quant à lui, était resté distant. Oui, il avait retrouvé la froide autorité inhérente à son rôle de monarque. Un rôle qui la tenait, elle aussi, à l'écart.

Toute la matinée, il avait conservé cette attitude de réserve. Inutile de le nier, en moins d'une journée, un gouffre s'était creusé entre eux. Comme si leur nuit d'amour n'avait jamais eu lieu.

Comment expliquer cet intense sentiment de manque ? Bien sûr, cette nuit était une aberration et Amir avait raison de l'aider à prendre ses distances avec cette erreur. Alors pourquoi n'éprouvait-elle pas de gratitude à son égard ? Pourquoi se sentait-elle au contraire abandonnée, privée de quelque chose de vital ?

Choquée de se découvrir si dépendante de lui, elle avait

tout fait pour garder la tête haute tandis qu'on l'escortait à travers les jardins et le palais. Mais maintenant, dans cette suite merveilleuse, elle ne pouvait plus à jouer la comédie. Epuisée, meurtrie, elle se laissa tomber dans un fauteuil de bois doré.

— Est-ce que tout va bien, madame ? demanda la caméristе.

— Très bien. Ce bain était tellement agréable que je suis sans doute un peu trop détendue.

— Parfait. Sa Seigneurie tient à votre bien-être. Si vous le permettez, je ferai disposer une sélection de vêtements dans votre dressing. Vous pourrez choisir une fois reposée.

— Merci, dit Cassie en lui adressant un sourire reconnaissant.

Quelque chose la perturbait dans cet étalage de richesses. Est-ce qu'Amir ne cherchait pas, à travers ces toilettes magnifiques, à la remercier pour « services rendus » ? Un soupçon grotesque sans doute… Pourtant, impossible de s'en défaire.

— Puis-je faire autre chose pour vous ? demanda la caméristе.

— Non, merci.

La journée s'annonçait chargée. Cassie devait remplacer son passeport perdu, ouvrir un compte bancaire, communiquer à l'association le moyen de la joindre… Mais, pour le moment, ces efforts lui semblaient insurmontables. Elle avait surtout besoin de se reposer !

La caméristе se retira, elle se retrouva seule. Comment pouvait-elle se sentir aussi abandonnée alors que, pour la première fois depuis des jours, elle était à l'abri et on veillait sur elle ? Il fallait se résigner : l'homme qui avait été son amant pendant une brève nuit lui manquait…

Un instant, elle s'attarda avec bonheur sur ses souvenirs de la dernière nuit. La plupart des femmes éprouvaient sans doute, comme elle, ce… *désir ardent* pour leur premier amant. C'était naturel. Elle n'avait sans doute pas eu le temps d'assimiler vraiment ce qui s'était passé. Il faut dire qu'ils étaient partis si vite de la tente pour entamer leur descente dans les montagnes…

Elle gagna la porte-fenêtre et laissa son regard errer sur le jardin attenant à sa chambre. En fait, ce retour précipité lui facilitait la tâche, et elle devrait s'en réjouir. Il était plus simple ainsi de faire comme si de rien n'était. Amir y parvenait sans problème, lui…

Et comment le lui reprocher ? C'était elle qui avait pris l'initiative de leur nuit d'amour. Elle avait eu envie de coucher avec lui. Comme un antidote à sa tension et à son passé. Comme un moyen de surmonter sa peur des hommes. Elle ne recherchait que la satisfaction d'un désir purement physique, et en ce sens il l'avait comblée… Alors, pourquoi cette détresse parce que Amir gardait ses distances ? Pourquoi regrettait-elle son manque d'attention ?

Elle aurait dû être soulagée qu'il sache ne pas s'imposer et qu'il ne cherche pas à aller plus loin !

D'un mouvement décidé, elle sortit sur la terrasse et gagna le jardin. *Tu es forte, indépendante. Tu ne vas quand même pas te morfondre pour un homme, quel qu'il soit*, se réprimanda-t-elle.

Le crépuscule était déjà tombé lorsque Amir se mit en quête de Cassie. En découvrant sa chambre déserte, une vive inquiétude s'empara de lui. Où pouvait-elle bien être ? Pourquoi avait-elle quitté sa chambre ? Et, surtout, pourquoi est-ce que cette absence l'atteignait autant ? Son inquiétude se dissipa quand il l'aperçut, endormie, dans le pavillon du jardin.

Dieu merci, elle était là ! Il tenta de se persuader que son soulagement était naturel. Elle était sous sa responsabilité, après tout.

Avec un sourire, il laissa son regard errer sur les courbes voluptueuses de la silhouette allongée sur un divan, dans l'air alourdi par la senteur des roses. Elle reposait, innocemment tentante. Il referma la porte du pavillon et s'approcha d'elle.

Cette journée avait été épuisante. Rattrapé par les nécessités de sa charge, il avait dû rencontrer des dignitaires et régler un nombre impressionnant de problèmes. Pourtant, c'était elle qui occupait son esprit alors qu'il faisait semblant d'écouter ses conseillers. Il avait dû mobiliser toute sa volonté pour ne pas plaquer son travail et courir la rejoindre. Sans doute l'effet de la nouveauté… Le désir violent, au début d'une liaison, avait toujours un pouvoir obsédant.

Pourtant, avait-il déjà ressenti cette fascination pour une autre femme ?

Il s'assit au bord du divan et posa une main sur la hanche de Cassie. De son autre main, il dessina, délicatement, une caresse circulaire sur la pointe du sein de la jeune femme, qui se raidit dans son sommeil. Comme son corps réagissait vite à ses caresses ! Heureux, il sourit, et approcha ses lèvres.

Cassie remua. Lentement, elle souleva ses paupières, posant sur lui un regard noyé de volupté.

*Amir est là*, réalisa confusément Cassie. Sûre que son instinct ne la trompait pas, elle ouvrit les yeux et le vit. Cela semblait si naturel qu'elle resta un instant prisonnière d'un demi-sommeil agréable avant de recouvrer ses esprits.

— Amir ! s'exclama-t-elle, avec un coup d'œil inquiet vers la porte. On pourrait entrer !

Elle se dressa et le repoussa, balançant ses jambes sur le côté du divan pour se mettre debout.

— Personne ne se permettra cette indiscrétion, *habibti*. Ces jardins sont à notre usage exclusif. Quant à ce que je fais… eh bien, je caresse mon amante, dit Amir en lui offrant l'un de ses rares sourires.

Cassie fut touchée malgré elle. *Mon amante !* Ces mots exerçaient un pouvoir magique sur son âme…

Cependant, comment oublier qu'Amir avait gardé ses distances toute la journée ? Il ne lui avait pas adressé un seul mot en privé et s'était conduit comme si la nuit écoulée n'avait pas eu lieu. Même pour une aventure sans lendemain, cette attitude était blessante !

Cela lui rappelait le comportement détaché, insensible, des amants de sa mère. Toute sa vie, ces hommes avaient attendu qu'elle soit à leur disposition, sans jamais se soucier de ses besoins à elle.

— Je ne suis pas ton amante, dit-elle en s'écartant d'Amir.

Il se leva à son tour, et elle eut tout le loisir d'examiner sa silhouette vêtue d'un simple pantalon et d'une chemise, dont le col entrouvert et les manches retroussées révélaient sa peau musclée et brune. Un élan de désir s'empara d'elle.

— Ah, tu ne l'es pas ?

Le visage soudain fermé, il s'approcha d'elle. Si elle n'avait pas été témoin de toute la tendresse dont il était capable, elle aurait battu en retraite : il semblait très en colère. Gagnée par l'appréhension, elle frissonna.

— Nous n'avons passé qu'une nuit ensemble, c'est tout.

C'était un épisode hors du temps qu'elle ne désirait pas renouveler. Cela aurait été trop dangereux, trop addictif.

Sans tenir compte de ses réticences, Amir s'approcha un peu plus. Aussitôt, un trouble délicieux s'insinua en elle et elle se sentit rougir. On aurait dit qu'il n'avait qu'à l'effleurer pour qu'elle soit prête à se donner à lui ! C'était vexant !

— Pourquoi ne partagerions-nous pas plus d'une nuit ? lui demanda-t-il.

Parce qu'elle avait peur de ne plus pouvoir s'éloigner de lui si elle ne provoquait pas tout de suite une rupture. Parce qu'elle avait eu un avant-goût de ce qu'elle vivrait quand il l'abandonnerait. Et parce que cela la paniquait. Parce qu'elle se sentait vulnérable…

— Tu ne t'intéressais pas tellement à moi ce matin ! lança-t-elle. Tu ne m'as même pas adressé la parole ! Ni même accordé un regard ! J'ai pensé que je ne te reverrais plus !

— Cassandra, je suis désolé… J'ai voulu te protéger contre les commérages et éviter de te mettre mal à l'aise. C'était déjà assez terrible que ma suite sache qu'on t'avait donnée à moi comme esclave. J'ai dit à Farouk qu'il ne s'était rien passé dans cette tente, pour que l'information se repande au sein de la cour. Aujourd'hui, j'ai cherché à te traiter avec respect pour que tout le monde en fasse autant.

— Vraiment ? s'étonna-t-elle.

C'est vrai qu'elle n'avait pas envisagé les choses sous cet angle. S'était-elle laissé dominer par le chagrin et la honte, sans réfléchir ?

— Les gens de Tarakhar sont bienveillants, poursuivit-il de sa voix grave et mélodieuse. Mais ils se laissent influencer par une mauvaise réputation. Et puis, ce qu'il y a entre nous est privé.

— Tu aurais pu m'informer de ton plan plus tôt !

— Me croiras-tu si je te dis que j'ai eu peur de t'en parler ? Le désir de te toucher, de t'embrasser m'a obsédé toute la journée, à me rendre fou.

Sa sincérité la troubla.

Sa raison lui soufflait de mettre un terme à leur relation avant qu'elle devienne trop dangereuse. Mais, à l'heure actuelle, c'était surtout le soulagement, l'excitation de découvrir que, lui aussi, désirait poursuivre leur liaison, qui la submergeait.

— J'ai du mal à imaginer que tu puisses avoir peur, lui dit-elle.

Un sourire illumina le beau visage d'Amir.

— Un homme n'aime pas perdre le contrôle. Moi plus qu'aucun autre. Et toi, *habibti*, tu représentes une trop grande menace pour mon sang-froid.

Tout à coup, sa tension intérieure se dissipa. Oui, Amir la désirait avec autant de force qu'elle. Il était honnête. Il la traitait en égale.

— Je te veux, lui dit-il, comme s'il lisait dans ses pensées. Mais toi, veux-tu toujours de moi ?

En silence, elle hocha la tête.

— Alors, pourquoi ne partagerions-nous pas encore un peu cette passion qui nous lie ?

Un délicieux frisson la parcourut au souvenir de la nuit écoulée. Oh oui, elle en avait envie ! Mais était-ce sage ?

Dans un ultime sursaut de résistance, elle répondit :

— Je suis venue à Tarakhar pour une raison précise. Je ne peux pas négliger mes obligations.

— Cela peut s'arranger. Tu as des affaires à régler, et tes cours ne commencent que dans plusieurs semaines. Tu es la bienvenue ici, et tu peux profiter de mon hospitalité aussi longtemps que tu le désires.

*Désir.* Le mot vibra avec un accent particulier dans l'air du soir. Cassie tenta de garder l'esprit clair. Mais ce ne fut pas la logique qui lui dicta sa réponse. Ce fut quelque chose de beaucoup plus profond, viscéral.

— J'aimerais bien rester.

Amir fit un pas vers elle et inclina la tête. Il s'empara de ses lèvres et ce baiser balaya ses dernières hésitations.

Cassie reposait, comblée et rêveuse, blottie contre Amir. Les coussins du divan avaient roulé à terre, leurs vêtements étaient épars sur le sol. Au chaud dans les bras de son amant, elle se sentait heureuse.

La caresse légère, mais insistante, de la main d'Amir sur

sa taille lui fit ouvrir les yeux. Elle s'étira paresseusement avant de lui sourire. Dans la pénombre du soir naissant, elle voyait briller la chaîne qui lui enserrait toujours la taille.

— Tu devais me débarrasser de ça dès que nous serions revenus dans le monde civilisé.

— Ah ? fit Amir, posant sur elle un regard dont l'éclat languide ranima immédiatement son désir.

— Oui, tu l'avais promis.

— Comme tu voudras, répondit-il, sans manifester un grand enthousiasme.

Intriguée, elle releva un peu la tête pour mieux l'observer.

— Ça te plaît ! s'exclama-t-elle.

— Cela accentue ta taille et tes formes. C'est très sexy.

— C'est une chaîne d'esclave ! Un symbole qui signifie que je ne m'appartiens pas. Que je…

— Que tu es mienne, acheva Amir.

Choquée, elle eut, un instant, l'impression que l'air lui manquait, mais se rasséréna un peu devant la douceur du sourire qu'il lui offrit. Il lui effleura la joue.

— Ne t'inquiète pas. Je comprends ce que tu ressens. Je sais que ce n'est pas défendable. Pourtant, je ne peux pas m'empêcher d'apprécier cette chaîne, même si ce n'est pas politiquement correct. J'aime l'idée que, pour le moment, tu m'appartiens. Pas par force, mais par choix.

— Tu ne réagirais pas de cette manière si je suggérais de t'attacher à mon lit, lui fit-elle observer, toujours aussi scandalisée.

Le regard d'une sensualité brûlante qu'il posa alors sur elle, prenant un malin plaisir à s'attarder sur les zones les plus sensibles de son corps, lui arracha un frisson. Enfin, il murmura :

— Je me le demande… Je n'ai jamais été porté sur ce genre de pratiques, mais il me semble que ça pourrait me plaire, avec toi.

Le sourire séducteur et la voix grave d'Amir la troublèrent. Comment était-ce possible ? Au lieu d'être horrifiée, elle était excitée par sa réaction. Pourtant, l'idée d'être possédée, asservie par un homme aurait dû l'indigner. Dans le campement, cela l'avait révoltée !

Mais en cet instant, avec cet homme, c'était différent. En fait, à travers le désir qu'elle lui inspirait, c'était bien son propre pouvoir qu'elle découvrait. Oui, tel un fruit interdit, l'idée de l'avoir à sa merci la séduisait irrésistiblement. Jamais elle n'aurait cru éprouver ce genre de sentiments !

En acceptant d'être la maîtresse d'Amir, elle avait quitté la sécurité pour s'aventurer en territoire inconnu. Il était trop tard pour revenir en arrière : l'attraction était trop forte. La voix rauque d'Amir la tira de ses pensées.

— Je vois que tu me comprends, dit-il en promenant sa langue sur ses lèvres entrouvertes.

Aussitôt, elle répondit à son baiser, mais il s'écarta et ajouta avec un regard espiègle :

— Notre repas est sans doute prêt depuis longtemps, et tu auras besoin de forces pour le reste de la nuit… Allons dîner. Ensuite, je t'enlèverai cette chaîne.

# *Chapitre 10*

— Amir ?

— Mmm ?

Sans relever la tête, le regard restant braqué sur l'échiquier, Amir mêla ses doigts aux siens. Dans la quiétude nocturne du vaste palais, ils étaient sans doute les seuls à veiller encore.

Cassie aimait ces instants précieux, ces heures où Amir, ayant fini son travail, venait la rejoindre pour lui faire l'amour. Ces derniers temps, leur entente sensuelle, explosive dès le départ, était devenue réellement envoûtante. Mais, si c'était possible, elle savourait plus encore ces moments paisibles où ils se contentaient d'être ensemble, heureux.

Ce partage, cette intimité, c'était nouveau pour elle. Jouer aux échecs, discuter de politique, d'urbanisme, de musique ou de théâtre… Nager au clair de lune dans la piscine privée des quartiers royaux, tout avait un délicieux goût de nouveauté quand elle était avec lui. Comme cette fois où Amir l'avait emmenée dans ce belvédère isolé d'où ils avaient pu admirer la capitale illuminée et le ciel criblé d'étoiles…

Le contact soudain des lèvres d'Amir sur sa main troubla sa chair et… ses pensées.

— Echec, dit-il.

Elle rit :

— Tu essaies de me déconcentrer pour que je perde.

— Et ça va marcher, tu crois ? fit-il avec un regard taquin.

Un élan de tendresse s'empara d'elle. Mais ce n'était pas le moment de se laisser distraire. Elle dégagea sa main, et se concentra à son tour sur l'échiquier.

— Bien sûr que non... Au fait, j'ai parlé à l'association de bénévoles, aujourd'hui. Je leur ai dit que je n'étais pas tout à fait prête à commencer les cours.

— Parfait, commenta Amir en lui caressant le poignet.

— Mais il y a du travail en ville. Demain, je commencerai à enseigner l'anglais dans une petite classe.

— Demain ? C'est impossible !

— Pourquoi ?

— Tu as subi un traumatisme.

— Mais tu m'as aidée à le surmonter. Enfin, Amir, pourquoi fais-tu cette tête ? Je vais bien, tu le sais.

— Qu'irais-tu faire dans cette classe ?

— Qu'ai-je à faire ici ?

— Je ne te suffis pas ?

Il ne plaisantait pas... Le sourire de Cassie mourut sur ses lèvres.

— Je te vois le soir et c'est tout, répondit-elle froidement, prise d'un élan de colère. Pendant la journée, je n'ai rien à faire. Personne pour me tenir compagnie. Tes collaborateurs sont amicaux, mais ce n'est pas pareil.

Elle n'en revenait pas. Il voulait l'avoir disponible, obéissant au doigt et à l'œil ! Leur relation était-elle plus proche de celle de sa mère et ses amants qu'elle ne se l'était imaginé ?

— Tu ne renoncerais pas à ton travail pour passer ton temps avec moi, reprit-elle.

— Evidemment pas, lâcha-t-il, le visage fermé.

— Et je ne te le demanderais jamais, souligna-t-elle avec un sourire, en lui effleurant la joue.

Amir maintint ses doigts contre la joue de Cassie,

savourant ce contact, savourant sa présence. Oui, il aimait qu'elle soit là. Là où il avait besoin d'elle.

Bon sang ! *D'où lui était venue cette pensée ?* Amir ibn Masud Al Jaber n'avait besoin de personne !

Bizarrement, aujourd'hui, cette phrase qu'il s'était maintes fois répétée ne sonnait pas juste. Là, tout de suite, il avait besoin d'être rassuré par Cassie, de se perdre dans sa chaleur. Sous le choc, il tenta de se raisonner : cela ne lui était jamais arrivé, avec aucune femme. Pourquoi est-ce que cela changerait ? Mais, quand elle lui avait annoncé qu'elle voulait travailler, il avait réagi avec une possessivité primitive, fruste, digne d'un homme des cavernes ! Et dire qu'il se prétendait civilisé…

— Est-ce important pour toi ? lui demanda-t-il.

Lorsqu'il aperçut son regard mauve s'adoucir, sa propre tension sembla s'évanouir et il se sentit étonnamment soulagé.

— Bien sûr. C'est pour cela que je suis venue à Tarakhar. Je veux être utile. J'aime jouer la comédie, mais cela ne me suffit plus.

— Tu veux laisser ta marque ?

— On peut dire ça comme ça. J'aime l'idée de participer à quelque chose de plus grand que moi. Je trouve honteux de ne pas contribuer un peu mieux à ce qui se passe dans le monde.

Elle lui avait dit que son enfance avait été marquée par la solitude, qu'elle n'avait jamais été vraiment proche de personne malgré ses nombreux amis… Sa démarche à Tarakhar était-elle dictée par le besoin de s'intégrer ? D'être nécessaire quelque part ?

Il réalisa soudain qu'il était en train d'analyser, de soupeser les moindres mots de la jeune femme. Pourquoi y attacher autant d'importance ? Parce que Cassie comptait pour lui !

Cette révélation le fit frissonner. Fallait-il y voir un avertissement, ou un présage ? Ces derniers temps, Cassie lui devenait de plus en plus *nécessaire.* Il pensait à elle même lorsqu'il aurait dû être concentré sur les devoirs de sa charge. Et ce n'était pas seulement leur relation sensuelle qui lui occupait l'esprit. Non, il aimait sa compagnie, il aimait ce qu'elle lui faisait ressentir…

Mal à l'aise, il se reprit. Il serait bon, pour elle comme pour lui, qu'elle ait de quoi s'occuper. Il ne fallait surtout pas qu'elle se fasse des idées fausses, et s'imagine qu'elle avait une place durable dans sa vie…

Leur relation actuelle était parfaite : un plaisir réciproque et une liberté totale. Non, il se refusait à envisager qu'il pourrait désirer plus…

— Et toi, Amir ? Qu'est-ce qui compte pour toi ?

Il tressaillit.

— On ne m'a jamais posé cette question.

D'ailleurs, il ne se l'était jamais posée lui-même. Sauf lorsqu'il était enfant et qu'il aspirait… à être aimé, probablement. Faire ses preuves, s'intégrer, trouver sa place à Tarakhar, c'était tout ce à quoi il avait aspiré depuis l'adolescence. Et, malgré la réprobation et le mépris, il y avait trouvé la stabilité, l'honneur, et un foyer.

Peut-être Cassie avait-elle été hantée par les mêmes démons… Quoi qu'il en soit, lui avait dompté les siens ! Il était le cheikh d'une contrée prospère. Et il avait d'autres soucis que les fantômes du passé.

Cassie regardait Amir. A quoi pensait-il ?

— Laisse-moi deviner ce qui est important pour toi, dit-elle en déplaçant une des belles pièces de bois sculpté sur l'échiquier. Gagner aux échecs, pour commencer.

— Gagner tout court, rectifia Amir avec un sourire.

— Vraiment ?

— Oui. Si on tient à quelque chose, autant le faire bien.

Hum, rien d'étonnant à ce qu'il soit un amant si généreux… Elle continua d'une voix un peu rauque :

— Et quelles sont les autres choses importantes ?

— Mon peuple. Mon pays.

— Mais il n'en a pas toujours été ainsi, si ? Tu m'as dit que tu avais eu une période de révolte !

— Oui, j'étais jeune et impatient, j'aspirais à autre chose. Quand je suis arrivé j'ai dû travailler deux fois plus dur que les autres. Je devais être parfait. Et quand je l'étais, on s'attendait quand même à ce que je tourne aussi mal que mes parents.

Cassie connaissait ce sentiment depuis toujours. Depuis le lycée où tout le monde savait que sa mère était une femme entretenue.

— Un jour, j'ai décidé que j'en avais assez. Puisque c'était comme ça, autant les prendre au mot ! Fêtes, jeu, paris, alcool, plaisirs… je m'y suis jeté à corps perdu.

— Et puis ?

— Et puis quoi ?

— Qu'est-ce qui a changé ?

— Tu es obstinée, n'est-ce pas ?

— J'ai envie de savoir.

— Au début, c'était excitant. Gratifiant, même. Pas de règles, pas de contraintes, rien que le plaisir. Et puis, un matin, je me suis réveillé auprès d'une femme sans savoir qui elle était. Ses appas devaient tout à la chirurgie esthétique, son sourire était artificiel, et son regard ne s'allumait qu'à la vue de l'argent. Je m'ennuyais à mourir. Ce matin-là, en me regardant dans la glace, j'ai eu l'impression de voir mon père.

— Tu ne l'aimais pas ? demanda-t-elle.

— Pour détester quelqu'un, il faut le connaître, non ?

Perdue dans ses pensées, elle ne répondit pas et il précisa :

— Je n'ai pas connu mes parents. Pour moi, c'était des étrangers. Où que nous allions, les domestiques les remplaçaient.

— Et le reste du temps ?

— On ne s'occupait pas de moi.

Cassie sentit son cœur se serrer. Comment pouvait-on traiter un enfant de la sorte ? Même la douce caresse de la main d'Amir sur la sienne ne parvenait pas à lui faire oublier la souffrance qui avait dû être la sienne.

— Un de mes premiers souvenirs, continua-t-il, c'est de me réveiller un matin face à une domestique inconnue, qui me parlait dans une langue incompréhensible. Mes parents avaient été invités à passer le week-end dans un chalet en Suisse, et ils étaient partis. Sans même se rendre compte qu'ils avaient laissé leur fils à Rio de Janeiro… Ils ne l'ont découvert qu'en recevant un coup de fil à leur arrivée à Genève.

— Oh ! Amir ! s'écria Cassie.

Elle referma ses deux mains sur la sienne, comme si, à travers ce contact chaleureux, elle pouvait effacer un peu de sa souffrance.

Bien sûr, elle ne s'était jamais sentie désirée et sa mère lui avait seriné cent fois qu'elle avait gâché sa vie. Mais elle n'était jamais allée jusqu'à oublier son existence ! Comment des parents pouvaient-ils être aussi inattentifs ? Aussi égoïstes ?

— Quel âge avais-tu ? demanda-t-elle.

— Je ne sais pas. Trois ou quatre ans.

Cassie eut l'impression de recevoir un coup en pleine poitrine. Quelle enfance affreuse !

— Ne t'en fais pas, j'ai survécu, dit Amir en lui caressant la joue. Et quand ils sont morts, je suis venu vivre ici chez mon oncle.

Un oncle qui l'avait guetté tel un faucon. Un oncle qui n'avait attendu qu'une chose : qu'il fasse les mêmes erreurs que ses scandaleux parents. Quelle vie était-ce pour un enfant ? Elle aurait tant aimé effacer ce passé pour Amir !

— Après avoir joué les mauvais garçons, je suis revenu ici, reprit-il. De ma propre volonté. Parce que je ne voulais pas devenir comme mon père. Parce que je voulais avoir un but. Parce que je voulais m'occuper de cette terre, de ce peuple. J'ai fait mes preuves et, lorsque mon oncle est mort, le Conseil des anciens m'a préféré à mon cousin, pourtant plus âgé, et m'a confié la direction du pays.

Emporté par son discours, il se détacha d'elle, et elle se sentit si abandonnée qu'elle eut peur de ses propres sentiments.

— Mes enfants pourront être fiers de leur père, affirma-t-il. Ils auront une mère respectable et ne manqueront jamais d'attention. Ils seront aimés, acceptés de tous, et à l'abri du scandale.

Cassie ressentit une pointe d'envie face à la certitude d'Amir. Un instant, elle se surprit à souhaiter qu'il pense *à elle* quand il parlait de sa future femme, de sa future famille. Quel bonheur ce serait s'il…

Non, il ne fallait pas aller par là ! Ces idées étaient dangereuses. Amir avait manifestement planifié son avenir. Hors de question qu'elle dépende des caprices d'un homme ! Surtout s'il n'avait pas d'amour pour elle.

Grâce à Amir, elle avait triomphé de ses démons personnels. Elle s'était épanouie, et cela devrait lui suffire. Surtout qu'elle allait bientôt commencer un nouveau travail. Si elle pouvait aider les autres à transformer eux aussi leurs vies, elle aurait peut-être enfin le but qui lui manquait. Que demander de plus ?

— Il reste encore un point, Votre Seigneurie.

Amir perçut l'hésitation de Farouk et leva vivement les yeux.

— Tout est en place au Buthran ? demanda-t-il.

— Oui. La situation sera réglée d'ici quelques jours.

La « situation », autrement dit « Mustafa »... Malgré leurs longues négociations, le chef tribal continuait à perpétrer des incursions à Tarakhar, violant toutes ses promesses. Amir sentit la colère le submerger. S'il le fallait, il mènerait en personne un raid sur les terres de Mustafa et le délogerait de son nid d'aigle dans les montagnes ! Il en profiterait pour lui faire payer le mal qu'il avait fait à Cassie... Mais cela ne serait sans doute pas nécessaire. Des changements s'opéraient au Buthran : le gouvernement central, désireux d'être en paix avec ses voisins, commençait à s'opposer avec plus de fermeté à Mustafa et ses pareils. Son voyage au Buthran avait au moins permis de ramener des informations utiles sur la localisation et l'armement du campement de Mustafa... Il serait bientôt réduit à merci et le calme régnerait à la frontière.

— Parfait, dit-il.

— Cela concerne Mlle Denison, Sire, reprit Farouk.

Incrédule, Amir regarda son aide de camp. C'était un sujet privé qu'il n'abordait jamais avec personne.

— Oui ? Qu'y a-t-il en ce qui la concerne ?

— Je me demandais combien de temps elle séjournerait ici.

— Aussi longtemps que je le désirerai.

— Bien entendu. C'est juste que... les négociations pour le mariage sont sur le point d'aboutir. La présence de Mlle Denison au palais est devenue un sujet de discussion.

— Elle est mon invitée. Elle se remet d'une agression.

— Oui, Votre Seigneurie, répondit Farouk.

Mais son ton manquait de conviction.

— Que raconte-t-on ?

— On suppose qu'elle et vous...

Evidemment ! Comment avait-il pu imaginer le contraire ? Une belle femme, vivant sans chaperon dans son palais — fût-ce dans l'aile opposée à ses propres appartements...

Il n'avait jamais invité aucune de ses maîtresses dans le palais royal. Il avait toujours été très attaché à la discrétion. Mais avec Cassie… impossible de se résoudre à l'installer dans un logement confortable, en ville. Non, il avait besoin qu'elle soit près de lui.

Cassie était une fête. Intelligente, belle, d'une sensualité débordante, l'esprit acéré, elle s'intéressait à tout. Elle pouvait aussi bien le faire éclater de rire lorsqu'elle mimait la démarche pompeuse de son chambellan, que le surprendre par la pertinence de ses questions sur le système éducatif de Tarakhar. Leur liaison n'en était qu'à son début. Elle avait encore beaucoup de choses à lui apporter. Et il refusait d'y renoncer.

Quant aux commérages, qu'y pouvait-il ?

— Je me moque de ce qu'on raconte, dit-il. Mlle Denison est mon invitée. Ce n'est pas un personnage public.

— Certes, Sire, répondit Farouk, comme à regret.

Il hésitait visiblement à poursuivre. Amir appréciait le sérieux de son aide de camp, et il se força à maîtriser l'impatience qui le gagnait :

— De quoi s'agit-il ? Tu ferais mieux de parler, Farouk.

— Mlle Denison ne passe pas inaperçue. Elle attire l'attention partout où elle va. Elle est même en train de devenir une célébrité locale dans la vieille ville.

— Vraiment ?

— Oui. Au lieu de faire classe dans les bâtiments, elle improvise des cours sur le marché ou dans le parc, à la bibliothèque, dans la nouvelle galerie d'art. Même à la gare.

Amir eut envie de sourire. Il imaginait très bien Cassie, debout sur le quai de la gare, discutant avec les femmes dont elle avait la charge. Bien sûr, elle voulait leur offrir une pratique vivante de la langue anglaise. Cela ne l'étonnait pas d'elle.

— Je ne vois pas où est le problème.

— Les élèves sont enthousiastes, elles sont très contentes de ces cours. Mais lorsque quarante personnes se réunissent dans un lieu public, cela suscite beaucoup d'attention.

— Quarante ? Je croyais qu'il ne s'agissait que de quelques femmes, une demi-douzaine tout au plus.

— Le groupe grossit de jour en jour, répondit Farouk. Il est même question de créer d'autres cours, d'engager d'autres professeurs. C'est une initiative formidable, Sire. Mais…

— Oui ?

— La nouvelle s'est répandue jusqu'à votre futur beau-père. Nous venons de recevoir une lettre, écrite avec beaucoup de tact, il voudrait connaître la… durée éventuelle de cette situation.

— Vraiment ? fit sèchement Amir.

Ainsi, cet homme avait le culot de sonder les intentions de son cheikh…

— Si l'on t'interroge, Farouk, réponds que Mlle Denison restera ici aussi longtemps qu'elle le veut. Cela n'a aucune incidence sur mon mariage. C'est une affaire strictement privée.

# *Chapitre 11*

— Il paraît que tes cours remportent un vif succès.

Cassie tressaillit en entendant la voix grave d'Amir. Il n'était pas dans ses habitudes de la rejoindre si tôt dans l'après-midi et elle était encore occupée à préparer son cours du lendemain.

— Amir ! Qu'est-ce qui t'amène si tôt ? s'exclama-t-elle.

Une fois de plus, elle eut l'impression de prendre vie au moment où Amir entrait dans la pièce. Cette réaction était incroyable ! Comme si le film de sa journée, réalisé en noir et blanc, passait soudain au Technicolor. Certes, elle adorait ses échanges avec les autres femmes, et sa connaissance croissante de cette ville fascinante, mais tout cela semblait si peu de chose quand elle était près de lui.

Un soupir lui échappa. Inutile de le nier : elle avait de plus en plus de mal à le laisser partir chaque soir. Oui, elle aurait tout donné pour qu'il passe la nuit près d'elle, pour se réveiller dans ses bras. Si quelqu'un lui avait dit qu'elle regretterait un jour leur séjour dans la tente, elle ne l'aurait pas cru. Et pourtant, c'était vrai : leur intimité d'alors lui manquait.

Dans ce palais immense, elle s'était plusieurs fois perdue en partant à la recherche d'Amir. Et pour quoi ? Pour finir par se heurter à son odieux chambellan.

*Son Altesse est occupée et ne peut être dérangée.*

Si elle entendait cette phrase une fois de plus, elle ne répondait plus de rien !

Pourquoi se laisser aller à ces pensées alors que cet après-midi, il était là, dans sa chambre ? Emue, elle le regarda attentivement. Même avec cette chemise blanche et ce jean délavé, il était superbe ! Mince, athlétique, viril. Et il lui souriait.

— Je te rends visite, si tu veux bien, répondit-il.

— Bien sûr que je le veux.

Amir s'approcha, le regard brûlant, tel un aventurier repérant une proie, et Cassie sentit son cœur battre plus fort. Et lorsqu'il la souleva de son siège pour la serrer entre ses bras et lui donner un baiser passionné, elle répondit avec ferveur.

Oh ! Elle adorait qu'il l'embrasse. Elle adorait tout ce qu'il lui faisait ressentir. Sa force et sa tendresse, son sens de l'honneur, sa perspicacité, son humour pince-sans-rire, tout…

Sa perspicacité ! Une pensée la traversa brusquement et elle leva les yeux vers son regard de jais. Amir pouvait-il lire en elle ? Savait-il ce qu'elle pensait en cet instant ?

Seigneur, non ! Il ne fallait surtout pas qu'il sache ! Paniquée, elle amorça un mouvement de recul. Mais Amir la retint.

— Cassie ? Est-ce que ça va ?

La gorge nouée, choquée par sa propre découverte, elle se hâta d'acquiescer. Etait-il possible que… ?

Du bout du pouce, Amir effleura doucement sa lèvre inférieure et une myriade de sensations l'envahit. *C'est purement physique*, se raisonna-t-elle. Ils étaient amants, après tout ! Il était bien naturel qu'elle se sente liée à lui par le plaisir qu'il lui donnait. Non ?

*Il n'y a pas que ça.*

De nouveau, elle était là, cette idée perturbante. L'idée

qui la bouleversait. Oui, elle éprouvait… *de l'amour* pour Amir !

— Cassandra ?

Elle sursauta. *Cassandra…* Comme son prénom avait une sonorité troublante dans sa bouche… En serait-il de même dans six mois ? Six ans ? Soixante ?

Oui, bien sûr. La vérité la frappa avec force : il en serait toujours ainsi. Elle tiendrait toujours à lui. Elle en était tombée amoureuse. Oui, c'était bien d'Amir, de cet homme extraordinaire, qu'elle s'était éprise, pas du plaisir qu'ils se donnaient mutuellement.

Quelque chose en elle résistait, lui répétait que cette situation ne pouvait être que dangereuse. Mais elle ne l'écouta pas, au contraire, une étrange sérénité l'envahit. Une sensation chaude et délicieuse.

*Amir. L'homme que j'aime.*

— Que se passe-t-il ? Tu as l'air changée, dit-il.

— Ah ? fit-elle en souriant.

Elle mourait d'envie de lui révéler sa découverte ! Mais ce serait une erreur. Malgré son euphorie, comment ne pas voir que ses sentiments compliquaient tout ? Qu'éprouvait Amir pour elle, exactement ?

— C'est peut-être dû à ma nouvelle coiffure de maîtresse d'école ?

— Sûrement, *habibti.* Tu es la plus jolie enseignante de ma capitale.

— Flatteur, va !

— Jamais de la vie, assura-t-il en pressant ses lèvres sur son poignet. J'aimerais te parler de tes cours. Mais d'abord, serais-tu libre pour une petite excursion ? J'ai quelque chose à te montrer.

Une sortie avec Amir ? Ce serait merveilleux !

— Si je suis libre ? Tout de suite ! s'exclama-t-elle. Où va-t-on ?

— Regarde, c'est le site du nouvel hôpital, expliqua Amir, désignant, dans la lumière mauve du crépuscule, le chantier qui s'étendait sous leurs yeux. Là-bas, c'est le nouveau bâtiment de recherche. Et là, tu vois, de l'autre côté du canal et des arbres, c'est le tracé du futur chemin de fer qui donnera accès au complexe médical et aux jardins d'agrément.

C'était impressionnant ! Cassie survola du regard les kiosques du parc d'attractions, la piscine, les fondations naissantes. Elle imaginait déjà toute une population d'enfants s'ébattant dans les jardins. Comme il serait alors agréable de venir ici en pique-nique, pour les regarder jouer...

Cassie ferma les yeux, emportée dans son rêve. Soudain elle eut un coup au cœur. Ce pique-nique, c'était en compagnie d'Amir qu'elle voulait le faire ! Et ces enfants rieurs qu'elle imaginait courir sur les pelouses, ils avaient la peau dorée et les yeux noirs de son amant... Mais Amir désirait-il être père ? Voulait-il se marier ? S'il avait financé ce projet sur ses propres deniers c'était bien qu'il pensait aux familles, non ? Peut-être qu'un jour...

— C'est spectaculaire, lui dit-elle. Ce sera un lieu d'accueil parfait pour des familles...

— Je suis heureux que cela te plaise. Ce projet me tient particulièrement à cœur.

Le sourire d'Amir s'élargit et il tira de sa poche une petite bourse.

— J'ai quelque chose pour toi, *habibti*.

Dans sa main ouverte brillait un pendentif en forme de goutte, d'un bleu-violet intense, qui semblait rayonner de l'intérieur.

— Cela te plaît ?

Le souffle coupé, elle hocha la tête. Quelle beauté... c'était stupéfiant ! Même dans le soir naissant, la pierre facettée captait la lumière et la renvoyait comme autant de minuscules étoiles. C'était sûrement une gemme sans prix puisée dans les trésors du palais. Ou plutôt, à en juger par la modernité de la chaîne, chez un grand joailler... Même un cheikh ne pouvait pas offrir un tel joyau par pur caprice, n'est-ce pas ? Cherchait-il à lui dire quelque chose ?

Mais non. Les amants de sa mère l'avaient toujours couverte de cadeaux, comme cette broche en diamants dont elle était si fière. Cela faisait partie de leurs arrangements. Rien à voir avec l'amour. A cette pensée, elle frissonna.

— Cassie ? Qu'est-ce qu'il y a ?

— Je... Ce bijou doit valoir une fortune, Amir. Je ne peux pas l'accepter. Cela me met mal à l'aise.

Tendrement, il lui releva le menton, comme pour mieux plonger son regard dans le sien.

— Tes scrupules t'honorent. Mais si tu supposes qu'il s'agit d'un bijou de famille, tu te trompes. Ce n'est qu'une jolie babiole, qui m'a plu quand je l'ai vue.

— C'est très gentil de ta part, mais je ne peux pas le prendre.

— Dieu, Cassie ! Ce n'est pas de la gentillesse ! Elle m'a fait penser à toi. Par sa couleur, sa brillance... Tu n'acceptes de moi que mon hospitalité. Tu refuses tous mes présents, même un simple jeu d'échecs. Tu as même renvoyé la plupart des vêtements que je t'ai fait parvenir.

Sous sa voix grave et chaude perçait de la déception. Il semblait presque... blessé ! Cassie fut frappée par l'intensité de sa réaction. S'était-elle montrée discourtoise en refusant sans cesse ses cadeaux ?

— Je ne voulais pas t'offenser, murmura-t-elle.

— Et ce n'est pas le cas, répondit-il, d'une voix adoucie. Mais ne veux-tu donc pas porter ce collier ? J'en serais heureux.

Oui, après tout, pourquoi pas ? Cassie bannit tous ses souvenirs importuns. A cet instant, seul comptait l'homme qu'elle aimait. Amir n'était pas en train de l'acheter. Il avait juste trouvé un joli bijou de rien du tout. Sans doute un accessoire de théâtre que, dans son ignorance, elle avait pris pour un joyau de grand prix. Il avait voulu lui faire plaisir. C'était tout ce qui comptait. Elle lui adressa un sourire radieux.

— Il est superbe, dit-elle.

Il lui effleura les lèvres d'un baiser, mais s'écarta aussitôt. Bien trop vite à son goût. L'air espiègle, il déclara :

— Laisse-moi le mettre à ton cou.

Au bout de sa longue chaîne, le pendentif vint se loger sous son chemisier, au creux de ses seins. Aussitôt, Amir déboutonna de ses doigts agiles le col du vêtement et elle frissonna. Heureusement qu'ils étaient seuls. A l'abri des regards, Amir s'inclina pour déposer de petits baisers sur les rondeurs de ses seins et elle se cramponna à lui. Si seulement cet instant pouvait ne jamais se terminer…

Amir se redressa, et contempla le pendentif qui brillait contre la peau laiteuse de Cassie. Il aurait voulu qu'elle le garde toujours. Pas parce qu'il valait une fortune, non, mais parce qu'il lui plaisait qu'elle le porte. Là, contre sa gorge, en contact intime avec sa peau. Un cadeau de lui.

— Tu vas le garder ? lui demanda-t-il, la gorge nouée.

— Si tu en as envie.

— J'en ai envie.

— Moi aussi. Il est très beau. Merci.

Remué, il déposa un baiser au creux de sa paume. Comme elle était douce ! Il avait du mal à reconnaître l'émotion qui le submergeait. Ce n'était pas seulement du désir. Lorsqu'il était avec elle, il y avait en lui un sentiment différent. Nouveau…

Comme si elle avait senti un changement en lui, Cassie leva vivement la tête et sembla le scruter du regard.

— Que voulais-tu me dire au sujet de mon cours d'anglais, tout à l'heure ?

— Ah, je voulais t'en parler ? fit-il.

Il n'avait plus du tout envie d'aborder ce sujet désagréable. Pour faire diversion, il laissa courir un doigt le long de la chaîne en platine, jusqu'au soutien-gorge en dentelle de la jeune femme.

— Amir ! Tu es incorrigible !

— Irrésistible, tu veux dire ?

— Oui, aussi.

Il se perdit dans ses yeux violets, à l'éclat si chaud, rayonnants de bonheur et d'admiration. Un regard qui l'enveloppait comme un baume. Avec elle, il se sentait véritablement roi, invincible.

Oui, Cassie le rendait plus fort. Il la regarda. En cet instant, dans ses bras, elle avait tout de la fiancée qui vient d'être initiée à la passion et rêve d'amour.

Aussitôt, il se raidit et relâcha son étreinte. Comment avait-il pu se laisser aller à de telles pensées ?

Cassie épouserait un jour un homme de sa culture, qui lui donnerait tout ce qu'elle désirait et méritait. A commencer par l'amour — la seule chose qu'il ne pourrait jamais offrir à une femme. Comment aurait-il pu donner de l'amour, lui qui n'en avait jamais reçu ? Il ignorait même ce que c'était.

Bien sûr, il serait un père aimant, mais pour une femme c'était différent. D'ailleurs, il n'en aurait pas l'occasion. Quelles étaient les chances qu'il nourrisse un jour un sentiment aussi fort envers l'épouse qui lui était destinée, choisie par le Conseil des anciens ? Aucune.

Dans ses bras, Cassie frissonna, et un violent sentiment de colère monta en lui. Non, il ne supporterait pas que Cassie s'éprenne d'un autre homme, qu'elle le touche, qu'elle lui sourie ! C'était impossible ! Mais pourquoi était-il si possessif en ce qui la concernait ? Et ce sentiment ne faisait que grandir. N'arriverait-il donc pas à s'en défaire ?

Furieux, il se força à se concentrer sur le sujet dont ils devaient parler.

— On m'a appris que tes cours rencontraient un vif succès. Tu peux en être fière. Ces leçons en plein air sont une excellente idée.

— Merci.

Distraitement, il posa les doigts sur le précieux saphir, qui renvoyait un doux éclat à chaque respiration de Cassie. Oui, ce bijou hors de prix signifiait au reste du monde qu'elle était *sienne*. Oh, il n'était lassé ni de sa compagnie ni de son corps aux courbes érotiques, délectables ! Son esprit irrévérencieux, son indépendance, tout était charmant chez elle. En fait, il aimait être avec elle, tout simplement.

Ce constat l'alarma. Comment les choses avaient-elles pu s'enchaîner aussi vite ? Il devait se reprendre. Se montrer plus ferme serait un bon début.

— Tu devrais envisager de garder tes élèves dans leur salle de classe pendant quelques semaines. Confier à un autre professeur le soin d'emmener le groupe en ville, déclara-t-il sèchement.

— Pourquoi ? C'est justement parce qu'elles sont dehors que ces leçons ont un tel succès.

— Je suis certain que tu y es aussi pour quelque chose, dit-il, regrettant déjà d'avoir soulevé ce sujet. Farouk me dit que tu attires l'attention. Les journalistes ne seront pas longs à faire un papier là-dessus. Malgré la discrétion de mon équipe, les médias découvriront vite que tu m'as été donnée comme esclave sexuelle.

— Je n'ai pas été ton esclave ! s'exclama-t-elle.

La souffrance qu'il lut sur son visage serra le cœur d'Amir. Dieu ! Il détestait l'idée que c'était lui qui la faisait souffrir.

— Bien sûr, nous le savons tous les deux. Mais je te laisse

imaginer les horreurs qu'ils publieront quand ils sauront que tu m'as été offerte en cadeau, et que nous étions sous la même tente.

Il avait déjà trop souffert de la folie des médias pour ne pas savoir comment cela se passerait. Le bruit se répandrait comme une traînée de poudre qu'elle était sa maîtresse, qu'elle paradait au palais alors qu'on prenait des dispositions en vue du mariage royal. Ce serait un déchaînement général.

— C'est peut-être une bonne idée, répondit Cassie. J'y réfléchirai.

Une fois de plus, il se sentit ému par la fierté avec laquelle elle réagissait. Avec quel orgueil elle ravalait sa peine ! Décidément, elle était irremplaçable. Si seulement il pouvait gagner encore un peu de temps…

Mais il ne pouvait rien faire. A part espérer que son besoin d'elle finirait par disparaître. Bien sûr, il épouserait la femme élue par le Conseil des anciens. Pourquoi ne l'aurait-il pas fait ? Elle répondait à tous ses critères personnels en ce qui concernait le choix d'une épouse, après tout.

Il aurait juste aimé pouvoir la désirer autant qu'il désirait Cassie.

— Merci, vous pouvez me laisser ici, dit Cassie à la directrice de l'école de langues.

Elle aurait pu utiliser l'une des limousines rutilantes d'Amir, mais elle avait préféré saisir l'occasion de bavarder un peu. A vrai dire, elle manquait cruellement de compagnie. Les employés du palais conservaient avec elle une réserve discrète et, depuis les observations d'Amir, elle se sentait mal à l'aise à leur contact. Que pensaient-ils de leur relation ?

Cet après-midi, le cours s'était très bien déroulé même s'il avait eu lieu dans la salle de classe. Amir avait sans doute eu raison de la mettre en garde. Surtout que la petite école n'avait pas besoin de cette publicité douteuse ! Esclave sexuelle… Quelle infâme étiquette !

Résolue à chasser ces désagréables pensées, elle dépassa l'entrée dérobée qu'elle utilisait généralement et pénétra dans le grand vestibule.

Sous le choc, elle se figea. Quelle magnificence ! Coupole ornée de mosaïques azur et or, élégantes colonnes, sol dallé de marbre aux motifs géométriques complexes, mobilier ancien, tapis de soie, jardinières de fleurs exotiques… l'ensemble était d'une beauté à couper le souffle.

Une armada d'employés s'activait sous l'œil acéré du chambellan. Cassie s'approcha de lui avec lenteur, hésitant à lui adresser la parole. L'accueil froid et formel qu'il lui réservait toujours, son attitude glaciale à son égard ne laissaient aucun doute : il désapprouvait sa présence au palais.

— Mademoiselle Denison, dit-il en s'inclinant. Comment allez-vous ?

— Très bien, Musad, merci. Et vous ?

— Très bien, je vous remercie. Puis-je vous aider en quoi que ce soit ?

— S'il vous plaît. Je crains de m'égarer, pourriez-vous m'indiquer la direction de , elle aurait été bien incapable de regagner sa chambre.

— Certainement, répondit Musad, sans lui rendre son sourire. Il n'est pas facile de rejoindre le harem à partir d'ici. C'est d'ailleurs voulu.

— Le harem ?

Elle résidait dans le harem ? C'était si désuet. Si… *évocateur.*

— Oui. C'est le nom qu'on donne à l'endroit où vivent les femmes du roi, dit Musad, en hélant une servante occupée à nettoyer un lustre. Quelqu'un va vous conduire.

*Les femmes du roi.* Voulait-il dire les parentes du monarque ? Elle ne put réprimer un frisson. Pendant des siècles, des concubines avaient été enfermées dans la chambre qui était aujourd'hui la sienne. Disponibles à tout moment pour le plaisir du roi. Cela ne la concernait pas, bien sûr. Elle était *l'invitée* d'Amir, pas une de ses possessions, n'est-ce pas ?

— Vous faites un grand nettoyage de printemps ? demanda-t-elle, désireuse de changer de sujet.

— Les préparatifs pour les festivités vont prendre des semaines, répondit-il en hochant la tête. C'est un projet énorme.

— Ah ! Qu'allez-vous fêter ?

Le chambellan tressaillit, et une expression choquée, surprise, apparut sur son visage. D'un geste, il congédia la servante qui s'approchait et, recouvrant son expression impassible, déclara :

— Venez, mademoiselle Denison. Je vais vous mener à vos appartements.

Intriguée par son changement d'attitude, Cassie le suivit en silence, se contentant d'un vague hochement de tête lorsqu'il lui décrivait l'origine des peintures murales, et nombreuses incrustations de pierreries, sur les murs qu'ils croisaient. Tout ce luxe était évidemment destiné à rappeler aux visiteurs l'immense richesse de la famille royale. Face à ces splendeurs, elle se sentait désemparée. Plus consciente que jamais du gouffre qui la séparait d'Amir. Comment avait-elle pu espérer qu'ils… ?

*Quoi ? Qu'as-tu donc espéré ?* lui souffla une voix cynique. *Qu'il voudrait aller au-delà d'une simple liaison ? Qu'il envisagerait une relation durable ? Pauvre insensée ! C'est d'un roi que tu es tombée amoureuse, pas d'un homme ordinaire !*

Elle l'avait toujours su, alors pourquoi n'arrivait-elle pas à se débarrasser de cet espoir qui demeurait en elle ?

— Eh bien, Musad, dit-elle, désireuse de faire taire ses

interrogations intérieures, quel est l'objet des festivités dont vous me parliez ?

Il s'immobilisa et la dévisagea d'un air grave. De nouveau, elle lut dans son regard quelque chose d'inaccoutumé. On aurait presque dit… de la compassion !

— Un événement royal, murmura-t-il avec réticence. Pour marquer les fiançailles officielles de notre cheikh.

— Les fi…

Incapable de prononcer le mot, elle sentit ses jambes se dérober sous elle, et s'appuya, chancelante, à la colonne la plus proche.

Musad inclina la tête :

— Notre cheikh doit épouser une jeune femme issue d'une des meilleures familles de Tarakhar.

Confusément, Cassie remarqua la douceur de la voix de Musad. Comme s'il regrettait d'avoir à lui annoncer cette nouvelle. Son cœur battait à grands coups. Prise de vertige, elle crut un instant qu'elle allait s'évanouir.

Amir devait se marier. Ses fiançailles étaient imminentes. Il avait donc organisé son mariage tout en la gardant près de lui à titre de… quoi donc, d'ailleurs ? De maîtresse ?

Une douleur aiguë lui transperça le cœur. Son rêve, cette fois, était bien mort.

# Chapitre 12

— Idiote ! Folle que tu es !

Cassie arpentait sa chambre en laissant éclater sa colère. Un vide affreux, douloureux, l'avait envahie.

Pourtant, Amir ne lui avait rien promis. Il ne s'était engagé à rien. Et elle ne lui avait rien demandé ! Elle s'était contentée de leur intimité, de la liberté de leur relation. Elle aimait ce qu'ils avaient. Cette relation basée sur la tendresse et l'honnêteté. Quelle naïveté ! Et dire qu'elle s'était imaginé que leur lien était spécial, et que, peut-être, Amir en viendrait à éprouver la même chose qu'elle. Qu'ils avaient une petite chance…

Mais non ! Amir n'avait jamais été honnête ! Il l'avait amenée ici, dans son harem, tout en préparant son mariage avec une autre femme !

Cassie étouffa un cri de détresse et de chagrin. Il l'avait *trahie*. Et elle se sentait rabaissée. Comment avait-elle pu le laisser la traiter ainsi ? Dire qu'il n'avait fait que satisfaire ses besoins sexuels en attendant qu'une épouse prenne sa place dans son lit, et qu'elle avait pris cela pour une rel, ! elle comprenait maintenant la réticence de Musad ! Il n'avait pas eu envie d'être le porteur de mauvaises nouvelles. Comment avait-elle pu ne pas réaliser qu'Amir jouait un double jeu ?

La douleur se répandit dans tout son corps. Elle s'était donnée à Amir de toute son âme. Persuadée que leur passion et leur entente étaient authentiques, qu'ils se respectaient mutuellement. Pour elle, il était l'homme qui l'avait protégée quand elle n'avait personne. L'homme qui avait retenu son désir pendant des jours parce qu'elle était vulnérable. Qu'était devenu cet homme ? A quel moment Amir avait-il changé ?

Cassie ferma les yeux. Etait-il possible que tout ça n'ait été qu'une ruse pour la prendre dans ses filets ? Avait-il senti son besoin d'affection ? S'était-il délibérément servi de ses faiblesses ?

Le souffle coupé, elle se rappela le moment où elle s'était penchée pour ramasser un crayon dans la salle de classe. Son pendentif avait glissé hors de son chemisier et les femmes s'étaient extasiées sur sa beauté. L'une d'elles avait même affirmé que la pierre était un saphir d'une variété exceptionnelle, qu'on ne trouvait que dans une mine reculée de Tarakhar. D'après elle, il valait une fortune. Cassie avait souri et remis le pendentif en place. Puisque Amir lui avait dit que c'était une babiole, cette femme se trompait forcément.

Et si elle avait eu raison, au contraire ?

Les jambes tremblantes, elle s'affala contre le mur. La vérité la frappait tout à coup : ce collier était le genre de bijou qu'un homme offrait à une maîtresse. Tout comme les dessous en dentelle et les tuniques de soie fine… D'ailleurs, Amir la gardait dans ce harem, il ne l'avait jamais invitée dans les autres lieux du palais. C'était lui qui venait la rejoindre. Jamais le contraire ! Elle ne savait même pas à quoi ressemblait sa chambre. Il arrivait à la nuit tombée et repartait avant l'aube. Jamais il ne l'avait emmenée à la moindre soirée. Ni présentée à ses amis ou à sa famille.

Comment avait-elle pu être aussi aveugle ? Amir avait honte de la fréquenter ! Il la cachait ! Elle n'était là que pour satisfaire ses désirs sexuels. Comme une concubine des siècles passés.

Pendant tout ce temps, elle s'était complètement donnée à lui, elle l'avait aimé. Mais Amir n'avait vu en elle qu'une sorte de prostituée. Oui, il la comblait de bijoux, de vêtements, l'entretenait dans le luxe, en échange de ses faveurs. Tout en projetant d'épouser une autre femme.

Oh, mon Dieu ! De l'air ! Il lui fallait de l'air !

Cassie gagna en chancelant la porte-fenêtre qui donnait sur le jardin. Machinalement, elle porta les doigts à sa gorge à la rencontre de la lourde pierre bleue nichée au creux de ses seins. Le symbole de son asservissement. D'un mouvement sec, elle l'arracha et l'expédia à travers la chambre.

Amir poussa la porte de Cassie, le cœur battant d'excitation. Il avait réorganisé tout son emploi du temps pour lui faire une surprise : ils partaient en pique-nique dans un lieu splendide. Cassie serait ravie !

Comme il aimait la surprendre, voir s'animer son visage et son regard étincelant ! Sa spontanéité, sa capacité à apprécier les plus petites choses de la vie étaient un enchantement sans cesse renouvelé. En vérité, il était complètement envoûté.

Les portes-fenêtres étaient ouvertes, elle devait être dans le jardin. Il traversa la chambre rapidement, mais s'arrêta en sentant quelque chose sous son pied. Le pendentif qu'il avait offert à Cassie ? Ce saphir magnifique, qui s'harmonisait si bien avec l'éclat de ses yeux mauves… La fermeture de la chaîne était-elle défectueuse ? En tout cas, elle avait cédé. Il glissa le bijou dans sa poche et avança vers la cour.

— Cassie ?

Un mouvement attira son regard. Elle marchait, vibrante d'énergie, sous la galerie à colonnes qui ceignait le patio. Aussitôt, son cœur se souleva. Comme elle était belle avec ce pantalon souple qui épousait ses formes et sa tunique vaporeuse d'un mauve assorti à ses yeux !

Irrésistiblement attiré, il se porta à sa rencontre.

— Cassie ! appela-t-il plus fort.

Elle se retourna, mais au lieu de s'élancer vers lui comme de coutume, elle resta parfaitement immobile. Dans la pénombre, impossible de distinguer l'expression de son visage. Mais cette immobilité l'inquiétait. Elle semblait tendue.

— Qu'est-ce qui ne va pas ? demanda-t-il.

A grands pas, il franchit la distance qui les séparait. Lorsque leurs regards se croisèrent, il eut un choc. Où était passée sa douce et chaleureuse amante ? La femme qui l'avait captivé pendant ces deux mois ? Le regard de Cassie flamboyait de colère et son visage était fermé, belliqueux.

— Qu'y a-t-il ? Quelque chose s'est mal passé à l'école ?

D'un geste, elle fit signe que non. Désemparé, il voulut lui caresser la joue, mais elle recula, s'enfonçant dans l'ombre. Pourquoi se dérobait-elle ?

— J'ai trouvé ton pendentif par terre, reprit-il en sortant le bijou de sa poche.

Cassie eut un nouveau mouvement de recul, comme si le saphir était contaminé, dangereux.

— Tu peux le garder. Je n'en veux pas, déclara-t-elle.

Sa voix vibrait d'une d'émotion contenue.

Amir s'approcha et, cette fois, elle ne se déroba pas. Au moins, elle ne le fuyait plus !

— Mais pourquoi ? insista-t-il. Hier soir tu étais ravie de l'avoir. Tu as promis de le porter pour moi.

Sa souffrance était presque physique. Il avait besoin qu'elle le porte !

— J'ignorais de quoi il s'agissait. C'est une pierre véritable, n'est-ce pas ?

— Oui, un saphir de…

— Je me moque de savoir d'où il vient ! Je n'en veux pas ! répéta-t-elle.

Décidément, elle le rendait fou ! Combien d'autres femmes auraient sauté sur l'occasion d'avoir un bijou aussi exceptionnel ? Ne fût-ce que pour sa valeur marchande !

— Tu te demandes pourquoi je ne te l'ai pas dit hier, c'est ça ? Je sais que les cadeaux coûteux te mettent mal à l'aise, alors je…

— Alors tu m'as menti.

— Mais non. J'ai seulement dit que c'était une babiole.

Et c'était vrai. Après tout, vu l'étendue de sa fortune, ce n'était qu'une dépense négligeable.

— Je l'ai vu et j'ai eu envie de te l'offrir. Est-ce un crime ?

— Je n'aime pas qu'on me mente.

— Très bien. Si cela t'offense à ce point, je l'emporte, lâcha-t-il avec colère.

Qu'avait-elle donc, à la fin ?

— Je ne veux *rien* de toi.

— Pourquoi tant d'histoires ? Je suis riche. Cela me fait plaisir de t'offrir de jolies choses.

— Tout comme il te plaît de m'avoir ici pour maîtresse ? répliqua-t-elle.

Le menton fièrement levé, elle fixa sur lui un regard noir. Un pressentiment désagréable s'empara d'Amir.

— Je n'emploierais pas le terme de maîtresse.

Certes, beaucoup d'autres femmes étaient entrées dans cette catégorie. Mais pas Cassie. C'était différent !

— Et quel terme emploierais-tu alors ? Femme entretenue ? Petit à-côté ?

— Ne parle pas comme ça ! Nous sommes amants.

— Non, déclara-t-elle en secouant la tête d'un air triste. Les amants partagent. Ils sont sur un pied d'égalité. Mais pas nous, n'est-ce pas ? J'ai cru que nous l'étions. Mais c'est impossible, bien sûr.

Mû par un sentiment d'urgence, il se rapprocha de Cassie jusqu'à la frôler. D'où lui venait ce besoin de la toucher ?

Pendant toutes ces semaines, ils avaient partagé quelque chose d'infiniment précieux. Quelque chose qu'il n'avait jamais connu auparavant. Oui, il avait d'abord pensé que c'était purement sexuel, mais leur lien allait bien au-delà. Evidemment qu'ils étaient sur un pied d'égalité ! Avec Cassie, il…

— Pourquoi ? lança-t-il. Pourquoi est-ce impossible ?

— Parce que tu vas te marier. Parce que tu as fait de moi ta putain. Parce que tu as acheté mes faveurs alors que tu organisais ton mariage avec une autre femme.

Ces mots lui firent l'effet d'une claque. Il regarda avec horreur le visage livide et tendu de Cassies ses yeux pleins d'angoisse. Quoi ? Comment pouvait-elle se décrire en ces termes ?

— Arrête ! Ce n'était pas comme ça !

— Ah ? Et c'était comment, alors ?

Comment osait-elle ? Comment pouvait-elle dénigrer à ce point ce qu'ils avaient vécu tous les deux ?

— Tu sais très bien que ça n'a rien à voir. Je ne t'ai pas payée. Tu es ici parce que cette histoire ne concerne que nous. Rien que nous. Ce qui s'est passé entre nous est authentique, Cassie. Je… je tiens à toi.

Ces mots lui avaient échappé sans qu'il l'eût prémédité. Sous le choc, il tressaillit. Oui, il tenait à elle. Il venait de réaliser que ses sentiments étaient profonds.

Un silence pesant s'installa entre eux. Cassie l'observait sans un mot, et il sentit qu'elle faiblissait.

— Tu as pourtant négligé de me dire que tu devais te marier bientôt. Notre relation était condamnée avant même d'avoir commencé.

— Mais, je ne t'ai jamais parlé de mariage. Tu ne pouvais pas t'attendre à…

Le rire amer qui s'échappa des lèvres de Cassie le réduisit au silence.

— Non, n'est-ce pas ? Il aurait fallu pour ça être une pauvre idiote naïve, dit-elle d'une voix où perçaient autant de chagrin que de colère.

Le cœur d'Amir se serra un peu plus. Mais aussi, comment avait-elle pu imaginer qu'il l'épouserait ? Elle n'était qu'une passante, une étrangère dans ce pays. Et comment aurait-il pu épouser une femme qu'on lui avait offerte comme esclave sexuelle ? Certes, elle n'y était pour rien, mais elle aurait provoqué autant de scandale que sa propre mère !

Amir était désespéré. Il fallait à Tarakhar une reine de réputation irréprochable. Et elle le savait ! Il lui avait parlé de ses projets pour le pays. Elle savait qu'il lui fallait une reine qui lui permettrait d'accomplir tout ça.

Pour Cassie, il éprouvait… un désir dévorant. Il l'aimait bien, il la respectait, il se souciait d'elle. Mais ce n'était pas assez pour faire un mariage royal réussi.

— Tu as menti par omission, Amir. Tu te devais, envers moi et envers ta fiancée, d'être franc sur tes projets de mariage. Tu me devais la vérité.

— Ce n'est pas ma fiancée.

Cassie secoua la tête, et il sentit la brûlure de son regard farouche sur sa peau. Oui, malgré les accusations indignes qu'elle lui lançait et le tumulte de ses propres émotions, c'était de la serrer contre lui dont il avait envie. Il avait besoin de se perdre dans leur passion mutuelle, de la faire taire avec des baisers. En fait, il avait besoin d'elle, et cela le rendait faible.

— Elle le sera bientôt. Tout le palais est au courant. Et combien d'autres personnes encore ?

Amir haussa les épaules. Pourquoi se sentait-il aussi mal ? Sans solution ?

— Je ne vois pas en quoi mes projets de mariage concernent notre relation. Je t'avais dit que je comptais prendre une épouse.

— Oui. Mais j'ai cru que tu parlais d'un jour lointain. Comment aurais-je pu deviner que ton choix était déjà fait, et les arrangements pris ?

— Cela n'a rien à voir avec nous deux, répéta-t-il.

Comment faire pour l'en convaincre ?

— Ah ? Et une fois que tu aurais été marié ? Cela nous aurait concernés ? Ou bien m'aurais-tu gardée après ta noce ? Ça t'excite, d'avoir en même temps une épouse et une concubine ?

— Ne sois pas vulgaire.

Ecœuré, il la regarda. Comment pouvait-elle *imaginer* qu'il l'aurait traitée de la sorte ? C'était indigne !

Mais quelle excuse pouvait-il lui donner ? Elle avait raison. A force de se dire qu'il mettrait fin à leur liaison au premier signe d'ennui, il avait refusé de voir que cela ne se produisait pas. La noce se rapprochait et sa passion était intacte. Plus intense même ! Cassie lui devenait de jour en jour plus nécessaire. Il n'était qu'un lâche. Il avait refusé d'affronter la vérité : leur séparation était proche.

La voix glaciale de Cassie le fit sursauter.

— C'est moi que tu trouves vulgaire ? Alors que tu m'as prise pour maîtresse et que tu me couvres de cadeaux ? Qu'est-ce que tu cherches à me faire oublier ? Que tu es engagé envers une autre ? Que je suis indigne d'être présentée à tes amis ou de t'accompagner en public ? Que je ne suis bonne qu'à…

— Cassie, arrête !

La violence avec laquelle il avait hurlé ces mots le surprit lui-même. Dieu, il ne supportait pas qu'elle parle comme ca !

— Je n'ai jamais cherché à t'insulter, Cassie.

Elle cilla. Bouleversé, il crut voir perler des larmes au bord de ses paupières.

— Même pas quand tu m'as avertie de ne pas donner mes cours en public ? Ose me dire que c'était pour mon bien. Et que tu ne t'inquiétais pas de la mauvaise publicité que ce serait pour ton mariage, dit-elle.

Sa voix était basse et rauque, comme si elle avait autant de mal que lui à expulser les mots qui lui brûlaient la gorge.

Cassie avait raison, il n'avait pensé qu'à lui. A gagner du temps avant de se séparer d'elle.

— Inutile de répondre, je le lis dans tes yeux, reprit-elle. Tu sais, j'ai cru que tu étais *différent*. Un homme d'honneur. Un homme que je pourrais respecter. J'ai été bien naïve, n'est-ce pas ?

Face à son angoisse palpable, il ne savait plus quoi dire. Comment une relation si parfaite avait-elle pu tourner aussi mal ? se demanda-t-il en lui effleurant la joue.

— *Habibti*, je…

Elle repoussa vivement sa main, et se détourna. Mais il avait eu le temps de voir que ses yeux brillaient de larmes. C'était une véritable torture de la voir si malheureuse.

— Je ne suis pas ta bien-aimée ! Je t'ai peut-être donné mon innocence, mais je ne suis pas stupide !

Son innocence ? Il vacilla sous le choc. Elle n'était pas sérieuse ? Non, elle n'aurait jamais pu le séduire comme elle l'avait fait, s'offrir à lui avec cette intensité. Sa façon de savourer leur plaisir sensuel avec tant de sincérité et de passion l'avait remué jusqu'aux tréfonds de son être. Elle n'avait rien d'une novice !

Mais il était vrai que le plaisir de Cassie avait été mêlé d'émerveillement étonné. D'hésitation…

La tache ! La tache de sang sur le lit, après leur première nuit ! Il demeura saisi, abasourdi. Qu'avait-il donc fait ?

— Cassie, murmura-t-il, la voix tremblante. Je ne voulais pas que cela se passe ainsi. Je te désirais, c'est tout.

Il n'avait pensé qu'à ça, à rien d'autre. Poussé par son instinct, il avait agi sans réfléchir. Quelle brute ! Il s'était emparé de cette femme et c'était elle qui payait maintenant le prix de son égoïsme. Que faire ? Il était complètement désemparé.

— Peut-être, mais c'est pourtant ce qui se passe, répondit-elle. Je t'ai laissé faire de moi ta maîtresse. Je n'ai même pas réalisé que j'étais en train de devenir ce que je m'étais juré de ne jamais être. La femme de trop. L'autre femme !

Les yeux ruisselant de larmes, elle releva la tête et lui fit fasse. Comment était-ce possible ? Jamais il ne l'avait vue pleurer, même lorsqu'elle craignait pour sa vie.

Oh ! Comme il aurait aimé l'étreindre, la rassurer, l'apaiser avec ses caresses. Mais il avait perdu ce droit.

— Toute ma vie, j'ai lutté pour avoir du respect pour moi-même. Je ne me suis jamais vendue à personne !

Amir eut envie de la couper, de lui dire que ça n'avait pas été le cas. Mais elle continuait comme dans un état second, comme si elle avait cessé de le voir :

— Je m'étais juré que je ne serais jamais comme elle, et voilà que je le suis devenue. C'est…

— Qui ça, elle ? Qui, Cassie ?

Il esquissa un geste de réconfort mais n'osa pas aller jusqu'au bout.

— Ma mère. Je ne t'en ai jamais beaucoup parlé, n'est-ce pas ? C'était la maîtresse d'un homme riche. Elle était mariée à un autre lorsqu'elle est tombée enceinte de mon père. Quand son mari l'a chassée, elle a suivi mon père à Melbourne et, pendant des années, elle est restée sa maîtresse. Elle vivait de ses largesses et des miettes d'affection qu'il consentait à lui accorder. Quand il en a eu assez d'elle, elle s'est trouvé un autre protecteur. Et puis un autre. Et encore un autre. Il y en a même un qui a cru pouvoir m'avoir aussi, puisqu'il payait ma mère.

Amir laissa échapper un cri d'horreur. Comment était-ce possible ?

— Il n'a pas réussi, dit-elle. Après, je ne suis plus jamais retournée à la maison pour les vacances. Mais en voyant ma mère se vendre de cette manière, j'ai juré de ne jamais devenir comme elle. Je n'avais jamais permis à un homme de m'approcher, avant toi.

Elle était bouleversante. Les bras repliés autour d'elle, on aurait dit qu'elle cherchait à contenir sa douleur.

— Et regarde-moi, maintenant !

Le spectacle de sa détresse, de sa fierté blessée, projeta Amir dans un tourbillon d'émotions inconnues. Désemparé, à bout de résistance, il l'attira contre lui, avec la même précaution qu'il aurait prise pour déplacer un objet précieux. Elle était tellement fragile ! Et cette fragilité lui faisait peur.

Il se sentait coupable, terriblement coupable. Et il avait honte aussi ! Comment avait-il pu se croire honorable, alors que son égoïsme avait causé tant de mal à Cassie ? Jamais il n'avait éprouvé autant de honte et autant de regret. Comment pourrait-il jamais ré… ?

— Amir ?

— Oui ?

— Je voudrais partir maintenant. Je ne veux plus jamais te revoir.

# Chapitre 13

Trois semaines plus tard, Cassie regardait par la fenêtre de sa salle de classe. Au loin se dessinait une chaîne de montagnes, comme lorsque… Non ! Elle s'était juré de ne plus y penser ! De tout faire pout oublier son séjour involontaire dans le Buthran, et l'homme qu'elle y avait rencontré. Et qui lui avait volé son cœur pour le réduire en miettes.

Comment pouvait-elle l'aimer encore ? C'était pathétique. Personne n'avait le droit de la traiter comme il l'avait fait ! Il aurait dû ne plus rien représenter pour elle.

Pourtant, Amir n'était pas le seul à blâmer. Elle n'aurait jamais dû se laisser entraîner par son désir. Mais c'était trop fort. Elle avait été incapable de lui résister. Pour la première fois de son existence, elle s'était sentie entière. Oui, elle avait été heureuse de partager la vie d'Amir.

Etaient-ce les mêmes sentiments qui avaient poussé sa mère à suivre son père en renonçant à tout le reste ? L'amour était une force si puissante, si dangereuse. Comment avait-elle pu l'ignorer si longtemps ?

Encore une fois, une douleur diffuse la traversa. Amir lui manquait. Bien sûr, elle se sentait blessée, elle avait honte d'être devenue « l'autre femme », mais comment nier que c'était surtout du chagrin qu'elle ressentait ? Un immense chagrin. Elle devait absolument se ressaisir !

Derrière elle, elle percevait le murmure des femmes

qui conversaient deux par deux en anglais, comme elle le leur avait demandé. Elle se força à s'arracher à sa rêverie, et s'approcha du duo le plus proche.

Heureusement qu'elle avait ses élèves ! Ses cours lui donnaient un but dans la vie. Ils lui apportaient même une sorte de joie, en fait. C'était un vrai bonheur d'aider ces femmes. Et lorsqu'elle devait se servir de ses talents d'actrice pour animer une scène et mieux faire comprendre certains mots, elle retrouvait le plaisir de jouer. Non pas que jouer la comédie lui manquât vraiment d'ailleurs… Non, elle devrait peut-être envisager de devenir professeur d'anglais à part entière. Pas à Tarakhar, bien sûr.

Cassie laissa échapper un soupir. Elle devait absolument mettre de la distance entre elle et Amir. Mieux valait ne pas rouvrir les plaies mal cicatrisées. Elle ne supporterait pas de le voir heureux avec l'épouse qu'il s'était choisie…

La porte s'ouvrit brusquement. Tirée de ses sombres pensées, Cassie sursauta en voyant entrer la directrice de l'école.

— Mademoiselle Denison, veuillez excuser cette interruption. Nous avons des hôtes importants, venus nous rendre visite à l'improviste. Un grand honneur !

La directrice se tourna vers les élèves, et s'adressa à elles en arabe. Aussitôt, les femmes se turent et rajustèrent discrètement leurs tenues, avant de se tourner vers la porte, les regards brillants d'excitation. Une visite était toujours un événement dans cette région rurale, pensa Cassie avec amusement. Sa propre arrivée avait causé un véritable remue-ménage…

Avec un sourire avenant, elle s'apprêta à accueillir les visiteurs. Mais, à la vue de la haute silhouette vêtue de blanc qui venait d'entrer dans la salle de classe, elle se figea, et ses paroles de bienvenue moururent sur ses lèvres. Ce beau visage sévère et fier ne lui était que trop familier. Elle n'avait pas vu Amir depuis des semaines, mais comment oublier sa beauté à la fois virile et austère ?

— Et voici notre enseignante bénévole, Mlle Denison, annonça la directrice.

— Mademoiselle.

Amir s'inclina lentement, sans la lâcher des yeux. Impénétrable, il semblait la détailler des pieds à la tête. Aussitôt, une salve de frissons la parcourut. Malgré le choc, le trouble provoqué par sa présence était intact. Il était superbe, si magnétique ! Mais son expression était sombre. Ne lui adresserait-il plus jamais un de ses renversants sourires ? se demanda-t-elle avec un pincement au cœur.

— Votre Altesse, répondit-elle, surprise par le son rauque de sa propre voix.

Puis elle se tourna vers l'homme qui l'accompagnait, disant simplement :

— Farouk.

— Mademoiselle Denison, c'est un plaisir de vous revoir, répondit-il en lui serrant la main, souriant.

Il avait réellement l'air heureux de la revoir.

Pourquoi étaient-ils là ? Bien sûr, elle n'ignorait pas qu'Amir était proche de son peuple, mais son existence était soigneusement planifiée. Elle était bien placée pour savoir qu'il n'y avait rien d'« improvisé » dans son emploi du temps. Etait-il... venu la voir ?

Malgré elle, elle se sentit envahie par une vague d'espoir. Un espoir, certes ténu, mais irrépressible. Elle se surprit à l'observer avec attendrissement, tandis qu'il discutait avec le groupe de femmes — soudain devenues timides. Que pouvait-il bien lui vouloir ? Qu'avaient-ils encore à se dire ? Même ici, dans cette province reculée, tout le monde parlait des fêtes de fiançailles et du mariage royal. Et puis, Amir n'avait même pas cherché à la retenir lorsqu'elle s'était enfuie.

La colère et le désespoir se mêlaient en elle. Comment

pouvait-il encore provoquer toutes ces émotions ? Elle avait tout fait pour l'oublier ! Mais pas question de laisser paraître son trouble. Si Amir pouvait rester là, tranquillement, en sa présence, eh bien, elle pouvait en faire autant !

Cassie se força à prendre un air poli et impassible. Cependant, à mesure que la visite se prolongeait, elle se sentait faiblir. Au point de devoir prendre discrètement appui contre le mur. Si seulement ils pouvaient tous s'en aller !

Enfin, elle perçut du mouvement dans le groupe. La directrice lui adressa un regard surpris avant de sortir. Puis toute la classe gagna la porte. Pour finir, Farouk se retira avec une révérence, la laissant seule avec…

Sans même en avoir conscience, Cassie se dirigea vers la porte. Elle ne supportait pas de rester ici avec Amir ! C'était impossible !

Mais il la retint par le bras. La sensation de cette main sur son bras lui fit l'effet d'une brûlure. Dans un violent mouvement de recul, elle se heurta au mur.

— Cassie. Ne t'en va pas.

Il avait parlé d'une voix basse, rauque et tendue. Et dire qu'elle aurait tout donné, quelques semaines plus tôt, pour l'entendre prononcer ces mots !

— Non ! s'écria-t-elle.

Mais non quoi, exactement ? Non, elle n'obéirait ? Ou, non, elle refusait de revivre ces semaines horribles, de céder de nouveau à l'espoir ?

Avant qu'elle n'ait eu le temps de s'interroger sur ses propres motivations, Amir referma la porte. Ils étaient seuls.

— Comment oses-tu me retenir contre ma volonté ? Comment oses-tu venir ici ? C'est pour me renvoyer hors du pays, c'est ça ? C'est trop embarrassant pour toi qu'une ex-maîtresse s'attarde à Tarakhar à l'approche de ton mariage ?

— Bien sûr que non !

Sa voix tremblait d'une fureur à peine contenue, mais

elle s'en fichait. Une seule chose importait : il n'était pas venu la chasser du pays. Et le pire, c'est qu'elle en était soulagée. Quelle idiote !

— Cassie…

— Non ! Tais-toi ! Il n'y a rien à dire.

— Tu te trompes. Il y a beaucoup à dire, au contraire, murmura-t-il.

Comme sa voix était douce ! Mais elle ne devait pas faiblir.

— Comment va ta fiancée ? lança-t-elle.

— Ce n'est pas ma…

— Soit. Ta *future* fiancée ?

— Elle ne l'est pas non plus.

Ces mots parurent flotter dans les airs, comme en suspens dans le silence pesant qui suivit. Avait-elle bien entendu ? Lentement, elle releva les yeux et regarda Amir. Dressé de toute sa taille devant elle, il avait cet air fermé qu'elle lui connaissait si bien. Celui qu'il prenait lorsqu'il voulait lui cacher ses pensées.

— Pardon ?

— Les fiançailles n'auront pas lieu. Elle ne sera pas ma femme.

Cassie se sentit prise de vertige. Tout tournait autour d'elle. Elle chancela.

— Cassie ! s'écria Amir, en la retenant.

Lourdement, elle se laissa tomber sur le bureau.

— Est-ce la vérité ?

— Il n'y aura plus de mensonges entre nous, même par omission.

Avec un timide sourire, Amir approcha sa main, comme pour la toucher, mais sembla se raviser, comme s'il n'était pas sûr de lui, pas sûr d'avoir le droit. Cela ne lui ressemblait pas. Que cherchait-il ? Elle devait en avoir le cœur net.

— Et ton mariage ? Même ici, tout le monde en parle.

— Il est annulé, répondit-il, en cherchant son regard.

— Ce n'est pas possible. Il a été annoncé publiquement. Tu as dit que les contrats étaient signés, que…

Amir esquissa un geste d'agacement.

— Peu importe. Il est annulé. La famille de la fiancée recevra une compensation, bien sûr. Une très généreuse compensation, même si les fiançailles n'ont pas eu lieu. Tout est fini.

Comment croire à cette surprenante nouvelle ? Pourtant le regard d'Amir ne trompait pas.

— Et… *elle* ? La femme que tu devais épouser ? Elle doit avoir le cœur brisé.

Qu'est-ce qui lui prenait ? C'était absurde de se sentir solidaire de cette femme. Elle ne l'avait jamais rencontrée, et elle lui inspirait bien plus de jalousie et de rancune que de compassion !

— C'était un mariage arrangé, Cassie, pas un mariage d'amour. On lui trouvera un autre mari. La nouvelle sera rendue publique aujourd'hui.

— Mais cela provoquera un scandale. Et tu voulais l'éviter à tout prix.

— Je le surmonterai.

Ce n'était pas possible, il y avait autre chose. Mais quoi ? Que voulait réellement Amir ? Dépassée, Cassie secoua la tête. Non, elle ne le comprenait pas.

— Tu ne veux pas savoir pourquoi ? demanda-t-il en s'approchant.

Elle n'eut même pas la force de bouger, de s'écarter, et se contenta d'acquiescer. Bien sûr, elle voulait comprendre.

— Je ne pouvais pas me marier avec elle. En fait, j'ai découvert que je suis incapable d'épouser qui que ce soit pour le bien de mon pays, ou parce que c'est ce qu'on attend de moi. Même si c'est une femme raisonnable et irréprochable, parfaite pour mes projets.

— Je ne comprends pas. Pourquoi me dis-tu tout ça ?

La voix d'Amir résonna clair et fort :

— Je ne peux pas l'épouser, puisque c'est une autre femme que je veux.

Surprise, Cassie leva les yeux vers Amir. Il était si proche qu'elle avait l'impression de fondre sous l'éclat ardent de son regard. Soudain, ses paroles prirent un sens, et elle se leva d'un bond.

— Non, tu ne peux pas vouloir dire que…

— Si, Cassandra. Je te veux.

— Eh bien, tu ne peux pas m'avoir !

Cette torture ne finirait-elle donc jamais ? Elle s'était réfugiée à l'autre bout de Tarakhar pour y recouvrer un semblant d'équilibre. Et voilà qu'il venait la tenter avec quelque marché diabolique !

— Non, Amir ! Je ne serai pas ta maîtresse !

— Quelle idée. Je ne veux pas de toi pour maîtresse. Je te veux pour femme.

Quoi ? Cassie se figea, cherchant à saisir le sens de ses paroles. Puis, elle le repoussa de toutes ses forces, avec une fureur désespérée.

— Je t'interdis de jouer à je ne sais quel jeu avec moi !

Avec force, Amir la ramena vers lui, serrant ses mains entre les siennes.

— Ce n'est pas un jeu, Cassie. Tu es partie, et plus rien n'a été pareil. Ma vie est devenue terne, sans couleurs. Jusqu'à ce moment-là, je n'avais pas réalisé combien tu comptais pour moi.

*C'est encore un piège*, pensa-t-elle confusément. Cela avait été si dur la première fois. Elle n'aurait pas la force de se remettre d'une nouvelle trahison !

— Je t'en prie, écoute-moi.

L'accent d'Amir était si désespéré qu'elle leva les yeux vers lui. Etait-ce vraiment… de l'angoisse qu'elle lisait dans son regard ?

— Pendant des semaines, j'ai voulu croire que c'était une toquade, un coup de passion. Qu'une fois mes désirs assouvis, j'irais de l'avant. Que je ferais mon devoir et épouserais une femme convenable, comme prévu. Je me répétais que je voulais protéger mon pays, mes futurs enfants. Mais en réalité, je fuyais ce qu'il y avait entre nous. Ces sentiments si forts. J'ai été lâche.

L'air songeur et le regard sombre, il se tut avant de poursuivre :

— J'ai été égoïste et irréfléchi. Et mes sentiments n'ont pas disparu, au contraire. Tu te rappelles, quand je t'ai demandé de renoncer aux cours en extérieur ? Je cherchais à éviter la publicité, bien sûr. Mais c'était surtout pour te garder près de moi le plus longtemps possible. Je ne supportais pas l'idée que tu me sois arrachée par le scandale.

Cet aveu laissa Cassie abasourdie. Tout la surprenait : les propos d'Amir évidemment, mais aussi la tension qui semblait l'habiter, sa véhémence.

Lorsqu'il posa la main contre sa joue, elle eut soudain l'impression de reprendre vie. Comment pouvait-elle être si troublée par une simple caresse ? Elle aurait dû le repousser, bien sûr, mais elle s'en sentait incapable.

— Ce jour-là, je t'ai dit que je tenais à toi, Cassie. Mais la vérité, c'est que je t'aime.

Cassie sentit son regard se brouiller et ses jambes menacèrent de se dérober sous elle. Ce ne pouvait pas être vrai, il cherchait uniquement à la tenter. Elle aurait tant voulu que ce soit la vérité ! Pourquoi se montrait-il si cruel ?

Elle ouvrit la bouche pour parler, pour lui dire d'arrêter de jouer avec elle, mais elle était incapable d'articuler le moindre son. Au même instant, Amir inclina la tête et, ignorant sa détresse, son vain mouvement de recul, il l'embrassa fiévreusement. La caresse de sa bouche était si douce, si tendre et suave qu'elle faillit fondre en larmes.

— Ce n'est pas vrai, murmura-t-elle quand il releva la tête.

— Je te jure que si. Je n'ai jamais été aussi sérieux, Cassie.

Une sincérité bouleversante perçait dans sa voix, comme si cet aveu venait du plus profond de son âme. Il ne pouvait tout de même pas jouer la comédie à ce point ?

— Je crois t'avoir aimée au premier regard, continua Amir. Tu étais si forte, si résolue, si belle. Ton courage à lui seul me donnait envie de te connaître.

— Ce n'est pas mon courage qui t'intéressait, si je me souviens bien. C'est mon corps.

— Evidemment. Tu troublerais n'importe quel homme. Tu es belle, Cassie, dit-il avec un sourire doux-amer. C'est une partie du problème. Je n'arrivais pas à voir au-delà, je ne me rendais pas compte qu'il ne s'agissait pas uniquement de désir. Que c'était beaucoup plus que ça. Et puis, j'ai vu ce que je t'avais fait. Oh ! Cassie, continua-t-il en l'étreignant, peux-tu me pardonner ? J'étais inconscient, jusqu'à ce soir-là. Je refusais d'envisager la suite, même si Farouk et Musad me pressaient de rompre avec toi.

— Vraiment ?

Elle avait toujours su que Musad ne l'appréciait guère. Mais Farouk ?

Amir acquiesça.

— Musad redoutait le scandale, mais c'est pour toi que Farouk était inquiet. Il se rendait compte que j'étais trop aveuglé pour faire ce qu'il fallait. Et trop absorbé par mon plaisir égoïste pour l'écouter.

— Tu n'éprouvais pas d'amour, juste du désir, répéta Cassie.

Elle avait besoin de se répéter cette phrase pour lutter contre son envie de le croire. C'était si tentant, elle avait si désespérément besoin de l'amour d'Amir !

— Non, Cassie, c'était plus fort que ça. Mais je n'avais jamais connu l'amour, alors je ne croyais pas à son existence.

Je n'imaginais pas qu'il aurait pu s'emparer de moi. Je te voulais tellement que je ne voyais pas plus loin. Je désirais que tu sois heureuse, et je m'étais convaincu que tu l'étais.

— J'étais heureuse.

— Vraiment ?

— Oui, assura-t-elle.

Aussitôt, le regard noir d'Amir sembla s'éclairer et ses traits se détendirent.

Quel changement ! Pourquoi était-il si affecté par son bonheur ? Disait-il donc vrai ?

— Alors, tu… tu tiens à moi ?

Il avait parlé d'un ton si hésitant, si peu dans son caractère, que Cassie sentit l'émotion lui serrer la gorge. Oh oui, plus de doute ! Cette fois, elle le croyait sans réserves.

— Evidemment. Comment peux-tu ne pas t'en rendre compte ? laissa-t-elle tomber de mauvaise grâce.

Un lent sourire illumina les traits d'Amir. Un sourire irrésistible…

— Au point de me pardonner ?

— Je…

Cassie aurait voulu se montrer raisonnable, rester prudente. Mais était-ce bien raisonnable de vouloir rester prudente quand Amir la contemplait avec ces yeux-là, comme si elle était la chose la plus précieuse du monde ?

— Je t'aime, Amir, je…

Les lèvres d'Amir sur les siennes mirent fin à cette confession, dans un baiser passionné qui dissipa ses derniers doutes. Cassie répondit à son baiser, se plaquant contre lui avec toute la fougue d'une femme qui, après en avoir fait le deuil, retrouve l'amour de sa vie.

— Ce n'est pas possible, ce n'est pas réel…, murmura-t-elle enfin.

— Si, ma douce, la rassura Amir, l'étreignant de toutes

ses forces. Je ne supporterais pas de te perdre. Je veux que tu restes avec moi, toujours.

S'écartant à demi, il ajouta :

— Peux-tu me pardonner ?

— Oui, dit-elle.

— M'épouseras-tu, Cassie ?

Ces mots vibraient d'amour et d'espoir. Pourtant, Cassie hésita.

— Tu ne voulais pas d'une femme de mauvaise réputation, lui rappela-t-elle.

— Quand je t'ai perdue, j'ai appris ce qui compte vraiment. Les médisances ne m'empêcheront jamais de t'épouser. Et de toute façon, quoi que tu fasses, tu ne pourras pas rivaliser avec mes parents. Ils ont fait les choux gras des journaux à scandale pendant des années, et pourtant, j'ai survécu. Nos enfants n'auront aucun problème.

Un instant, elle se laissa aller à rêver des enfants qu'elle aurait avec Amir. Auraient-ils ses yeux d'un noir profond ? Elle insista quand même :

— On saura comment nous nous sommes rencontrés. Ce sera un beau scandale.

— Nous nous en remettrons. D'ailleurs, quand les gens te connaîtront, ils n'y penseront plus. Surtout quand ils verront comme on s'aime.

— Mais je suis une étrangère, je ne parle pas votre langue.

— Tu es intelligente, tu l'apprendras. Et le fait que tu aies enseigné ici jouera en ta faveur.

— Mais… si on apprend la vérité sur ma mère ? se força à dire Cassie, la gorge nouée. Je ne peux pas te faire ça, Amir.

— Cassie, tu n'es pas ta mère. Et je ne suis pas mes parents. Je suis las de me soucier de l'opinion publique. Mon peuple m'a accepté, et il apprendra à t'aimer aussi. Le passé est le passé, ma douce. Il ne détruira pas ce qui nous lie. Tu m'es bien trop précieuse pour que je le permette.

De nouveau, les lèvres d'Amir s'emparèrent des siennes et Cassie se laissa bercer par la douceur de leur baiser. Oui, ensemble, ils y arriveraient ! L'amour emplit son cœur, et elle contempla le visage familier d'Amir, si résolu et en même temps si vulnérable, en cet instant.

— Tu ne m'as toujours pas répondu, dit-il.

Sûre d'elle maintenant, elle sourit sans chercher à dissimuler la force de ses sentiments.

— Je serai ta femme, Amir. Tu es l'homme de ma vie.

Amir déposa un baiser plein de ferveur au creux de sa paume.

— Je n'en demande pas plus. Sortons annoncer la nouvelle à ceux qui nous attendent dehors. Plus vite nous annoncerons nos fiançailles, plus vite nous serons unis. Pour toujours.

MELANIE MILBURNE

# L'héritier de Haverton Manor

*Traduction française de*
CATHERINE BENAZERAF

DIADÈME

HARLEQUIN

*Titre original :*
UNCOVERING THE SILVERI SECRET

*Ce roman a déjà été publié en 2018.*

# Chapitre 1

Pour la première fois depuis les obsèques de son père, Bella retrouvait Haverton Manor.

Haverton, la maison de son enfance…

Dans l'atmosphère hivernale de ce mois de février, plantée au milieu du parc saupoudré de neige, la majestueuse demeure de style géorgien avait l'apparence d'un château de conte de fées.

Une fine pellicule blanche recouvrait les collines boisées, autour du manoir, ainsi que les arbres centenaires qui bordaient la longue allée sinueuse menant au perron. Au loin, le lac gelé brillait comme un miroir.

Dès qu'elle arrêta sa petite voiture de sport devant le jardin de buis taillé, Fergus, le vieux chien de berger qui avait appartenu à son père, se leva péniblement de l'endroit où il prenait le soleil, et s'avança pour l'accueillir en agitant la queue.

— Salut, Fergus ! dit-elle en lui grattant les oreilles. Qu'est-ce que tu fais tout seul ? Où est Eduardo ?

— Je suis là.

Cette voix grave aux accents de velours… Elle fit brusquement volte-face. Son cœur bondit dans sa poitrine, lorsque son regard se posa sur la haute silhouette d'Eduardo Silveri. Cela faisait deux ans maintenant qu'ils ne s'étaient pas trouvés face à face, mais il était tout aussi irrésistible que dans son souvenir.

Pourtant, on ne pouvait dire qu'il fût véritablement beau. Non, ses traits étaient un peu trop irréguliers pour cela. Une ancienne bagarre lui avait laissé une légère bosse sur le nez, et l'un de ses sourcils bruns était entaillé d'une cicatrice. Des souvenirs de son adolescence tourmentée…

Chaussé de solides bottes de travail, Eduardo portait un jean délavé, et un pull-over noir dont les manches relevées jusqu'au coude révélaient la puissante musculature de ses avant-bras. Ses épais cheveux bouclés d'un noir de jais étaient rejetés en arrière, et la barbe naissante qui soulignait sa mâchoire accentuait la virilité de ses traits. Comme toujours en présence d'Eduardo, elle sentit un léger picotement sur sa nuque.

Elle dut légèrement pencher la tête en arrière pour le regarder dans les yeux, et lorsqu'enfin ses prunelles, d'une étonnante nuance bleu-vert, rencontrèrent les siennes, elle ne put s'empêcher de retenir son souffle.

— En plein travail, à ce que je vois, lança-t-elle du ton condescendant qu'elle s'efforçait d'adopter habituellement avec lui.

— Comme toujours.

Malgré elle, elle fixa la bouche aux contours fermes qui venait de laisser tomber sèchement ces deux mots. A voir les plis qui la cernaient, on comprenait aisément que son propriétaire avait coutume de contenir ses émotions plus souvent qu'il ne les laissait paraître.

Une seule fois, par le passé — une nuit, l'été de ses seize ans — elle avait permis à ces lèvres fermes et sensuelles de se poser sur les siennes. Bien que cela ne se soit jamais reproduit par la suite, c'était un souvenir qu'elle n'était pas parvenue à effacer de sa mémoire. Encore aujourd'hui, le goût des lèvres d'Eduardo demeurait sur sa bouche. Un mélange de sel et de menthe au parfum viril.

Bien sûr, ce n'était pas le seul baiser qu'elle avait reçu. A vrai dire, depuis son adolescence, elle avait souvent été embrassée. Mais seul celui échangé avec Eduardo était resté gravé dans sa mémoire avec une précision qui lui faisait encore courir des frissons le long de son dos.

Eduardo la dévisageait sans un mot, manifestement peu pressé de rompre le silence qui s'était installé. Avait-il à l'esprit les mêmes images que celles qui la troublaient tant ?

Le souvenir de leurs bouches soudées l'une à l'autre, de leurs langues se mêlant dans toute l'impudeur d'une danse primitive, de leurs respirations haletantes...

S'arrachant à ces souvenirs importuns, elle posa son regard sur les mains souillées de terre d'Eduardo. Manifestement, il était en train de désherber les plates-bandes du jardin.

— Où est passé le jardinier ? demanda-t-elle.

— Il s'est cassé le bras, il y a une semaine. Je te l'ai écrit dans mon dernier e-mail. Celui où je te tenais au courant des affaires du domaine.

— Vraiment ? Je ne m'en souviens pas. Tu es sûr de me l'avoir dit ?

Eduardo eut une grimace moqueuse. Aussi loin qu'elle s'en souvienne, c'était sa manière à lui d'esquisser un semblant de sourire...

— Oui, Bella, répondit-il. J'en suis certain. Peut-être n'as-tu pas prêté attention à mon message, perdu parmi tous ceux de ton petit ami. Quel est donc le dernier en date ? Le patron de restaurant au bord de la faillite ? Ou le fils du banquier ?

Ainsi, il ne pouvait pas s'en empêcher ! Elle était arrivée depuis quelques minutes à peine et il ouvrait déjà les hostilités. Mais hors de question de se laisser impressionner. Elle releva fièrement le menton.

— Ni l'un ni l'autre. Il s'appelle Julian Bellamy, et il poursuit des études pour devenir ministre.

— Un homme politique ?

Elle le fusilla du regard.

— Ministre du culte !

L'éclat de rire que suscita sa réponse la laissa interdite.

Qu'y avait-il de si amusant dans cette nouvelle ? Et comment osait-il se moquer ainsi de l'homme qu'elle allait épouser ?

Julian était tout le contraire d'Eduardo. C'était un homme raffiné et cultivé. Il était poli, attentionné, et voyait toujours les qualités de ses semblables, pas leurs défauts.

De plus, il était amoureux d'elle. Tandis qu'Eduardo n'avait jamais caché la plus totale aversion à son égard.

— Qu'ai-je dit de si drôle ? demanda-t-elle avec impatience.

Du dos de la main, Eduardo essuya les larmes de rire qui coulaient sur ses joues, et fit mine d'avoir du mal à reprendre son souffle.

— Eh bien, dit-il, disons que ça ne cadre pas.

Elle lui décocha un regard noir.

— Que veux-tu dire ?

— Toi. En train de servir du thé et des petits gâteaux aux dames patronnesses. Tu ne me sembles pas avoir l'étoffe d'une femme de pasteur.

— Et pourquoi cela ?

Lentement, Eduardo promena un regard nonchalant sur sa silhouette, remontant le long de ses bottes noires, puis de la jupe et de la veste de grand couturier qu'elle avait enfilées avant de partir. Avec insistance, comme s'il cherchait à la faire réagir, il s'attarda sur sa poitrine.

— Tes jupes sont aussi courtes que ton sens moral ! finit-il par lancer d'un ton catégorique.

Comment osait-il ? Pour un peu, elle l'aurait frappé. A la place, elle serra les poings, et enfonça ses ongles dans ses paumes pour s'obliger à se contenir. Mieux valait qu'elle évite de le toucher, elle le savait. Car à la vérité, elle redoutait les réactions de son propre corps, qui semblait se mettre à vibrer chaque fois qu'il y avait une trop grande proximité entre eux.

— C'est toi qui prétends me donner des leçons de morale ? dit-elle. Tu ne manques pas de culot ! En ce qui me concerne, je n'ai jamais fréquenté les maisons de correction.

Les yeux d'Eduardo prirent un éclat dur. Il semblait avoir peine à ne pas donner libre cours à sa colère.

— Tu ferais mieux de ne pas trop me chercher, Princesse. Sinon, tu vas me trouver !

De nouveau, cette curieuse sensation de picotement sur sa nuque…

Lui rappeler son passé de mauvais garçon, c'était un coup bas, elle ne l'ignorait pas. Mais aussi, il avait le chic pour la pousser dans ses retranchements. Pour faire surgir en elle des pulsions irrépressibles. Et il prenait manifestement un malin plaisir à lui taper sur les nerfs…

Depuis cette fameuse nuit où ils avaient échangé un baiser, elle avait fait tout son possible pour éviter les contacts avec le protégé de son père. Lors des brèves visites qu'elle faisait à Haverton Manor, elle s'efforçait toujours de lui accorder le moins d'attention possible.

Pourtant, quoi qu'elle fasse pour l'éviter, Eduardo continuait à susciter en elle des émotions particulièrement dérangeantes. En sa présence, elle perdait toute son assurance, toute mesure.

Et que dire des pensées tout à fait inconvenantes qui l'assaillaient dès qu'elle le voyait ?

Le dessin parfait de sa bouche, ses lèvres si sensuelles, ne manquaient jamais de l'émerveiller. Même son apparence négligée — il était toujours mal rasé, comme s'il sortait à peine du lit et avait oublié de se coiffer —, l'émouvait. Et, surtout, elle imaginait son corps musclé, nu et bronzé…

*Tout comme elle ne pouvait ignorer cette façon particulière qu'il avait de promener sur elle un regard insondable, entre ses paupières mi-closes. Comme s'il pouvait discerner chaque courbe de son corps sous les vêtements chic qu'elle aimait porter.*

— Je peux savoir ce qui t'amène ? demanda-t-il enfin.

Elle le défia du regard.

— Tu ne vas quand même pas me jeter dehors ! Je ne suis pas un vulgaire intrus.

La lueur de menace qu'elle vit briller dans les yeux d'Eduardo n'avait rien de rassurant.

— Je te rappelle que tu n'es plus chez toi ici.

— C'est vrai. Tu as fait ce qu'il fallait pour qu'il en soit ainsi, n'est-ce pas ?

— Je n'ai rien à voir dans la décision de ton père de me léguer Haverton Manor. Il a probablement jugé que tu y étais peu attachée. Tes visites étaient tellement rares. Surtout à la fin de sa vie.

A ces mots, Bella sentit la colère bouillonner en elle. Une colère doublée d'un sentiment de culpabilité qu'elle aurait préféré ignorer…

Fallait-il vraiment qu'Eduardo lui rappelle qu'elle s'était dérobée à ses responsabilités, au moment où son père avait le plus besoin d'elle ?

Mais affronter la maladie du vieil homme avait été au-dessus de ses forces. L'idée de rester seule au monde, après la mort de celui qui avait constitué son seul point d'ancrage, la terrorisait.

Depuis que sa mère les avait abandonnés, elle et son père, alors qu'elle n'avait que six ans, elle vivait avec un sentiment d'insécurité permanent.

Cet abandon, n'était-il pas la preuve que tous ceux qu'elle aimait, étaient inexorablement promis à lui faire faux bond ?

Aussi, au moment où son père était tombé malade, avait-elle choisi de s'étourdir dans les plaisirs de la vie londonienne, au lieu d'affronter la réalité. Elle en avait honte bien sûr, mais elle n'avait pas su faire autrement.

A vrai dire, elle n'avait jamais su comment nouer une véritable relation avec son père.

Godfrey n'était déjà plus très jeune lorsqu'elle était née. Et une fois qu'il s'était retrouvé seul avec elle, il avait eu bien du mal à assumer son rôle de père. Non, elle devait bien reconnaître qu'ils n'avaient jamais été très proches l'un de l'autre. Ce qui n'avait fait qu'aggraver la jalousie qu'elle avait éprouvée en voyant à quel point il était attaché à Eduardo. Dès le moment où il avait recueilli ce dernier, alors adolescent, les deux hommes avaient noué une relation très forte. En fait, Eduardo était un fils de substitution pour Godfrey — le fils dont il avait toujours secrètement rêvé.

Comment ne se serait-elle pas sentie exclue, inutile ?

Et les dispositions testamentaires prises par son père n'avaient fait que renforcer ce sentiment…

— Tu as certainement mis à profit mon absence, lança-t-elle, en lui décochant un regard plein de rancœur. Je suis sûre que tu ne t'es pas privé de me faire passer pour une petite snobinarde, superficielle et irresponsable.

— Ton père n'avait pas besoin de moi pour se rendre compte que l'on ne pouvait pas compter sur toi. Il ne se passe pas une semaine sans que les journaux ne se fassent l'écho de tes multiples écarts de conduite.

Cette dernière remarque n'était pas tout à fait erronée : même si cela la mettait hors d'elle, Bella ne pouvait que l'admettre. La presse la suivait partout, et donnait d'elle l'image d'une enfant gâtée, aussi frivole que capricieuse. Il suffisait qu'on la surprenne au mauvais endroit, et au mauvais moment, pour que les histoires les plus invraisemblables courent aussitôt sur son compte.

Mais tout cela allait changer. Radicalement.

Avec un peu de chance, les journaux la laisseraient en paix dès qu'elle serait mariée à Julian. Plus rien ne viendrait alors entacher sa réputation.

— Je voudrais passer quelques jours ici, déclara-t-elle avec fermeté. J'espère que cela ne te dérange pas.

De nouveau, elle vit une lueur inquiétante briller dans le regard impénétrable d'Eduardo.

— Es-tu en train de m'annoncer que tu as décidé de t'installer chez moi ? Ou bien me demandes-tu *l'autorisation* de le faire ?

Dire qu'elle devait quémander la permission de séjourner dans la demeure où elle avait passé son enfance ! Cet homme était insupportable !

En arrivant sans s'annoncer, elle s'était dit qu'Eduardo hésiterait peut-être à la jeter dehors devant tout le personnel. Mais elle avait manifestement eu tort… et elle allait devoir l'amadouer.

— S'il te plaît, Eduardo, reprit-elle d'un ton plus conciliant, puis-je rester ici pour quelques jours ? Je te promets que je ne te dérangerai pas.

— Est-ce que je prends le risque de voir débarquer une horde de paparazzi ?

— Personne ne sait où je suis. Je ne veux surtout pas que l'on retrouve ma trace. C'est justement pour ça que je suis venue. Qui pourrait se douter que je me suis réfugiée auprès de toi ?

Elle vit un muscle palpiter le long de la mâchoire carrée d'Eduardo.

— J'ai bien envie de te renvoyer d'où tu viens, répondit-il, l'air farouche.

Décidément, le convaincre promettait d'être plus difficile qu'elle ne l'avait imaginé !

— Il va se remettre à neiger. Je risque d'avoir un accident. Tu serais bien avancé, si tu avais ma mort sur la conscience !

— Qu'est-ce que tu imagines ? Que je vais te dérouler le tapis rouge chaque fois que tu mets les pieds ici ? Pourquoi n'as-tu pas au moins appelé pour prévenir de ton arrivée ?

— Parce que tu aurais refusé que je vienne ! Je peux quand même rester quelques jours, non ? Je me ferai toute petite.

— Je te préviens : dès que je vois toute la bande de voyeurs qui est habituellement à tes trousses pointer son nez, je te mets dehors. C'est clair ?

— Très clair, répondit-elle en tentant de maîtriser l'agacement qui la gagnait.

Bon sang, qu'est-ce qu'il imaginait ? Qu'elle allait convoquer une conférence de presse au manoir ?

C'était justement pour échapper à la curiosité malsaine des médias qu'elle avait décidé de se cacher à Haverton Manor. Jusqu'à son mariage avec Julian, elle devait éviter tout scandale.

Eduardo la transperça d'un regard acéré.

— Et il n'est pas question que tu ramènes tous tes amis pour faire la fête à longueur de journée, et de nuit, poursuivit-il. C'est compris ?

— C'est compris, répéta-t-elle en faisant de son mieux pour lui offrir un visage angélique.

— Je suis sérieux Bella. Je suis très occupé en ce moment. Je ne veux pas que l'on me dérange.

— Je t'ai dit que c'était d'accord ! A quoi es-tu donc si occupé ? Cela concerne une femme ? Est-ce qu'elle vit ici ? Je ne voudrais pas te gêner. Te faire perdre tes moyens.

— Ne t'attends pas à ce que je te confie quoi que ce soit

sur ma vie. Tu irais tout raconter à la presse, avant même que je ne m'en rende compte.

Intriguée, elle constata qu'il ne l'avait pas détrompée. Qui pouvait bien être sa petite amie du moment ? Pour rien au monde, elle ne l'aurait interrogé à ce sujet, bien sûr. Cela aurait pu lui laisser croire qu'elle s'intéressait à lui, et à ses fréquentations…

Avec sa personnalité énigmatique, et sa situation sociale, Eduardo Silveri aurait constitué une proie de choix pour les paparazzi. Pourtant, il parvenait toujours à leur échapper. Alors qu'elle-même ne pouvait pas mettre un pied hors de son appartement de Chelsea sans être mitraillée par les flashes des photographes en faction…

Heureusement, ses fiançailles avec Julian Bellamy mettraient bientôt un terme à tout cela.

Oui, ce qu'elle voulait vraiment, c'était faire table rase de ce passé un peu trop tumultueux. Quelle meilleure façon de tenir son passé à distance que de se marier avec le très raisonnable Julian Bellamy ?

— Tu serais gentil de porter mes bagages à l'intérieur, dit-elle avec une moue charmeuse. Tout est dans le coffre.

Comme s'il ne l'avait pas entendue, Eduardo prit nonchalamment appui sur le capot de la voiture, et croisa les bras sur sa poitrine.

— Quand comptes-tu me présenter ton nouvel amant ? demanda-t-il.

Cette fois, il allait trop loin ! Furieuse, elle redressa fièrement le menton.

— Si tu veux le savoir, il n'est pas encore mon amant. Nous pensons attendre pour cela d'être mariés.

Une nouvelle fois, Eduardo partit d'un grand rire.

— Sainte mère de Dieu !

— Pourrais-tu te dispenser de blasphémer ?

Sans mot dire, Eduardo se redressa. Il vint se planter si

près d'elle, qu'elle aurait pu le toucher. Enivrée par l'odeur si masculine qui émanait de sa peau, mêlée à celle de l'eau de toilette citronnée qu'il portait depuis des années, elle ferma brièvement les yeux.

Ce n'était pas le moment de se laisser aller ! Se ressaisissant, elle prit une brève inspiration et fit un pas en arrière pour se soustraire à cette odeur envoûtante. L'un de ses talons s'enfonça dans le gravier, et elle trébucha. D'une main, Eduardo la retint.

Quand les longs doigts bruns d'Eduardo enserrèrent fermement son poignet, comme un étau d'acier, elle sentit le souffle lui manquer. Au contact de sa peau rêche sur la sienne, une décharge électrique se propagea le long de son bras.

Machinalement, elle humecta ses lèvres sèches de la pointe de sa langue, et s'efforça d'afficher un mépris glacial, mais son cœur battait la chamade. Lorsque Eduardo plongea son regard dans le sien, elle sentit qu'elle ne maîtrisait plus rien.

— Au nom du ciel, s'exclama-t-elle, qu'est-ce qui te prend ?

Un sourire sardonique s'étira sur la bouche sensuelle d'Eduardo.

— Eh bien, voilà que c'est toi qui blasphèmes !

Du pouce, il caressa l'endroit, au creux de son poignet, où battait son pouls affolé, et elle crut sentir son estomac tomber en chute libre, tel un ascenseur hors de contrôle. Cela faisait des années qu'elle ne s'était pas trouvée aussi près d'Eduardo. Pas depuis la nuit du baiser, en fait. Depuis cet instant, elle avait soigneusement évité tout contact physique avec lui.

Sous ses doigts possessifs, elle avait l'impression que la peau de son poignet était marquée au fer rouge, et que des électrodes envoyaient des décharges à toutes ses terminaisons nerveuses.

— Ote tes sales pattes de moi ! lança-t-elle d'une voix qu'elle ne put empêcher de trembler.

L'espace d'une seconde, il resserra son emprise, et ses yeux, dans lesquels se mêlaient étonnamment le bleu et le vert, restèrent rivés aux siens. Malgré elle, des frissons en cascade coururent le long de son dos. Eduardo était si proche que quelques centimètres à peine les séparaient. Comme des années auparavant, son corps vibrait sous l'effet d'une force magnétique qui l'attirait irrésistiblement vers lui. Que ressentirait-elle si elle osait se plaquer contre lui, aujourd'hui qu'elle n'était plus la gamine maladroite et innocente, qu'elle avait été alors ?

— Dis s'il te plaît, ordonna-t-il.

— S'il te plaît, répondit-elle entre ses dents.

Il la lâcha, et elle se frotta le poignet en le fusillant du regard.

— A cause de toi, je suis toute sale.

— Rien de grave. Cela partira avec un peu d'eau.

La manche de son chemisier portait les empreintes bien visibles des cinq doigts d'Eduardo. Et elle avait l'impression de sentir encore leur pression sur son bras…

— Cette chemise m'a coûté une fortune. Elle est fichue !

— Tu es bien bête de l'avoir payée si cher. En plus, la couleur ne te va pas.

Sous l'affront, elle se raidit.

— Je ne savais pas que tu avais des opinions aussi tranchées en matière de mode, railla-t-elle. Depuis quand y connais-tu quelque chose ?

— Je suis capable de dire ce qui va à une femme, et ce qui ne lui va pas.

Elle laissa échapper un petit rire narquois.

— Bien évidemment, la tenue que tu préfères pour une femme, c'est le plus simple appareil.

Eduardo parcourut sa silhouette d'un regard nonchalant.

— Tu devines mes pensées…

Etait-ce ce qu'on appelait être déshabillée du regard ? En tout cas, elle n'aurait pas frissonné davantage, s'il lui avait ôté ses vêtements l'un après l'autre, défaisant chaque bouton, faisant glisser chaque fermeture Eclair. Elle ne put s'empêcher de se demander quelles sensations ses mains rugueuses éveilleraient sur sa peau tendre.

Allons, se sermonna-t-elle intérieurement, de telles pensées ne méritaient pas qu'on s'y attarde !

— Je vais saluer Mme Baker, lança-t-elle en passant devant lui d'un pas décidé.

— Mme Baker est en congé.

Elle se figea.

— Alors, qui est-ce qui se charge du ménage et de la cuisine ?

— C'est moi. Pourquoi ? Cela te pose problème ?

Un problème ? Ce n'était pas peu dire ! Sans la présence affairée de Mme Baker, elle se retrouverait seule avec Eduardo. Elle n'avait pas prévu cela. Certes, la demeure était grande, mais quand même…

Autrefois, Eduardo habitait le pavillon du garde-chasse. Mais depuis qu'il avait hérité d'Haverton Manor, il en avait fait sa résidence. Ce qu'il était parfaitement en droit de faire, après tout. De plus, elle savait que ses activités l'appelaient rarement ailleurs. Gérer la fortune de Godfrey, tout comme ses propres affaires de promoteur immobilier, pouvait aisément s'effectuer depuis le bureau qu'il avait aménagé à côté de la bibliothèque du manoir. Il fallait donc se préparer à une intimité forcée pendant toute la durée de son séjour…

— J'espère que tu n'attends pas de moi que je fasse la cuisine, déclara-t-elle froidement. Je suis venue ici avec l'intention de me reposer.

— De quoi ? Tu es perpétuellement en vacances. Est-ce que tu sais au moins ce que signifie travailler ?

Le ton railleur sur lequel il avait lancé ces remarques moqueuses, la mit hors d'elle. Néanmoins, il ne méritait pas qu'elle s'abaisse à le détromper. Après tout, Eduardo n'avait pas besoin de savoir qu'elle envisageait d'apporter son aide et son soutien à Julian dans ses activités de missionnaire. Ni même qu'elle prévoyait d'y investir une bonne partie de sa fortune.

— Pourquoi travaillerais-je ? dit-elle d'un ton de défi. Dès que j'aurai vingt-cinq ans, je serai riche.

Elle vit un muscle frémir le long de la mâchoire d'Eduardo.

— Est-ce qu'il t'arrive jamais de penser à tous les efforts que ton père a dû fournir pour amasser tout cet argent ? demanda-t-il. Ou bien te contentes-tu de le dépenser, dès qu'il est versé sur ton compte en banque ?

De nouveau, elle ne résista pas au plaisir de le provoquer un peu.

— C'est *mon* argent, et la façon dont je le dépense ne te regarde pas. Tu es tout simplement jaloux, parce que mon père t'a sorti du ruisseau. Sans lui, tu serais probablement en train d'arpenter une cellule en prison, au lieu de jouer les châtelains.

L'éclair de colère qu'elle vit briller dans les yeux d'Eduardo lui indiqua qu'elle avait touché juste.

— Tu es aussi dépourvue de scrupules que ta mère ! s'exclama-t-il. Est-ce que tu sais qu'elle était ici, il y a à peine quelques jours ?

Ces mots lui firent l'effet d'une gifle. Redressant le menton, elle s'efforça néanmoins de dissimuler la surprise et la douleur que lui procurait cette nouvelle. Elle n'avait pas eu le moindre contact avec sa mère depuis de longs mois. A vrai dire, depuis que Claudia l'avait appelée pour lui annoncer qu'elle partait s'installer en Espagne avec son nouvel époux — le deuxième depuis son père. Comme toujours, elle était à court d'argent et s'était tournée vers elle, sa fille, pour lui en demander.

— Qu'est-ce qu'elle voulait ? demanda-t-elle.

— A ton avis ?

— Peut-être vérifier que tu gères correctement la fortune qui me revient.

Un pli sévère barra le front d'Eduardo.

— Si tu souhaites un examen détaillé des comptes, tu n'as qu'à me le demander, dit-il. Je t'ai proposé de te tenir au courant lors d'entretiens plus réguliers, mais tu as toujours refusé. Tu t'es même fait représenter lors des trois dernières réunions.

C'était vrai… Et elle en avait un peu honte. Mais aussi, elle n'avait rien à reprocher à sa gestion du portefeuille d'actions que son père avait laissé. Bien au contraire. Avec son pragmatisme, et son intuition, Eduardo avait su le faire fructifier de façon remarquable.

Deux fois par an, environ, il insistait pour la rencontrer afin de lui exposer l'état de ses avoirs. Au début, elle s'y était pliée, tout en bouillant de colère de le voir ainsi contrôler sa vie. Et puis, même dans le vaste bureau des beaux quartiers de Londres où ils se retrouvaient, elle ne pouvait s'empêcher d'être mal à l'aise de le sentir si proche d'elle. Lors de leur dernière entrevue, son esprit avait dangereusement vagabondé. Au lieu de se concentrer sur les chiffres qu'il lui énonçait patiemment, elle s'était absorbée dans la contemplation de ses longues mains brunes, ou de l'ombre de barbe qui dessinait les contours de sa bouche. A un moment, il avait levé les yeux de ses documents, pour les planter dans les siens. Le silence lourd qui s'était alors installé entre eux, l'avait troublée jusqu'au plus profond de son être. Depuis, elle s'était toujours débrouillée pour échapper à ces entrevues.

— Ce ne sera pas nécessaire, dit-elle. Je sais que tu fais de ton mieux.

Un silence lourd, vibrant d'une tension presque palpable, s'installa entre eux.

— Est-ce que ton petit ami viendra te rejoindre ? s'enquit finalement Eduardo.

Machinalement, elle repoussa derrière son oreille une mèche de cheveux que le vent glacé faisait voleter sur son visage.

— Il est en mission au Bangladesh, répondit-elle. Je suis venue ici attendre son retour.

— La vie nocturne londonienne perdrait-elle de son attrait à tes yeux ?

— Je n'ai pas mis les pieds dans un night-club depuis une éternité. Cela ne me dit plus rien, répondit-elle d'une voix glaciale.

— Tu préfères les réunions de prière ?

Franchement, elle commençait à en avoir assez ! Ses moqueries perpétuelles étaient tout simplement odieuses.

— J'imagine que tu ne t'es jamais agenouillé de ta vie, riposta-t-elle.

Avec une lenteur insupportable, Eduardo laissa son regard glisser sur elle et descendre jusqu'à ses hanches. Lorsqu'il leva les yeux pour les planter dans les siens, elle y vit briller une lueur lourde de sous-entendus érotiques.

— Demande-le-moi, Princesse, et je tombe à genoux avant même que tu n'aies le temps de dire amen.

A ces mots, la flèche incandescente d'un désir perfide la transperça. Malgré elle, elle en sentit la brûlure jusqu'au cœur de sa féminité.

Honteuse, elle détourna le regard. N'était-elle pas sur le point de se fiancer ? Elle ne pouvait se laisser dominer par de tels sentiments.

C'était défendu.

*Eduardo était le fruit défendu.*

— Je ne crois pas qu'il existe une prière qui puisse assurer le salut de ton âme, dit-elle d'un ton acerbe.

— Pourquoi ne pas tenter plutôt l'imposition des mains ?

Une nouvelle fois, la petite flamme inquiétante s'alluma dans les yeux d'Eduardo.

Oh ! comme elle le détestait en cet instant !

Ce qu'elle détestait par-dessus tout, c'était ce pouvoir qu'il avait sur elle. Comment était-il possible que sa seule proximité la mette dans un tel état de fébrilité ? Qu'elle ne parvienne même pas à maîtriser ses propres réactions ? C'était intolérable !

Le plus révoltant, c'était qu'il avait tout à fait conscience de l'effet qu'il lui faisait. Les coups d'œil ténébreux qu'il lui jetait, avec une nonchalance étudiée, n'en étaient-ils pas la preuve ? Sous la brûlure de son regard, elle avait l'impression que tout son corps se liquéfiait.

— Va au diable ! murmura-t-elle entre ses dents serrées.

Soutenir le regard d'Eduardo plus longtemps était au-dessus de ses forces, elle le sentait. C'était comme si un rayon laser la transperçait de part en part. Non, plutôt comme s'il la caressait voluptueusement, éveillant en elle des sensations qu'elle n'aurait jamais dû éprouver.

Après un dernier regard, elle pivota sur ses talons, et se dirigea d'un pas décidé vers le manoir. Ce fut avec soulagement qu'elle entendit la porte de bois et de métal se refermer derrière elle.

A peine Bella eut-elle disparu qu'Eduardo laissa échapper un long soupir. Il serra puis desserra les poings à plusieurs reprises, sans parvenir à calmer le picotement qu'il ressentait encore à l'endroit où ses doigts avaient touché le poignet de la jeune femme.

Pourquoi ne l'avait-il pas fait remonter de force dans sa voiture ?

Comme s'il ne savait pas que Bella Haverton était synonyme de problèmes à venir !

*Et de tentation.*

De nouveau, il exhala un âpre soupir. Oui, vraiment, Bella était la tentation incarnée !

Une petite chipie, dont les manières bêcheuses lui étaient insupportables, mais qu'il désirait tout autant qu'elle lui tapait sur les nerfs.

Cela faisait des années qu'il se consumait de désir pour elle. Mais il avait appris à résister à cette tentation. Hormis au cours de cette nuit où Bella lui avait fait perdre le contrôle de lui-même…

Il l'avait embrassée rageusement, fiévreusement, en donnant libre cours à toute la frustration accumulée pendant ces longs mois où elle n'avait cessé de lui lancer des œillades provocantes, et de le frôler dans chaque encadrement de porte. L'implacable maîtrise de lui-même, qu'il s'imposait en toute circonstance, avait soudain cédé comme un barrage emporté par le flot furieux de la passion.

Encore aujourd'hui, il ne comprenait pas où il avait trouvé la force de s'écarter d'elle. Peut-être dans l'idée qu'à seize ans, Bella n'était qu'une enfant innocente qui ne savait pas ce qu'elle faisait. Il n'avait que neuf ans de plus qu'elle, mais il avait acquis une telle expérience qu'il aurait pu être son aîné de plusieurs générations. Et puis, il ne voulait pas trahir la confiance que Godfrey Haverton avait mise en lui. Bien qu'ils n'aient jamais abordé le sujet tous les deux, il savait d'instinct que Godfrey comptait sur lui pour respecter sa fille.

Mais aujourd'hui, elle n'était plus cette jeune adolescente. Pourquoi s'interdirait-il une liaison avec elle ? Bella avait beau se croire amoureuse d'un autre, il suffisait de voir la lueur qui brillait dans ses yeux chaque fois qu'elle le regardait, pour comprendre qu'elle le désirait follement. Et tous les efforts qu'elle faisait pour dissimuler son trouble n'en étaient que plus révélateurs.

Quant à lui, il n'avait jamais oublié les sensations éprouvées cette nuit-là. Il sentait encore sur ses lèvres la douceur de sa bouche, et son goût délicieux.

Comme il rêvait de faire sien ce corps si délicat ! De sentir Bella le serrer entre ses bras pour l'attirer en elle. La simple évocation de leurs langues mêlées en un voluptueux duel suffisait à le faire trembler de désir…

Depuis cette nuit où il l'avait tenue contre lui, il n'avait plus jamais posé la main sur elle. C'était trop risqué, il le savait. D'ailleurs, ses doigts brûlaient encore, à l'endroit où ils s'étaient refermés sur le poignet de Bella. Comme il avait envie de la toucher de nouveau ! Une chaleur intense se propagea dans ses veines à cette idée.

Oui, il désirait éperdument Bella.

Pourtant, il savait qu'il ne devait en aucun cas céder à ce désir. C'était impossible. Et dangereux.

Bella était la seule personne au monde capable de lui faire oublier ce sur quoi il fondait sa vie : le contrôle de lui-même.

Ne venait-elle pas de lui faire perdre tous ses moyens ? Quant à la violence avec laquelle il l'avait attirée à lui, cette fameuse nuit, des années auparavant, il en était encore honteux. Oui, il avait complètement perdu la tête.

Et Bella venait de lui prouver qu'elle avait toujours ce pouvoir sur lui.

Mais comme il serait bon de soumettre cette femme, ne serait-ce qu'une fois, à sa volonté. Elle prenait manifestement toujours autant de plaisir à jouer les aristocrates arrogantes avec lui. Le mépris hautain qu'elle lui témoignait, comme s'il venait tout juste de sortir en rampant de quelque marécage primitif, était tout simplement insupportable.

Décidément, il ne détesterait pas faire disparaître ce

sourire hautain sur son visage. Après tout, ne s'était-elle pas mise à sa merci en débarquant inopinément, dans ce qui était désormais son domaine ?

Que croyait-elle ? Qu'elle pouvait le faire marcher à la baguette, comme s'il n'était que quelque domestique payé pour la servir. Avait-elle oublié les termes du testament que son père avait laissé ?

Si c'était le cas, il comptait bien les lui rappeler !

# *Chapitre 2*

A peine entrée dans le vestibule, Bella fut assaillie par un épouvantable sentiment de vide.

Son cœur se serra.

Il n'y avait plus le moindre effluve de tabac à pipe. Plus aucun son d'une canne frappant les dalles du couloir. Aucune note d'une mélodie classique s'échappant du bureau.

Et où donc étaient passés la voix joyeuse de Mme Baker, chantonnant dans la cuisine, et le bruit des poêles et des casseroles entrechoquées ?

Le délicieux parfum de pâtisserie cuisant doucement dans le four, avait été remplacé par une âcre odeur de peinture. Seul le tic-tac obstiné de la vieille pendule rompait le lourd silence.

A pas lent, elle fit le tour des pièces du rez-de-chaussée. La cuisine et la véranda avaient manifestement été repeintes récemment. Tout comme le grand salon — dont les hautes fenêtres offraient toujours une superbe perspective sur le jardin, le lac et les prairies.

Au cours des cinq années passées, Eduardo avait dû se donner beaucoup de mal pour rendre tout son lustre passé au manoir. C'était lui-même qui s'était chargé des travaux, elle l'aurait juré. Bien sûr, il aurait eu les moyens de les faire exécuter par des artisans. Mais, aussi loin qu'elle s'en souvienne, il avait toujours pris plaisir à mettre la main à la pâte.

Elle se souvenait encore du jour où il était arrivé à Haverton Manor. Elle n'avait alors que sept ans et son père venait d'adhérer à un projet d'aide à l'enfance — certainement pour se distraire du chagrin dans lequel le laissait le départ de sa femme l'année précédente.

A seize ans, Eduardo avait tout d'un cas désespéré. Il avait épuisé la patience de toutes les familles d'accueil dans lesquelles il avait été placé et la liste des petits délits dont il s'était rendu coupable était suffisamment longue pour l'expédier dans une institution pour jeunes délinquants. Pourtant, c'était lui que son père avait décidé d'accueillir.

Ce garçon maussade, à la mine renfrognée, qui jurait comme un charretier, et semblait n'avoir que ses poings comme moyen d'expression. Elle n'avait jamais oublié la haine farouche dirigée à l'ensemble de l'humanité, qui brillait alors dans ses yeux.

Pourtant, sous cette image de mauvais garçon, son père avait su deviner un jeune homme capable d'accomplir de grandes choses.

Sous la tutelle, à la fois patiente et ferme, de son père, Eduardo avait terminé ses études secondaires et passé avec succès les sélections d'entrée à l'université.

Oui, le moins qu'on puisse dire, c'était qu'il avait su mettre à profit le coup de pouce qui lui avait été donné. Grâce au modeste prêt que lui avait consenti son père à la fin de ses études, il avait fait l'acquisition d'un bien immobilier qu'il avait rénové avant de le revendre. Plusieurs opérations du même ordre lui avaient permis de se retrouver à la tête d'un portefeuille de valeurs immobilières des plus conséquents, et en constante progression. C'était également lui qui gérait pour elle la fortune que lui avait laissée son père. Une fortune en possession de laquelle elle ne pourrait entrer qu'à vingt-cinq ans.

Vingt-cinq ans… Plus qu'un an, avant qu'elle ne soit enfin débarrassée de cet homme ! Pour toujours.

Chaque mois, il lui faisait verser sa pension sur son compte en banque. La plupart du temps, elle parvenait à équilibrer son budget. Mais les rares fois où, à l'occasion d'une dépense inattendue, elle avait dû s'abaisser à quémander une rallonge, lui avaient laissé un souvenir amer.

Pourquoi avait-il fallu que son père fasse d'Eduardo son tuteur ? C'était insupportable !

A vrai dire, elle savait pourquoi : il avait davantage confiance en Eduardo qu'en elle. C'était terriblement blessant. Une blessure qui ne faisait qu'aggraver la rancœur qu'elle éprouvait à l'égard d'Eduardo.

Pour couronner le tout, c'était à ce dernier qu'il avait légué la demeure ancestrale qui aurait dû lui revenir à elle !

Haverton Manor, c'était chez elle. C'était le lieu où elle avait connu les années les plus heureuses de sa vie, avant le départ de sa mère. Comme elle aimait cette vieille demeure ! Mais le domaine appartenait désormais à Eduardo, et il n'y avait rien qu'elle pût faire pour remédier à cet état de fait…

D'étage en étage, s'arrêtant à chaque fenêtre pour contempler la vue, elle se réappropria les moindres recoins de la grande demeure où elle avait passé sa petite enfance, avant d'être expédiée en pension. Enfin, elle arriva dans sa chambre d'enfant. Rien n'y avait été changé. Même les quelques objets qu'elle y avait laissés étaient toujours à leur place.

D'une main distraite, elle caressa le rebord de bois du bureau auquel elle avait passé tant d'heures. Se retrouver en ces lieux, c'était comme reprendre pied dans une époque de sa vie où tout était tellement plus simple. Elle ramassa un vieil ours en peluche, dont elle inspira le parfum fané. Un parfum d'innocence enfuie.

Comme elle avait été heureuse, tant que sa mère était là ! Comme tout lui semblait parfait alors !

Mais elle était bien trop jeune, en ce temps-là, pour comprendre ce qui se passait entre ses parents. Aujourd'hui, avec le recul et un peu d'expérience, elle comprenait que la jeune femme frivole et versatile qu'était sa mère, n'avait pu que s'ennuyer dans cette retraite campagnarde. Claudia avait désespérément besoin d'attention. Elle vivait sa vie comme un roman. Sans doute avait-elle été tout d'abord séduite par l'idée d'épouser un homme de vingt-cinq ans son aîné, doté d'une immense fortune. Mais elle n'avait certainement pas tardé à regretter son manque de liberté et de mondanités.

Cependant, ce qu'elle ne pouvait comprendre, c'était qu'elle l'ait abandonnée sans remords. Elle, sa seule enfant. N'avait-elle jamais éprouvé le moindre attachement pour elle ? L'homme avec lequel elle s'était enfuie avait-il tellement plus d'importance à ses yeux que sa propre fille ?

Elle ferma les yeux dans l'espoir de chasser les sombres pensées qui l'assaillaient. Toute sa vie, elle s'était efforcée de soigner cette blessure, mais quoi qu'elle fasse, elle revenait toujours à ce jour où sa mère était partie. Le désespoir qu'elle avait éprouvé en voyant s'éloigner la voiture emmenant sa mère et son amant vibrait toujours en elle.

De même que toutes ces questions, restées sans réponse : pourquoi maman ne me dit-elle pas au revoir ? Où va-t-elle ? Reviendra-t-elle un jour ?

Avec un grand soupir, elle reposa l'ours en peluche et se tourna vers la fenêtre.

En bas, dans le jardin, elle aperçut Eduardo qui se dirigeait vers le lac, Fergus sur ses talons. De temps en temps, il s'arrêtait pour permettre au vieux chien de ne pas se laisser distancer. Il s'inclinait alors vers lui, et caressait affectueusement ses maigres épaules.

Voilà qui ne correspondait pas à l'image de loup solitaire, fuyant toute forme d'attachement, qu'il s'employait à donner ! Jamais elle ne l'avait vu manifester le moindre sentiment pour quiconque. Même à la mort de son père, auquel il devait tant, il n'avait laissé paraître aucune émotion. Tout au long de la cérémonie des obsèques, il était demeuré de marbre et n'avait pas sourcillé lorsque la lecture du testament avait révélé les étonnantes dispositions prises par le vieil homme. N'était-ce pas la preuve indéniable qu'il était déjà au courant ? Qu'il avait même peut-être participé à l'élaboration de ce testament ?

Ce jour-là, elle ne s'était pas privée pour lui dire clairement ce qu'elle pensait de lui. Oui, elle avait tempêté et hurlé. Pour un peu, elle l'aurait giflé !

Comme toujours, il s'était contenté de lui adresser le regard condescendant que l'on réserve à un enfant en proie à un caprice.

Agacée, elle s'éloigna de la fenêtre.

Décidément, elle ne comprendrait jamais Eduardo. A vrai dire, elle n'avait jamais su comment se comporter avec lui.

Par le passé, elle l'avait pris l'habitude de le traiter comme un simple domestique. Ou plutôt, comme quelqu'un qu'elle se devait de supporter, bien qu'elle ne l'apprécie guère, et préfère ne rien avoir affaire avec lui tant qu'elle n'y était pas obligée. Mais sa présence l'avait toujours mise mal à l'aise. D'un seul regard, il faisait naître en elle des émotions déconcertantes, choquantes. Faisait-il exprès de la dévisager avec cette insistance déplacée ? Elle n'aurait su le dire.

Au début, elle avait tenté de se rapprocher d'Eduardo. Mais, chaque fois qu'elle avait cherché à le questionner sur son enfance, elle s'était heurtée à une fin de non-recevoir catégorique. Glacial, Eduardo lui avait même intimé de s'occuper de ce qui la regardait, avant d'aller se plaindre à son père. Elle se souvenait encore de la façon dont son père l'avait réprimandée. Son protégé, avait-il dit, méritait qu'on lui offre la chance de laisser derrière lui son passé.

C'était la première fois que son père la grondait à ce point et cela n'avait fait que creuser davantage le fossé qui existait entre eux. A bien y réfléchir, c'était ce jour-là qu'elle avait vraiment compris qu'elle n'avait aucune place dans la relation entre son père et Eduardo.

Les années passant, la compassion qu'elle éprouvait à l'égard d'Eduardo s'était muée en rancœur. Aujourd'hui, elle n'éprouvait plus qu'une farouche aversion pour lui. Doublée d'un trouble indéfinissable…

Honteuse, elle se souvenait encore de la façon dont, adolescente, elle l'avait effrontément mitraillé d'œillades aguicheuses. A l'époque, elle aurait été prête à tout pour le faire réagir. Et l'indifférence hautaine qu'il lui opposait l'avait profondément irritée.

Depuis toujours, elle avait l'habitude que les garçons lui tournent autour, essaient de se faire remarquer d'elle, lui disent combien elle était ravissante.

Eduardo, bien sûr, n'avait jamais rien fait de tel.

C'était à croire qu'il ne voyait en elle qu'une gamine agaçante. Une petite princesse trop gâtée par la vie, et par son père.

C'était pourquoi, elle s'était mis en tête, au cours de cette nuit dans la bibliothèque, l'été de ses seize ans, de faire ce qu'il fallait pour qu'enfin il la remarque. Bien sûr, elle n'ignorait pas qu'elle avait dépassé les bornes cette nuit-là…

Pour se donner du courage, elle avait avalé un cognac, et était allée se percher au bord du bureau qu'occupait habituellement Eduardo. La jupe relevée haut sur ses cuisses, le corsage largement ouvert sur sa jeune poitrine qui, depuis deux étés, avait pris quelques rondeurs, elle l'avait attendu.

Lorsque Eduardo était enfin entré dans la pièce, il s'était arrêté net en la voyant à demi allongée sur son bureau, affectant une pose lascive. Sur le ton bourru qu'il lui réservait habituellement, il lui avait ordonné de déguerpir sans attendre. Mais au lieu d'obéir comme une fillette prise en faute, elle s'était laissée glisser langoureusement de son perchoir, et s'était approchée de lui. Il était resté de marbre lorsqu'elle avait laissé errer ses doigts le long de son torse. Néanmoins, elle avait vu son regard s'assombrir, et il n'avait pu s'empêcher de retenir son souffle. Cela avait suffi à ce qu'elle s'enhardisse. Elle s'était plaquée à lui en aspirant ostensiblement son parfum, sachant qu'il ne pourrait se soustraire à celui qui émanait d'elle.

Elle se souvenait encore parfaitement de l'instant précis où il avait craqué. Pendant quelques interminables secondes, il avait semblé vaciller au bord du précipice — tendu dans l'effort qu'il faisait pour garder le contrôle de lui-même. Puis, il l'avait brusquement agrippée aux épaules, et alors même qu'elle pensait qu'il allait la repousser, s'était rageusement emparé de sa bouche.

Le baiser qu'il lui avait donné était plein de colère et de frustration, de désir et d'avidité, d'élans défendus. Et elle en avait été ébranlée jusqu'au tréfonds de son être… Lorsqu'il s'était enfin arraché à ses lèvres, et l'avait repoussée avec force, elle avait lu dans son regard qu'il éprouvait les mêmes émotions qu'elle. Oui, ce baiser avait été unique pour Eduardo aussi, elle en était sûre !

Mais à quoi bon ressasser le passé ? se sermonna-t-elle. C'était à son avenir qu'il lui fallait penser désormais.

*Un avenir pour lequel il lui fallait absolument le concours d'Eduardo.*

Le dos tourné à la porte, absorbé dans la préparation du repas, Eduardo sentit la présence de Bella à l'instant même où elle mit le pied dans la cuisine. Il n'eut besoin pour cela ni d'entendre son pas sur le dallage ni de remarquer que Fergus avait ouvert un œil et levé une oreille. Non, ce fut le picotement sur sa nuque qui l'alerta. Comme si la jeune femme avait laissé ses longs doigts minces, impeccablement manucurés, courir le long de son cou.

Son corps se comportait comme le plus sensible des radars, chaque fois que Bella approchait.

Tout au moins, c'était le cas depuis qu'elle avait atteint l'adolescence. Jusque-là, il ne lui avait pas prêté la moindre attention. Mais, soudain, cela avait été comme si un interrupteur avait été actionné quelque part, jetant un flot de lumière sur le chatoiement de sa longue chevelure auburn, et sur ses grands yeux de biche, aux reflets noisette, frangés de cils démesurés.

Fasciné par la grâce avec laquelle elle se mouvait, il aurait pu passer des heures à la contempler. Bella ne marchait pas, non, elle glissait comme une ballerine sur un parquet ciré, comme un cygne à la surface d'un lac. Il s'émerveillait de son teint de porcelaine, à la blancheur laiteuse comparée au hâle sombre de sa propre peau. Quant au parfum qui émanait d'elle, combinaison délicieuse de chèvrefeuille et de fleur d'oranger, mêlée d'une pointe de vanille, il lui avait toujours fait perdre la tête.

Et elle semblait tellement menue à côté de lui… Il la dominait de toute la hauteur de son mètre quatre-vingt-dix. D'une seule main, il aurait pu emprisonner les siennes, il en était sûr.

Ne risquerait-il pas de l'écraser sous le poids de son propre corps si un jour, enfin, il lui faisait l'amour ? Aussi stupide que cela puisse paraître, c'était la question qu'il se posait chaque fois que ce rêve revenait inlassablement le hanter.

Depuis l'instant où il lui avait saisi le poignet — un peu plus tôt, dans la cour du manoir — tout son corps vibrait de nouveau du désir de la posséder.

Même ses doigts semblaient avoir gardé la mémoire du contact de sa peau.

Du pur satin !

Son corps avait-il la même douceur soyeuse ?

Combien de temps encore résisterait-il à la tentation ?

Car s'il avait toujours gardé ses distances avec Bella — jusqu'à en être presque grossier — ce n'était pas seulement parce qu'il s'y sentait obligé par égard pour son père, il devait bien l'avouer. Non, une liaison avec Bella le bouleverserait bien plus que toutes les relations physiques qu'il avait connues jusqu'à présent, il en avait l'intime conviction. Or, il ne pouvait pas s'exposer à ce point. Car Bella ne faisait qu'utiliser ses petits amis successifs, il le savait. Tous ces hommes avec lesquels elle sortait, n'étaient pour elle que des jouets dont elle se lassait immanquablement, à peine étaient-ils entrés dans sa vie.

S'il y avait une chose dont il était certain, c'était qu'il ne permettrait jamais à une femme — pas même à Bella Haverton — de le traiter comme un vulgaire objet, voué à la distraire.

— Le dîner sera prêt dans une demi-heure, annonça-t-il.

— Est-ce que je peux te donner un coup de main ?

Eduardo jeta le torchon sur son épaule et se retourna.

Quelle fraîcheur ! Comme elle paraissait jeune et ingénue ! Et en même temps, il y avait en elle quelque chose de terriblement provocant.

C'était un fascinant mélange, dont elle avait toujours su tirer parti. Oui, Bella était une sorte de caméléon ; à la fois femme-enfant, séduisante sirène, et incarnation de la pureté, jeune fille aux grands yeux de biche. Le tout rassemblé dans un corps de déesse…

Malgré lui, il admira la façon dont ses vêtements épousaient à la perfection sa silhouette mince de top model. Mais qui cherchait-il à tromper ? Ses vêtements n'avaient rien à y voir. Bella aurait pu être vêtue d'un sac, et donner l'impression qu'il s'agissait d'une toilette de grand couturier... Un maquillage discret mettait en valeur le brun doré de ses prunelles, et l'épaisseur de ses longs cils. Un peu de gloss rendait encore plus attirantes ses lèvres, délicatement ourlées.

Le tout, sous un masque de froideur hautaine. Mais il n'était pas dupe. Tout dans son attitude la trahissait. Oui, Bella était tout autant troublée par lui qu'il l'était par elle. Le courant d'énergie sexuelle qui passait entre eux était tel que l'on aurait presque pu voir des étincelles chaque fois que leurs regards se croisaient.

— Tu peux nous verser à boire, si tu veux, dit-il. J'ai ouvert une bouteille de vin rouge.

Bella leur servit un verre à chacun, et lui tendit le sien. Lorsqu'il s'en saisit, leurs doigts se frôlèrent, et il vit aussitôt un éclair illuminer les beaux yeux bruns de la jeune femme.

— Santé ! lança-t-il, levant son verre et soutenant son regard, tandis qu'une onde de chaleur se propageait dans ses veines.

De la pointe de la langue, elle humecta ses lèvres.

— Santé ! répondit-elle, avant de les tremper dans le verre.

Comment parvenait-elle à mettre tant de sensualité dans ses moindres gestes ? Cela resterait sans doute toujours un mystère pour lui. Comment le simple fait de boire une gorgée de vin pouvait-il soudain être un acte aussi sexy ? Malgré toute sa volonté, il se sentait incapable de détacher les yeux de sa bouche charnue, qu'une goutte de vin colorait.

Comme ses lèvres pulpeuses semblaient appeler le baiser !

— Alors, comment as-tu fait la connaissance de ton nouvel amoureux ? demanda-t-il, en s'obligeant à détourner le regard.

— Il servait des repas aux sans-abri, à la sortie d'une station de métro. Cela m'a semblé extraordinaire, qu'il reste là, dans le froid et l'humidité, à s'occuper d'eux, et je suis allée lui parler. Nous avons discuté un long moment, puis nous avons échangé nos numéros de téléphone.

— Et c'est sérieux entre toi et lui ?

— Oui ! Je compte l'épouser en juin prochain.

Lentement, Eduardo prit une gorgée de vin, puis il posa son verre.

Bella mariée ?

*Pas s'il pouvait l'empêcher !*

— Tu es consciente que tu ne peux pas te marier sans mon consentement ? demanda-t-il.

Bella battit des paupières.

— Quoi ?

— C'est bien précisé dans le testament de ton père. Si tu souhaites te marier avant l'âge de vingt-cinq ans, je suis tenu de donner mon accord.

Les pupilles de Bella s'agrandirent, comme sous l'effet de la surprise, puis elle plissa les yeux.

— Tu mens. C'est de ma fortune que tu as le contrôle. Pas de ma vie amoureuse.

— Va vérifier auprès de ton notaire.

Bien qu'il se soit de nouveau tourné vers le fourneau, il pouvait sentir dans son dos la colère de Bella s'amplifier, comme l'orage qui s'amoncelle avant que le tonnerre ne gronde.

— C'est toi qui as soufflé l'idée à mon père, pas vrai ? Tu as manigancé tout ça pour avoir la mainmise sur ma vie.

Posément, il reposa la cuillère de bois qu'il tenait à la main et se retourna lentement. Croisant les bras sur sa poitrine, il s'appuya contre le plan de travail.

— Explique-moi pourquoi tu tiens tellement à épouser ce Julian, dit-il.

Bella pointa vers lui un menton décidé.

— Tout simplement parce que je suis amoureuse.

Dans un grand éclat de rire, il décroisa les bras.

— Excuse-moi, mais c'est trop drôle ! s'exclama-t-il.

Le regard que lui lança Bella était glacial.

— Je suppose que ça l'est, effectivement, pour quelqu'un qui est incapable de la moindre émotion. Tu ne sais même pas ce que c'est que l'amour.

Une nouvelle fois, son regard fut attiré par la bouche de Bella. Ses lèvres hantaient son imagination depuis des années.

Comme il rêvait de sentir leur caresse sur son corps ! Combien de fois s'était-il livré au fantasme de cette ravissante bouche se refermant sur son sexe, et le conduisant au sommet du plaisir !

A cette idée, il sentit une décharge électrique le parcourir.

— Peut-être. Mais je sais parfaitement ce qu'est le désir. Et il n'est pas difficile de se rendre compte que tu as bien du mal à réprimer celui que je t'inspire.

Cette fois, c'était de la fureur qu'il vit briller dans les yeux de la jeune femme.

— Comment oses-tu ? persiffla-t-elle entre ses dents.

— Tu le vois, j'ose, dit-il en laissant son index courir négligemment le long du bras de Bella.

Elle fit un bond en arrière.

— Je t'interdis de me toucher !

— C'est dommage, parce que j'aime beaucoup ça. Cela me donne plein d'idées polissonnes. Des pensées coupables…

Bella déglutit avec peine.

— Arrête immédiatement, ordonna-t-elle.

— Que j'arrête quoi ? De te regarder ? D'imaginer toutes les façons dont je pourrais te faire gémir, et vibrer sous…

Emporté par les pensées torrides qu'elle éveillait en lui, il faillit ne pas retenir à temps la main de Bella. Il l'arrêta à la seconde même où elle allait le gifler, enserrant son poignet avec force.

— Tu préfères la manière forte, Princesse ? Si c'est ce que tu veux, cela ne me gêne pas.

— Tout ce que je veux, c'est que tu me fiches la paix ! Une bonne fois pour toutes !

Bella s'était raidie, tout son corps tendu vers lui, et il sentit sa hanche heurter la sienne, la douce rondeur de ses seins frôler sa poitrine. Sous ses doigts, toujours noués autour de son poignet délicat, il perçut les battements affolés de son pouls.

Le désir rugit en lui comme une tornade.

Ce serait tellement facile de prendre sa bouche comme il l'avait fait autrefois. De la faire céder au plaisir qu'il savait pouvoir lui donner. Car ce serait un vrai feu d'artifice. Entre eux, ce ne pouvait être qu'une explosion des sens. Il en était certain. Bella avait besoin d'un homme comme lui. Un homme assez viril pour maîtriser ses fougueuses ardeurs, et ses emportements. Pas d'un de ces jeunes gens de bonnes familles qu'elle fréquentait habituellement et qui se contentaient de virevolter autour d'elle comme des papillons attirés par la flamme d'une bougie.

Oui, il faudrait bien qu'un jour il parvienne à ses fins avec elle.

D'ailleurs, ne savait-il pas au tréfonds de lui-même que cela arriverait inévitablement ?

Alors, et seulement alors, il serait définitivement débarrassé de Bella Haverton.

Lentement il la relâcha.

— Ça y est ? demanda-t-il. Calmée ?

Bella se frictionna le poignet, et lui lança un regard furibond.

— Je plains les femmes que tu mets dans ton lit, déclara-t-elle. Elles doivent en sortir couvertes de bleus des pieds à la tête.

Amusé, il lui décocha un sourire plein de sous-entendus.

— Elles en sortent en n'ayant qu'une envie : celle d'y revenir.

Un petit grognement désobligeant monta de la gorge de Bella.

— Pourquoi ? demanda-t-elle. Parce que tu t'avères incapable de les satisfaire la première fois ?

— Essaie. Tu verras bien.

— Tu sembles oublier que je vais me fiancer.

Avant qu'elle n'ait le temps de s'écarter de lui, il saisit la main gauche de Bella.

— Je ne vois pas de bague, dit-il. Il ne t'en a même pas offert une ?

D'un geste brusque, elle retira sa main.

— J'en fais faire une tout spécialement pour moi.

— Et qui est-ce qui va la payer ?

— Je ne vois pas en quoi ça te regarde.

— Donc, c'est toi qui payes !

— Tu n'as rien à voir là-dedans, que je sache.

— C'est là que tu te trompes, Princesse. Si ton père m'a chargé de la responsabilité de tes affaires, c'est justement pour que je m'assure que tu n'irais pas tomber entre les pattes de quelque coureur de dot, avant d'avoir suffisamment l'expérience de la vie.

— J'ai vingt-quatre ans, et j'en sais assez sur la vie pour prendre mes décisions moi-même. Mon père était trop vieux jeu. Il était bien plus âgé que les parents de tous mes amis. Et tu n'avais pas le droit d'accepter un plan aussi stupide ! J'aurais dû rentrer en possession de mon héritage à vingt et un ans, comme tout le monde.

— A vingt et un ans, tu n'étais qu'une gamine. Tu l'es encore, d'ailleurs. Tu ne sais même pas ce que tu veux.

A ces mots, il la sentit se raidir.

— Ce dont je ne veux pas, martela-t-elle, c'est que tu te mêles de ma vie. J'aime Julian. Je veux être sa femme. Je veux fonder une famille avec lui. Tu ne peux pas m'empêcher de l'épouser. Je lutterai pied à pied pour y parvenir.

— Tu peux toujours essayer de lutter, Bella, mais tu n'auras pas gain de cause. Je ne permettrai pas que tout ce que ton père a construit soit dilapidé parce que tu auras choisi d'épouser un bon à rien sur un coup de tête. Pour éviter cela, je suis prêt à te couper les crédits, s'il le faut. Tu n'obtiendras même plus de moi de quoi te payer un café.

— Tu n'as pas le droit !

— Depuis quand connais-tu ce type ?

Les joues de Bella rosirent.

— Depuis suffisamment longtemps pour savoir que c'est l'homme de ma vie.

Sans se démonter, il la regarda droit dans les yeux.

— Combien de temps ?

— Trois mois, marmonna-t-elle.

— Trois mois ! C'est une plaisanterie ?

— Cela a été un coup de foudre.

— Foutaise ! Tu n'as même pas couché avec lui. Comment pourrais-tu savoir si vous allez vous entendre ?

— C'est sûr que tu ne peux pas comprendre. Tu n'as pas de cœur !

Sur ce point, au moins, elle n'avait pas tort, pensa-t-il en esquissant un sourire désabusé.

Et pour cause… Ce qu'il avait vécu dans son enfance lui avait tellement meurtri le cœur, qu'il avait choisi de faire comme s'il n'en avait pas. Oui, il s'était forgé une véritable carapace, sous laquelle il ne s'autorisait à éprouver que les plus élémentaires sentiments.

La dernière fois qu'il avait ressenti de l'amour pour quelqu'un, il était âgé de cinq ans. Depuis, plus rien.

A tel point qu'il n'était pas certain de pouvoir aimer de nouveau, un jour. Peu à peu, il s'était contraint à ne plus avoir besoin de personne. C'était triste, mais il ne pouvait faire autrement. L'amour rendait trop vulnérable.

Et plus jamais il ne serait vulnérable ; il s'en était fait le serment.

— Laisse-moi en dehors de tout ça, veux-tu ? Ce qui me préoccupe, c'est toi. Tu es en train de faire exactement ce que ton père redoutait. Tu laisses ton cœur diriger ta vie, au lieu de t'en remettre à ta raison.

— Quand on tombe amoureux, on ne choisit pas. Cela arrive, c'est tout…

— Tu n'es pas amoureuse de ce type. Simplement, tu rêves de mariage, de famille, de respectabilité.

L'air digne, Bella se dirigea vers l'autre extrémité de la cuisine.

— Le sujet est clos, déclara-t-elle d'un ton ferme. Je vais épouser Julian, et tu ne peux pas m'en empêcher.

— Le crois-tu capable de patienter une année entière ? S'il t'aime, il t'attendra bien.

— Tu n'es qu'un monstre, sans cœur !

Incapable de résister au plaisir de la provoquer, il leva son verre comme pour porter un toast.

— La bave du crapaud n'atteint pas la blanche colombe, lança-t-il d'un ton moqueur.

Manifestement hors d'elle, elle reposa son verre d'un geste brusque sur la table. Le vin gicla et un claquement sec retentit. Avec un cri de douleur, elle fit un bond en arrière, tout en tenant sa main droite.

Instinctivement, il se précipita vers elle.

— Ça va ?

Bella se mordit la lèvre.

— Tout va bien, répondit-elle.

Il lui prit la main, et desserra ses doigts un à un, révélant une coupure qui courait sur tout son pouce.

— Petite idiote ! s'exclama-t-il. Tu aurais pu t'entailler un tendon.

— Ce n'est rien.

Malgré les efforts de Bella pour retirer sa main, il ne lâcha pas prise.

— Il faut te mettre un pansement. Suis-moi dans la salle de bains. Il y a une trousse à pharmacie.

Un instant, Bella sembla sur le point de refuser, puis elle laissa échapper un soupir résigné et se laissa guider vers la salle de bains du rez-de-chaussée.

— Je peux me débrouiller toute seule, protesta-t-elle. Je ne suis pas une gamine.

— Alors, arrête de te comporter comme telle.

Elle lui jeta un coup d'œil assassin.

— Et toi, arrête de jouer les tyrans.

D'un signe de tête, il lui indiqua un tabouret.

— Assieds-toi là.

Avec une moue boudeuse, Bella tendit sa main vers lui.

— C'est juste une égratignure.

— Dis plutôt que cela mériterait presque qu'on y fasse un point.

Avec précaution, il examina la blessure. Heureusement, il ne semblait pas y rester d'éclat de verre ! C'était peut-être moins grave qu'il ne l'avait craint.

— Aïe !

— Désolé !

Bella le regarda de travers.

— Tu ne penses pas ce que tu dis.

— Comme tu me connais bien !

Pendant quelques secondes, Bella l'observa d'un air pensif.

— Est-ce que quelqu'un te connaît vraiment, Eduardo ? demanda-t-elle enfin.

Il lui suffit d'un bref coup d'œil pour constater que Bella avait changé d'expression. La petite furie s'était comme par magie métamorphosée en une douce colombe. Oh ! il avait déjà vu trop d'hommes avertis fondre sous ce regard de biche pour s'y laisser prendre. Bella savait parfaitement faire usage de son charme, quand elle le jugeait nécessaire.

Hors de question qu'il se laisse manipuler.

— Pourquoi cette question ? lança-t-il nonchalamment.

— Il me semble que tu n'as pas beaucoup d'amis. C'est à croire que tu n'as besoin de personne, contrairement à la plupart des gens.

— J'ai suffisamment de compagnie pour ne pas me sentir seul.

— Qui est ton meilleur ami ?

Il se redressa, et alla se laver les mains au lavabo.

— Tu feras bien de surveiller cette blessure, dit-il enfin. Il ne faudrait pas que cela s'infecte. Je vais aller ramasser les débris de verre avant que Fergus ne marche dessus.

Une nouvelle fois, Bella se mordit la lèvre.

— Je suis désolée…

D'un coup d'épaule, il ouvrit la porte, puis lui jeta un dernier regard avant de sortir.

— Nous avons tous nos limites, Bella.

# Chapitre 3

Lorsque Bella revint de la salle de bains, tout signe de l'incident avait disparu. Fergus était couché dans son panier près de la cuisinière, et Eduardo remplissait deux assiettes d'un sauté de poulet au fumet alléchant.

— Veux-tu dîner ici, ou dans le salon ? demanda-t-il sans lever les yeux.

— Ici, ça me va. On dirait que Fergus s'est installé pour la nuit.

Eduardo posa une assiette devant elle.

— Il vieillit. Ces derniers temps, il a pas mal perdu de son énergie.

— Quel âge a-t-il ? Sept ans ?

— Huit. Ton père l'a acheté à Noël, l'année où tu as décidé de ne pas venir passer les fêtes ici.

Oui, elle s'en souvenait maintenant. Cette année-là, pour la première fois, elle avait préféré ses amis à son père. En partie pour éviter Eduardo, après l'épisode malheureux du baiser, bien sûr, mais pas seulement. De toute façon, les relations qu'elle entretenait avec son père n'avaient cessé de se dégrader depuis le départ de sa mère.

Après le divorce, il s'était jeté dans le travail. Entre ses journées enfermé dans son bureau et ses voyages d'affaires, il ne lui consacrait que très peu de temps. A vrai dire, elle avait plutôt été élevée par ses nurses successives. Même lorsqu'il était présent à Haverton Manor, il ne lui prêtait pas la moindre attention !

Bien sûr, cette distance entre eux avait toujours été une véritable souffrance pour elle. Abandonnée par sa mère, comment aurait-elle pu y voir autre chose qu'un nouvel abandon ? Alors, pour se protéger, elle s'était ingéniée à faire tout ce qu'il fallait pour qu'il s'éloigne encore davantage. Et puis, elle le tenait pour responsable du départ de sa mère. Pourquoi n'avait-il pas su la retenir ? Au bout de quelques années, elle était devenue si difficile à gérer, qu'il avait même pris la décision de l'envoyer en pension. Une décision qu'elle avait longtemps eu du mal à lui pardonner...

— Est-ce qu'il a souffert de mon absence ? demanda-t-elle enfin. Est-ce que je lui manquais ?

— Bien sûr !

— Mais il ne me l'a jamais dit !

— Ce n'était pas son style.

Du bout de la fourchette, elle repoussa la nourriture dans son assiette.

— Quand ma mère nous a quittés..., c'est devenu très difficile entre moi et mon père. Il s'est complètement replié sur lui-même. Sa seule préoccupation était son travail. On aurait dit qu'il se moquait éperdument de ce qui pouvait m'arriver. Je n'ai jamais réussi à me rapprocher de lui. Je crois que je lui rappelais trop ma mère.

— Il était terriblement malheureux. Cela a été très dur pour lui de découvrir qu'elle avait un amant.

A ces mots, elle sentit la culpabilité l'envahir. Comme si un poids épouvantable s'abattait sur ses épaules...

Pourquoi s'était-elle montrée si égoïste ? Au lieu de le soutenir quand il en avait tant besoin, elle n'avait fait qu'ajouter au chagrin de son père, elle le voyait bien à présent.

Elle leva les yeux vers Eduardo.

— Tu l'aimais beaucoup, n'est-ce pas ?

— Il avait ses défauts, mais c'était quelqu'un de bien. J'avais un immense respect pour lui.

— Tu as été le fils qu'il n'a jamais eu. Cela m'a toujours rendue très jalouse. Evidemment, comparée à toi, je ne pouvais pas être à la hauteur.

Eduardo fronça les sourcils.

— Il tenait à toi comme à la prunelle de ses yeux.

Déconcertée, elle haussa vaguement les épaules.

— Malheureusement, je n'étais qu'une fille. Il appartenait à cette génération d'hommes pour qui avoir un fils est le plus grand des bonheurs. Peut-être m'aimait-il, mais j'ai toujours senti qu'au fond de lui il pensait que je ne valais pas mieux que ma mère. C'est probablement pour cela qu'il a organisé son testament comme il l'a fait. Pour lui, je n'avais pas suffisamment de jugeote pour gérer moi-même mes affaires.

— Il craignait que tu ne te montres trop crédule, et que tu te laisses avoir par des gens qui t'endormiraient avec leurs belles paroles, et leurs compliments.

Malgré elle, elle esquissa un sourire narquois.

— C'est pour cela qu'il t'a choisi pour me servir de gardien ? Il est vrai que tu ne perds jamais ton temps en compliments inutiles.

L'air pensif, Eduardo prit une gorgée de vin.

— Je peux faire preuve de charme, quand c'est nécessaire.

Elle laissa échapper un petit rire.

— J'aimerais bien voir ça !

Un silence pesant s'installa. Ce fut Eduardo qui le rompit.

— Tu es particulièrement séduisante, ce soir.

Mal à l'aise, elle fit mine de se concentrer sur le contenu de son assiette.

— Cela suffit, Eduardo.

— Je nous imagine souvent, tous les deux dans le même lit.

A ces mots, elle se sentit rougir jusqu'à la racine des cheveux.

— Ce n'est pas ce que j'appelle faire preuve de charme, dit-elle. Tu es juste obscène.

Les coudes appuyés sur la table, il se pencha vers elle, plongeant son regard dans le sien.

— J'imagine ton corps contre le mien. Je peux presque le sentir. Toi aussi, tu aimes imaginer comment ce serait entre nous, n'est-ce pas, Bella ?

Elle déglutit avec peine.

— Pourquoi agis-tu ainsi avec moi ?

Eduardo se recula sur sa chaise, et porta le verre à ses lèvres avec décontraction.

— J'ai envie de toi, Bella. Envie de te prendre…

— Je ne suis pas à prendre. De plus, je ne t'appartiens pas.

Eduardo la défia du regard. Elle eu l'impression de se perdre dans les profondeurs de ses yeux turquoise.

— Oh ! si, Bella, dit-il d'une voix sourde, tu m'appartiens. Et depuis toujours. C'est même pour cela que tu me détestes autant. Tu ne peux pas accepter la force de désir que je t'inspire. Je ne suis qu'un mauvais sujet, et dans ton monde cela ne se fait pas d'éprouver de tels sentiments pour quelqu'un comme moi. Tu n'es pas censée t'encanailler avec un gredin de mon espèce. Mais tu ne peux pas t'empêcher d'en rêver, pas vrai ?

— Je préférerais aller griller en enfer ! Tu n'as pas le droit de me parler comme cela. Je n'ai jamais rien fait qui puisse te laisser penser que j'ai une quelconque attirance pour toi.

Comme les mots qu'elle venait de prononcer résonnaient à ses propres oreilles, elle marqua un temps d'arrêt.

*Ou tout au moins, pas depuis cette fameuse nuit où je me suis comportée comme une petite idiote.*

— Tu n'as aucune place dans ma vie, reprit-elle. Tu n'en as jamais eu, et tu n'en auras jamais.

Négligemment appuyé au dossier de sa chaise, Eduardo laissa courir sur elle un regard indolent.

— Erreur, ma petite ! J'occupe une place essentielle dans ta vie. Tu ne peux rien faire sans moi. Si cela me semblait justifié, je pourrais te couper les vivres sur-le-champ.

Il pouvait quoi ? *Oh ! s'il vous plaît, mon Dieu, faites que ce soit impossible !*

— Tu ne peux pas faire cela !

— Tu devrais relire attentivement tout ce qui est en petits caractères sur le testament de ton père. Est-ce que tu veux appeler le notaire ? J'ai son numéro sur mon portable.

Sous le choc, elle fixa le téléphone qu'il lui tendait, incapable du moindre mouvement.

Eduardo se risquerait-il à lui tenir de tels propos s'il n'était pas sûr d'avoir raison ? Certainement pas.

Le testament qu'avait laissé son père était particulièrement complexe. Elle y avait certes jeté un coup d'œil, après son décès, mais elle avait vite été découragée par le langage trop hermétique. Mieux valait partir du principe qu'Eduardo avait raison…

— Que faut-il que je fasse alors pour apporter la preuve que je suis assez mûre pour diriger ma vie comme je l'entends, et choisir celui que je veux épouser ?

— Que tu veuilles te marier ne me pose aucun problème. Mais je veux avoir l'assurance que tu ne le fais pas pour de mauvaises raisons.

— Est-ce une mauvaise raison, d'être amoureuse d'un homme, et de vouloir passer sa vie avec lui ? Pourquoi as-tu autant de mal à admettre que je suis amoureuse de Julian ?

— Qu'est-ce que tu aimes tant chez lui ?

Sous le regard perçant d'Eduardo, elle se sentait étrangement mal à l'aise. C'était comme si, rien qu'en la dévisageant, il avait accès aux blessures les plus secrètes qu'elle dissimulait en elle.

Quoi qu'il en soit, il n'avait pas à l'interroger sur la nature de ses sentiments pour Julian !

Julian était l'homme qu'il lui fallait, point. Il lui donnait l'impression d'être unique, exceptionnelle. Avec lui, elle se sentait *en sécurité.*

— J'aime qu'il consacre l'essentiel de son temps et de son énergie à ceux qui en ont le plus besoin, répondit-elle en détournant les yeux. Il est attentif aux autres. Tous les autres. Il est capable de s'intéresser à n'importe qui, riche ou pauvre. Il ne fait pas de distinction.

Un silence pesant lui répondit.

— Quoi d'autre ? finit par interroger Eduardo.

La gorge soudain sèche, elle le dévisagea un moment avant de répondre :

— J'aime qu'il m'aime, et qu'il n'ait pas peur de me le dire.

— Les paroles n'engagent à rien. Ce qui compte, ce sont les actes.

— Est-ce que tu as déjà été amoureux ?

Un rictus narquois releva le coin des lèvres d'Eduardo. Comme si la question l'amusait.

— Non, répondit-il.

— En es-tu si certain ?

— Tout à fait.

— Même pas un petit béguin ?

— Non.

— Donc, tu te contentes d'avoir des relations sexuelles pour combler une nécessité physique ?

Le regard qu'il posa sur elle lui fit l'effet d'une brûlure.

— Exactement, répliqua-t-il. C'est l'unique raison. Pas pour toi ?

Cette intonation langoureuse, ce regard brûlant... Malgré elle, elle sentit un frisson de désir coupable la parcourir des pieds à la tête. Tout son corps frémit. C'était comme si un feu intérieur la dévastait. Pour se donner contenance, elle croisa les jambes, mais cela ne fit que renforcer son trouble.

C'était à croire qu'il suffisait à Eduardo de planter ses yeux dans les siens pour éveiller en elle un désir incontrôlable !

Sous ses paupières à demi closes, le regard qu'il laissait errer sur elle était comme une caresse impudique. Oh ! ce regard ne laissait aucun doute sur ce qu'il avait en tête. Lorsqu'il fixa sa bouche, elle eut la sensation physique qu'il y pressait la sienne. Ses lèvres furent envahies d'un troublant picotement, et elle sentit sa poitrine tendre la dentelle de son soutien-gorge.

Eduardo était-il conscient du pouvoir érotique qu'il avait sur elle ?

*Sans le moindre doute !*

— Pourquoi ne réponds-tu pas ?

La voix d'Eduardo l'arracha à ses pensées, et elle rougit.

— Parce que cela ne te regarde pas.

— C'est toi qui as commencé avec les questions indiscrètes. Donnant donnant, non ?

Comme elle avait envie de l'envoyer promener ! Mais il ne la laisserait pas en paix tant qu'elle ne lui aurait pas donné une réponse, elle le savait.

— Le sexe est important dans une relation intime, finit-elle par dire. C'est à la fois un échange physique et émotionnel. Cela permet de renforcer les liens entre deux personnes qui éprouvent une attirance l'une pour l'autre.

Encore une fois, Eduardo esquissa un sourire moqueur.

— Inutile de me réciter un manuel de sexologie. Ce que je te demande, c'est ce que tu penses *toi.* Vraiment.

Décidément, il savait comment la mettre mal à l'aise ! Envahi par une intense chaleur, son corps lui faisait l'effet d'une véritable fournaise. Mais aussi, quelle idée de lui poser ce genre de questions ? Jamais elle n'avait abordé le sujet avec qui que ce soit. Même pas avec ses meilleures amies.

De plus, elle n'avait jamais été très à l'aise dans les relations sexuelles. Comment s'en étonner ? Elle n'aimait pas beaucoup son corps. Alors, la plupart du temps, elle était surtout obsédée par l'idée que son partenaire pouvait voir ses imperfections, ou qu'il comparait sa poitrine avec celle de ses conquêtes précédentes…

Quant au plaisir, qu'en savait-elle réellement ? Jamais elle ne s'était sentie assez en confiance avec un homme, assez détendue, pour atteindre l'orgasme.

Mais avec Julian cela serait peut-être différent. Car il n'avait rien en commun avec les hommes qui avaient jusqu'alors partagé son lit. A aucun moment, il n'avait insisté pour qu'ils couchent ensemble. Au contraire, il tenait à ne pas avoir de rapports sexuels jusqu'au mariage. C'était un engagement qu'il avait pris devant Dieu, et il entendait ne pas s'y soustraire. Elle avait trouvé cela si attachant, si admirable, qu'elle en avait aussitôt conclu qu'il était l'homme idéal.

— Je pense qu'on a tous des façons différentes d'aborder les relations sexuelles, affirma-t-elle. Ce qui convient à l'un, ne convient pas forcément à quelqu'un d'autre. L'important, c'est d'être suffisamment en confiance pour exprimer ses… désirs.

— Qu'est-ce qui te prouve que tu te sentiras en confiance avec ce Julian ?

Pour se donner une contenance, elle prit son verre entre ses mains.

— La certitude qu'il me traitera toujours avec le plus grand respect. Pour lui, le plaisir charnel est un don du ciel qu'il ne faut pas galvauder avec des exigences égoïstes.

Eduardo laissa échapper un grognement.

— Tu veux dire qu'il prendra le temps de prier, avant d'ouvrir le lit le soir de votre nuit de noces ?

Elle lui lança un regard noir.

— Tu n'es qu'un rustre impie !

— Et toi, une petite sotte. Tu te jettes tête baissée dans cette histoire sans rien savoir de cet homme. Qui te dit qu'il ne dissimule pas sa vraie nature ? Qu'est-ce qui te prouve que ce soi-disant vœu de chasteté, n'est pas simplement une feinte pour mettre la main sur ta fortune ?

— Oh ! je t'en prie !

Le regard d'Eduardo se fit tout à coup sévère.

— Je suis sérieux, Bella, dit-il. Tu es l'une des femmes les plus riches du Royaume-Uni. Il n'est pas étonnant que les hommes fassent le siège à ta porte.

— Il ne t'est jamais venu à l'esprit que cela pouvait être également pour ma fascinante beauté, et ma personnalité enjouée, non ?

Un instant, Eduardo ouvrit la bouche comme s'il s'apprêtait à dire quelque chose, puis il la referma. Il poussa un long soupir, et releva une épaisse mèche de cheveux qui barrait son front.

— Je ne mets en question ni ta beauté ni ta personnalité, dit-il. Simplement, j'aimerais que tu montres un peu plus d'esprit critique.

Agacée, elle se recula sur sa chaise pour mieux le toiser.

— Ecoutez donc l'opinion de l'homme qui évalue tout en termes de bilans financiers ! lança-t-elle, d'une voix moqueuse. T'est-il déjà arrivé de te laisser guider par ton instinct ?

— Il est bien trop facile de laisser son jugement être obscurci par l'intérêt que l'on porte à quelqu'un ou à quelque chose, répliqua-t-il sans la quitter des yeux.

— Comment as-tu fait pour devenir aussi cynique ?

Un long silence lui répondit, troublé seulement par le bruit du vin qu'Eduardo versait dans leurs verres. Elle n'aurait pas dû l'attaquer aussi frontalement, elle le savait. Mais aussi, pourquoi cherchait-il toujours à la contredire ?

— C'est de naissance, finit-il par lâcher.

— Je ne te crois pas.

Lorsqu'il leva de nouveau les yeux, il affichait son habituelle moue ironique.

— A ce que je vois, tu te préoccupes toujours du salut de ma pauvre âme, dit-il. Je croyais que tu avais renoncé depuis longtemps.

— Est-ce qu'il t'est déjà arrivé de parler de ton enfance à quelqu'un ? De te confier ?

Aussitôt, un masque impénétrable tomba sur le visage d'Eduardo.

— Il n'y a rien à en dire.

— Tu as quand même eu des parents. Une mère, tout au moins. Qui était-elle ?

— Laisse tomber, Bella.

— Tu ne peux pas avoir effacé tout souvenir de tes premières années. Que je sache, tu as eu une vie avant d'être un adolescent rebelle.

Un bref soupir agacé échappa à Eduardo, et il tendit la main vers son verre.

— Je ne me rappelle pas grand-chose, dit-il avant d'avaler une gorgée de vin.

Fascinée, elle regarda le mouvement de sa pomme d'Adam tandis que le vin glissait dans sa gorge. Eduardo avait beau dissimuler ses émotions, elle pouvait déceler de la colère dans la façon dont il déglutissait. De la colère, et une autre émotion plus difficile à deviner…

— Peu importe. Dis-moi au moins ce dont tu te souviens.

Une fraction de seconde, elle eut l'impression que le masque allait enfin se fissurer. Les sillons, de chaque côté de la bouche d'Eduardo, se creusèrent comme s'il s'efforçait de contenir toutes les émotions éprouvées depuis des années. Ses pupilles devinrent deux éclats de granit. Et il serra le pied de son verre avec une telle force, que ses jointures blanchirent.

— Pourquoi as-tu été mis à la porte par toutes les familles d'accueil auxquelles on t'avait confié ? insista-t-elle.

— A ton avis ? lança-t-il, avec un rictus amer. J'étais un rebelle. Une tête brûlée. Pourri jusqu'à la moelle. Irrécupérable.

La gorge nouée, elle fut tentée de changer de sujet pour alléger l'atmosphère. Non ! Cette fois, elle ne se laisserait pas impressionner. Il fallait qu'elle en sache davantage. Le mystère qui planait autour de lui était trop captivant. Sa réserve, la distance qu'il maintenait avec tout le monde, l'avait toujours fascinée, et il était temps de mettre un terme à cette fascination.

— Qu'est-il arrivé à tes parents ? demanda-t-elle.

— Ils sont morts.

Il avait prononcé cette réponse avec un détachement absolu, comme si cela ne signifiait rien pour lui. Son visage avait l'immobilité d'une statue de marbre.

— Donc, tu étais orphelin ?

— Exactement.

Il émit un petit rire sans joie, en faisant tourner le vin dans son verre.

— C'est ce que j'étais, reprit-il. Orphelin.

— Quel âge avais-tu à leur mort ?

Un siècle sembla s'écouler avant qu'il ne réponde. Patiemment, comptant chaque interminable seconde, elle attendit qu'il reprenne la parole, fascinée par le conflit qui se jouait sous ses yeux.

Ce n'était pas entre eux deux que s'exerçait ce rapport de force, mais bien entre les deux aspects de la personnalité d'Eduardo : d'un côté, le loup solitaire qui n'avait besoin de personne ; de l'autre, l'homme qui dissimulait sous une épaisse carapace sa soif d'affection.

— Je ne me souviens même pas de mon père, finit-il par dire sans se départir de son expression indifférente.

— Tu étais bébé quand il est mort ?

— Oui.

Encore une fois, il répondait sans la moindre émotion. Aucun chagrin, ni regret ne perçait dans sa voix. Elle s'humecta les lèvres, et marqua une pause avant de poursuivre :

— Que lui est-il arrivé ?

Elle crut qu'il ne répondrait jamais, tant le silence qui suivit s'étira démesurément.

— Accident de moto, dit-il enfin. Il ne portait pas de casque. J'imagine que cela n'a pas dû être très joli à voir.

— Et ta mère ?

— J'avais cinq ans.

Le visage plus fermé que jamais, Eduardo ne semblait pas souhaiter aller plus loin que cette réponse laconique. Les yeux perdus dans la contemplation de son verre de vin, il ne semblait plus conscient de sa présence à son côté.

— Que s'est-il passé ? insista-t-elle au bout d'un long moment.

— Elle est morte.

— Comment ?

De nouveau, un silence douloureux.

— Suicide.

— Oh ! mon Dieu ! C'est affreux !

Un haussement d'épaules indifférent lui répondit.

— Sa vie n'avait plus beaucoup de sens, après la mort de mon père.

Eduardo vida son verre d'une traite et le reposa sur la table avec un bruit sourd.

Ainsi, lui aussi avait été privé trop tôt de l'amour de sa mère… La différence, c'était que lorsque sa mère à elle s'était enfuie avec son amant, bien qu'accablée de chagrin, elle avait au moins la consolation de la savoir vivante ! Comment Eduardo avait-il pu surmonter ce deuil, à un si jeune âge ?

— Ton père était Italien, n'est-ce pas ?

— Oui.

— Et ta mère ?

— Anglaise. Elle l'avait rencontré lors d'un séjour en Italie, où elle avait un petit boulot d'été.

— Qui est-ce qui s'est occupé de toi après sa mort ?

Eduardo la dévisagea longuement, comme s'il hésitait sur la réponse à donner.

— Il est temps que je sorte Fergus, déclara-t-il finalement.

Comme si une porte venait de se refermer brutalement après s'être à peine entrouverte, il posa sa serviette sur la table, et s'en écarta. Interloquée, elle le regarda sortir de la cuisine à grandes enjambées.

Malgré la brutalité de son départ, elle était certaine qu'il venait de s'ouvrir à elle plus qu'il ne l'avait jamais fait avec personne. Plus même qu'avec son père. Elle avait toujours entendu son père dire qu'Eduardo refusait de parler de son enfance, et qu'il fallait le laisser tranquille avec ça. Elle en avait conclu qu'il avait honte de venir d'un milieu si différent du leur. Qu'il devait avoir gâché son adolescence à cause de sa violence et de son refus de toute autorité. Cette même violence qui avait découragé tous ceux qui s'étaient efforcés de l'aider. La description qu'il avait faite, un moment plus tôt, de lui-même, correspondait parfaitement à ce que devait dire de lui l'administration.

*C'était un rebelle, pourri jusqu'à la moelle. Une tête brûlée, irrécupérable.*

Mais l'était-il vraiment ? Qu'est-ce qui l'avait rendu aussi méfiant ? Comment était-il devenu l'être énigmatique et solitaire qu'il était aujourd'hui ?

Agacée, elle secoua la tête pour chasser ces questions. Pourquoi, diable, se souciait-elle autant de le percer à jour ? Cela ne la concernait en rien.

*C'était son ennemi juré !*

Oui, Eduardo la détestait, tout autant qu'elle le détestait.

Et peu importait ce qui avait bien pu lui arriver dans son enfance !

Depuis qu'elle le connaissait, Eduardo s'était toujours montré taciturne et revêche.

Peut-être devrait-elle même ajouter « manipulateur ». N'avait-il su si adroitement s'insinuer dans les bonnes grâces de son père qu'il avait désormais la haute main sur sa propre vie ? Qu'il menaçait d'empêcher son mariage ?

Oui, il était l'épine plantée dans son côté, le mur contre lequel elle se heurtait obstinément.

Qu'est-ce que cela pouvait bien lui faire qu'il ait eu une enfance malheureuse ?

Bizarrement — et sans qu'elle comprenne pourquoi — cela ne la laissait pas aussi indifférente qu'elle l'aurait souhaité…

# Chapitre 4

Eduardo regarda Fergus faire le tour de chaque buisson du jardin qu'éclairait une lune d'argent.

L'air était glacé. Un parfum de terre humide montait du sol. C'était comme une potion revigorante qui lui éclaircissait les idées, et lui rappelait combien il s'était éloigné du monde de souffrance dans lequel il avait passé ses premières années.

Un monde dans lequel il avait été privé du moindre espoir.

Haverton Manor était devenu son sanctuaire. Le seul endroit où il ne se fût jamais senti chez lui.

Oui, le passé était le passé. Il n'aurait pas dû ouvrir ainsi devant Bella les portes de son âme. Ces blessures cachées au fond de lui, il ne révélerait jamais à personne, il se l'était juré. Les cicatrices que portait son corps, n'étaient rien en comparaison de celles, invisibles, de son âme. Mais jamais il ne supporterait qu'on lui manifeste de la pitié.

Le statut de victime était haïssable. Il n'avait aucune compassion pour ceux qui s'y complaisaient.

*Il était un survivant.*

Pourquoi permettre que son passé jette une ombre sur son avenir ? N'avait-il pas prouvé au monde qu'il valait mieux que ce que ses détracteurs disaient de lui ? N'était-il pas devenu *quelqu'un* ? Aujourd'hui, il était un homme riche et cultivé. Il avait obtenu tout ce dont il rêvait, lorsqu'il n'était encore que ce gamin terrorisé par les coups d'un beau-père violent et alcoolique.

Enfant, pour essayer d'échapper à l'horreur de sa vie, il s'était imaginé un avenir de luxe et d'opulence. Fait de somptueuses voitures, d'un manoir fastueux niché au milieu des collines verdoyantes, de compagnes élégantes et de vêtements de prix.

*Tous ces rêves, il les avait réalisés !*

Haverton lui appartenait, avec ses champs et ses bois, et surtout cette imposante demeure, symbole que son passé était bel et bien effacé.

Et personne ne lui enlèverait tout cela !

Godfrey avait compris à quel point il s'était attaché à la propriété, et surtout au manoir.

C'était entre ses murs qu'il avait découvert l'amitié, qu'il avait appris tout ce dont il avait besoin pour réussir dans la vie. Dire qu'au moment de son arrivée à Haverton, il avait été sur le point de renoncer à ses rêves ! A cette époque, plus rien de ce qui pouvait lui arriver ne lui importait. Mais Godfrey avait su faire preuve de la patience et de la douceur suffisantes pour qu'il s'ouvre à la vie.

Grâce à Godfrey, il avait laissé derrière lui l'enfant terrifié à l'idée d'être abandonné, puis l'adolescent rebelle qu'il avait été.

Oui, désormais, il était maître de sa vie, totalement autonome. Son bonheur ne dépendait de *personne*. Et c'était très bien comme ça. Fonder une famille, tous ces liens que la plupart des gens considéraient comme une part inhérente de la vie, ce n'était pas pour lui. Non, il avait trop conscience de la fragilité des choses. Il avait vu son père disparaître trop tôt, laissant derrière lui une veuve et un enfant démunis. Jamais il ne prendrait le risque de livrer ainsi aux vautours ceux qui lui étaient chers.

Non. Vivre seul, lui convenait parfaitement.

Il n'avait besoin de personne d'autre que lui-même.

Lorsqu'il regagna la cuisine, Eduardo trouva Bella occupée à remplir le lave-vaisselle.

Vision des plus inhabituelles… Entourée d'une armée de domestiques dévoués, cette princesse gâtée ne levait jamais le petit doigt !

D'ailleurs, Godfrey avait toujours été bien trop indulgent avec elle. Tout ce que Bella avait eu dans la vie, lui avait été apporté sur un plateau d'argent gravé aux armes des Haverton. Même lorsqu'elle n'était qu'une enfant, elle avait su donner des ordres d'un air hautain, comme si c'était elle la maîtresse des lieux. Adulte, elle n'avait montré aucune gratitude à son père, pour l'avoir dotée des moyens qui lui permettaient de vivre très largement, sans même avoir à travailler. Elle n'avait même pas eu la décence d'être à son chevet pour lui tenir la main pendant qu'il rendait son dernier soupir.

C'était lui qui était resté auprès de Godfrey en ces ultimes moments. Lui, qui avait fermé les yeux du vieil homme.

Lui seul encore qui avait pleuré de chagrin en perdant l'homme qui avait cru en lui, quand personne d'autre n'y croyait.

Sur son lit de mort, il lui avait promis qu'il prendrait soin de sa fille, et ne laisserait pas dilapider une fortune amassée au prix de tant de sacrifices. Une promesse qu'il comptait bien tenir ! Tout comme il l'avait fait pour celle de redonner tout son lustre à la demeure que Godfrey avait tant aimée, afin d'honorer sa mémoire.

Bella referma le lave-vaisselle, et se redressa tout en humectant ses lèvres de la pointe de la langue.

— J'allais faire du café, dit-elle. Tu en veux ?

Il laissa échapper un rire ironique.

— Tu veux dire que tu sais faire bouillir de l'eau ?

La bouche pincée en une moue boudeuse, Bella jeta sur l'évier le torchon qu'elle tenait.

— J'essaie d'être gentille avec toi, Eduardo, dit-elle. Tu pourrais faire un effort !

Un nouvel éclat de rire moqueur lui échappa.

— Gentille ? Tu plaisantes ! Tu essaies juste d'obtenir de moi ce que tu veux.

— Ce n'est pas vrai. Je n'arrête pas de penser à ce que tu m'as raconté au sujet de la mort de tes parents. Cela a dû être un traumatisme épouvantable de te retrouver orphelin si jeune, et…

Il l'interrompit brutalement.

— Laisse tomber, Princesse.

L'air soucieux avec lequel elle le contempla l'irrita. La pitié de Bella était bien la dernière chose dont il avait besoin !

— Je suis certaine que cela te ferait du bien d'en parler, insista-t-elle.

— Il n'y a rien à en dire.

D'un geste vague, il mit la machine à café en marche.

Pourquoi fallait-il que les femmes veuillent à tout prix *tout* savoir ? Bella n'allait-elle pas cesser de lui casser les pieds avec ses questions ? Tout ce qu'il demandait, *lui*, c'était oublier. A quoi bon s'obstiner à déterrer le passé ?

Le sifflement et les crachotements du percolateur meublèrent le silence.

Derrière lui, Bella se rapprocha. Elle avait un pas tellement léger qu'on l'entendait à peine lorsqu'elle se déplaçait.

Pourtant, à chacun de ses pas silencieux, il sentait ses cheveux se dresser sur sa nuque. Soudain, le parfum de Bella l'enveloppa. Si elle posait la main sur lui, il ne répondrait plus de rien. Ses nerfs étaient tendus à craquer. Et il avait l'impression d'être habité par quelque fauve, prêt à bondir.

Derrière lui, il l'entendit prendre une inspiration, puis elle prononça son nom dans un souffle hésitant. C'était presque une caresse sur sa peau. Il frémit comme si on avait promené sur lui une plume.

— Eduardo ?

Après un instant, il se retourna et la dévisagea longuement. Son petit visage en forme de cœur était levé vers lui, ses grands yeux bruns brillaient, ses lèvres charnues étaient humides. Elle semblait si pure, si belle… mais elle ne le trompait pas !

— Je sais ce que tu mijotes, dit-il d'une voix glaciale. Chaque fois que tu veux obtenir quelque chose, tu fais usage de ton charme. Je t'ai vu faire ça avec ton père des centaines de fois. Mais avec moi, tu perds ton temps.

L'expression de Bella s'assombrit.

— Pourquoi faut-il que tu sois aussi…, aussi *infect* ?

— Tu n'arriveras pas à me manipuler. J'ai fait une promesse à ton père, et j'entends bien m'y tenir.

Bella le toisa d'un regard belliqueux.

— Je veux me marier ici, lança-t-elle enfin, à Haverton Manor. C'est mon rêve depuis toujours. Et c'est ce que mon père aurait voulu, tu le sais.

Ici ? A Haverton ? Voir son refuge envahi par la foule de pique-assiettes qui gravitait autour de Bella ? Les paparazzi transformant le domaine en une fourmilière ? Et, par-dessus le marché, voir Bella en longue robe blanche, radieuse, couvant des yeux un blanc-bec qui n'en voulait certainement qu'à son argent ?

C'était plus qu'il n'en pourrait jamais supporter !

— Tu te trompes, répondit-il enfin. Si c'était ce qu'il avait voulu, c'est à toi qu'il aurait légué le manoir.

Les yeux de Bella lancèrent des éclairs.

— Tu ne cherches qu'une chose, c'est me contrarier, pas vrai ? Quand tu dis que tu as envie de moi, ce ne sont que des sornettes. Ce qui t'excite, c'est le pouvoir. Tout ce que tu veux, c'est la poussée d'adrénaline que te procure le fait de me tenir dans ta main de barbare !

Incapable de résister plus longtemps au besoin de la toucher, mû par un reflexe presque animal, il lui attrapa le poignet d'un geste vif.

Ce ne fut que lorsqu'il entendit un faible gémissement s'échapper des lèvres de Bella qu'il se rendit compte de ce qu'il faisait. Sous ses doigts, le pouls de Bella s'accéléra.

Lentement, centimètre par centimètre, il l'attira à lui, sans quitter du regard ses yeux noisette qui s'ouvraient de plus en plus grand.

— Et si je te montrais à quel point je peux être barbare ? murmura-t-il.

Lorsqu'il plaqua contre elle son sexe durci, il sentit le pouls de la jeune femme s'emballer. Elle déglutit et passa sa langue sur les lèvres, tandis que son regard demeurait fixé sur sa bouche. Lentement, mais inexorablement, il rapprocha les lèvres des siennes. Le souffle chaud de Bella lui effleura le visage.

— Si tu m'embrasses, je t'arrache les yeux, dit-elle d'une petite voix dont le tremblement démentait sa mise en garde.

— Avant, ou après le baiser ?

La colère fit briller ses yeux noisette.

— Pendant.

Il soutint son regard quelques secondes, avant de déclarer :

— Alors, je ferais mieux de ne pas prendre de risques inutiles.

Avec un effort surhumain, il s'écarta, et saisit ses clés de voiture suspendues à un crochet près de la porte.

Comme hébétée, Bella cligna plusieurs fois les paupières.

— Où vas-tu ? demanda-t-elle.

— Je sors.

— Mais il est presque minuit !

— Est-ce que tu pourras mettre Fergus dehors avant de te coucher ? Je ne rentrerai peut-être pas avant demain matin.

Un regard furibond le transperça.

— Si je comprends bien, c'est comme cela que tu évites les paparazzi. En allant voir tes maîtresses après minuit ?

— Exactement, dit-il en ouvrant la porte d'un coup d'épaule.

— Tu me répugnes !

— Je ne suis pas loin de penser la même chose à ton sujet, Princesse.

Sur ces mots, il laissa la porte claquer derrière lui.

Trop énervée pour trouver le sommeil, Bella ne cessait de se retourner dans son lit.

Des visions d'Eduardo dans les bras de belles inconnues la tourmentaient.

L'idée qu'il puisse aller assouvir ses besoins sexuels avec n'importe qui était insupportable.

Bien sûr, ces femmes ne devaient pas être du genre à se torturer l'esprit au sujet de la taille de leur poitrine ou de la forme de leurs cuisses… A n'en pas douter, il ne s'intéressait qu'à des femmes qui avaient suffisamment confiance en elles pour le satisfaire sans se poser trop de questions.

Inutile de compter inutilement les moutons plus longtemps. Puisqu'elle ne parviendrait manifestement pas à dormir, autant aller faire faire un tour à Fergus dans le jardin.

A peine étaient-ils dehors que le chien détala en direction de la prairie. Elle s'apprêtait à aller le chercher, lorsque des phares éclairèrent au loin la longue allée. La voiture d'Eduardo ! Elle devait absolument rentrer avant qu'il ne la trouve dehors et n'en tire des conclusions hâtives ! Inutile qu'il devine qu'il l'empêchait de dormir.

— Fergus ? appela-t-elle à voix basse. Dépêche-toi de revenir. Je me gèle !

Mais le chien ne se montra pas, et déjà Eduardo avait regagné le garage. Elle entendit son pas sur le gravier, et se dissimula dans l'ombre du manoir.

Le dos plaqué contre le mur glacé, elle se glissa silencieusement jusqu'à l'endroit où elle savait que le tronc tortueux d'une vieille clématite lui permettrait de se hisser jusqu'à la fenêtre du petit salon. Elle venait tout juste d'entamer son ascension, que deux bras solides l'empoignèrent par la taille.

— Houp ! s'exclama-t-elle, en tombant à la renverse contre un torse puissant.

— *Bella ?*

Eduardo la fit pivoter, et la regarda bouche bée.

— Mais que diable fais-tu là ? s'exclama-t-il.

— Salut, dit-elle avec un petit sourire penaud.

— Tu peux m'expliquer à quoi tu joues ! J'aurais pu te faire mal. J'ai cru que tu étais un cambrioleur. Tu vas bien ?

Nerveusement, elle resserra son peignoir qui s'était entrouvert dans la bataille. Elle ressentait encore un picotement à l'endroit où son corps était entré en contact avec celui d'Eduardo. Son cœur battait à tout rompre. Elle préféra prendre les choses sur un mode humoristique.

— A peu près, répondit-elle. Ça ira mieux quand mon cœur aura repris sa place. Tu as failli me faire mourir de peur. Je ne t'ai pas entendu arriver. J'ai cru que tu étais passé de l'autre côté de la maison.

— Mais que faisais-tu ?

— J'avais sorti Fergus, et j'attendais qu'il revienne.

— Pourquoi te cacher dans l'ombre, comme si tu avais quelque chose à te reprocher ?

— Je ne voulais pas que tu me voies dans cette tenue.

— Tu oublies que je t'ai déjà vue bien plus déshabillée que cela…

Avait-il vraiment besoin de le lui rappeler ? En se sentant rougir, elle se réjouit que la pâle clarté de la lune ne lui permette pas de voir ses joues se colorer.

— Ton rendez-vous s'est bien passé ? demanda-t-elle de sa voix la plus détachée.

Aussitôt, elle vit se fermer le visage d'Eduardo.

— Où est Fergus ? Il est sourd et pratiquement aveugle. Tu n'aurais pas dû le laisser seul. La nuit, il est incapable de retrouver son chemin.

— Que je sache, c'est toi qui l'as abandonné pour aller te livrer à tes frasques ! Alors, je te laisse le chercher. Moi, je retourne me coucher.

La matinée était bien entamée quand Bella descendit dans la cuisine, le lendemain. Eduardo, quant à lui, avait certainement dû se coucher à l'aube. Ou ne pas se coucher du tout, d'ailleurs.

Elle venait de se servir une tasse de thé, lorsqu'elle entendit une voiture remonter l'allée. Elle sortit pour voir une jeune femme quitter son véhicule. Mince, élégante, elle devait avoir la trentaine.

— Bonjour, dit l'inconnue avec un grand sourire. Vous devez être Bella. Je suis Rebecca Gladstone. Cela fait quelques mois que je me suis installée dans le coin.

— Hmm…, salut, répondit Bella.

— Est-ce qu'Eduardo est là ? Je passais, et je me suis dit que j'allais faire une petite visite à Fergus.

— Fergus ?

— Je suis le nouveau vétérinaire.

— Ah !

Bella plaqua un sourire convenu sur son visage.

La nouvelle vétérinaire ? Cette femme était-elle aussi la nouvelle maîtresse d'Eduardo ? Jolie, distinguée, cultivée, à l'aise avec les animaux et probablement les enfants aussi… Son cœur se serra. Bizarrement, elle ne s'était pas attendue à ce qu'Eduardo fréquente une femme du genre de Rebecca Gladstone. Elle était bien trop…, trop sympathique.

Est-ce que c'était sérieux entre eux ? Se pouvait-il qu'il envisage de se marier, et de remplir Haverton Manor d'une nichée d'animaux et d'enfants ? Non seulement, il l'avait dépossédée de *sa* maison, et voilà qu'il lui volait également ses rêves ! C'était *ses* enfants à elle, et *ses* animaux, qui auraient dû être destinés à vivre au manoir.

— Venez, dit-elle. Fergus dort dans la cuisine.

Malgré elle, elle fut agacée de remarquer que le vieux chien faisait fête à la visiteuse. Il agitait la queue comme un métronome dopé aux stéroïdes, et il frétilla même de l'arrière-train comme s'il n'était qu'un jeune chiot. Pathétique ! s'indigna-t-elle intérieurement. Absolument pathétique !

— On dirait qu'il vous connaît bien, dit-elle.

— Oui, nous sommes de vieux amis.

Si seulement elle avait pu détester la jeune femme… Mais c'était impossible.

Mieux valait reporter son animosité sur Eduardo. Pourquoi avoir choisi quelqu'un d'aussi parfait ? Pourquoi n'était-il pas avec une écervelée, qui n'en aurait eu manifestement qu'après son argent, et qu'elle aurait pu critiquer tout son soûl ?

Après une ou deux minutes, Rebecca eut fini d'examiner Fergus et elle se releva.

— Je vais lui laisser des vitamines, dit-elle. Il n'est pas en trop mauvaise forme pour son âge, mais cela lui fera du bien.

Bella se força de nouveau à lui sourire.

— Merci.

— Vous êtes là pour quelque temps ? demanda Rebecca.

— Quelques jours seulement. Cela faisait longtemps

que je n'avais pas remis les pieds ici… Pas depuis la mort de mon père, en fait.

*Pas depuis qu'il a fait cadeau de ma maison de famille à mon pire ennemi…*

— Eduardo doit être heureux d'avoir un peu de compagnie.

— Je ne suis pas certaine que la mienne lui convienne.

Rebecca referma sa sacoche avec un claquement.

— Ah bon ? répondit-elle enfin. Qu'est-ce qui vous fait dire cela ?

Un instant, Bella se reprocha sa franchise. Oh et puis, après tout, pourquoi aurait-elle donné le change quant à ce qu'il en était de sa relation avec Eduardo. Il ne devait pas se gêner pour dire pis que pendre d'elle à Rebecca.

— Il me considère comme une enfant gâtée qui n'arrive pas à grandir, répondit-elle.

Rebecca la dévisagea pensivement pendant quelques secondes.

— Vous connaissez Eduardo depuis longtemps ? demanda-t-elle.

— Depuis mes sept ans.

— Vous êtes comme frère et sœur, alors ?

A son grand désarroi, Bella se sentit rougir.

— On ne peut pas vraiment dire que nous soyons les meilleurs amis du monde, non.

— Il est votre tuteur, n'est-ce pas ?

— Oui. C'est lui qui vous l'a dit ?

Rebecca la gratifia d'un sourire rassurant.

— Non. Ce n'est pas le genre de choses dont parle Eduardo. C'est Mme Baker. Mais d'après elle, vous serez bientôt libre. Dès que vous aurez vingt-cinq ans, non ?

Un bruit de pas leur fit tourner la tête vers la porte. Eduardo entra, et Bella remarqua que les joues de Rebecca rosissaient instantanément. Il se tourna vers le panier où Fergus s'était recouché avant de regarder la jeune vétérinaire.

— Quelque chose ne va pas ? demanda-t-il.

— Non, expliqua Rebecca. Je passais dans le coin, et je me suis dit que je ferais bien de lui rendre une petite visite. J'allais repartir. Vous me raccompagnez à ma voiture ?

Eduardo garda un visage totalement inexpressif.

— Si vous voulez, dit-il.

Rebecca se tourna vers Bella.

— J'ai été ravie de faire votre connaissance. Profitez bien de votre séjour.

— Comptez sur moi, acquiesça Bella avec un grand sourire.

— Elle est amoureuse de toi, lança Bella dès qu'Eduardo revint quelques secondes plus tard. Elle a rougi dès que tu es entré.

Eduardo qui était occupé à se remplir un verre d'eau au robinet, se tourna vers elle.

— Qu'une femme rougisse ne signifie pas forcément qu'elle soit amoureuse. Regarde, toi par exemple, je peux te faire rougir comme je le veux. Est-ce que cela veut dire que tu es amoureuse de moi ?

A ces mots, elle sentit son visage s'embraser comme si elle s'était dangereusement approchée d'un feu de braises ardentes. Relevant fièrement le menton, elle le dévisagea.

— Je ne pourrais jamais tomber amoureuse de quelqu'un comme toi !

Il eut une moue ironique.

— Voilà qui me rassure.

— Tu aurais pu être un peu plus aimable avec elle, insista-t-elle.

— Je n'aime pas les visites surprises. Si elle veut me voir, elle n'a qu'à appeler pour me fixer un rendez-vous. De toute façon, ce n'est pas mon genre de femme.

— Ah bon ? Ton genre, ce serait plutôt grosse poitrine, sourire commercial, longues jambes, et pas de cervelle. C'est ça ?

Un demi-sourire releva les coins de la bouche d'Eduardo.

— A peu près, dit-il.

— Tu es sorti avec elle ?

— On a pris un verre, il y a quelque temps.

— Vous avez couché ensemble ?

— Non.

— Pourquoi ?

Eduardo posa brusquement son verre.

— Qu'est-ce que c'est que toutes ces questions ? Tu es jalouse, ma parole !

— Bien sûr que non ! Je m'inquiète seulement de savoir si tu ne t'es pas comporté comme un goujat avec Rebecca. Tu pourrais vraiment la faire souffrir. Ce n'est pas la peine de lui donner de faux espoirs, si elle ne t'intéresse pas.

— Je n'ai jamais rien fait de tel !

— C'est avec elle que tu étais la nuit dernière ?

— Non ! Mais tu es sûre de ne pas être jalouse ? On pourrait le croire pourtant.

Elle leva les yeux au ciel.

— Je ne vois pas comment je pourrais être jalouse. Je te rappelle que je vais me fiancer d'ici peu.

— Ce n'est pas officiel. Il n'y a pas eu d'annonce dans la presse, que je sache.

— Julian déteste attirer l'attention. Et puis, je dois attendre qu'il soit rentré du Bangladesh, et qu'il m'ait présentée à sa famille. Ensuite, seulement, nous ferons une annonce officielle.

— Bien sûr, tu pars du principe que je vais donner mon accord.

Agacée, elle se redressa de toute sa hauteur.

— Tu ne peux pas m'empêcher d'épouser celui que j'aime.

La lueur de défi qu'elle lut dans les prunelles bleu-vert d'Eduardo n'avait rien de rassurant.

— Si tu l'aimes autant que tu le dis, pourquoi ne l'as-tu pas accompagné en mission ?

— Je..., je..., bafouilla-t-elle, j'avais à faire ici. Et puis, il faut que je me forme un peu avant de pouvoir l'aider dans son travail. Pour l'instant, je risquerais de l'encombrer.

Eduardo la dévisagea d'un air méprisant.

— Pourtant, j'ai beau faire, je ne parviens pas à t'imaginer distribuant des babioles aux indigènes.

— Ce n'est pas ce que font les missionnaires de nos jours. Ils aident à construire des écoles, et des hôpitaux. Pour ma part, je l'assisterai du mieux que je pourrai.

— Tu es exactement ce qu'il faut à un type dans son genre. Une épouse fortunée, prête à financer toutes ses bonnes œuvres.

— D'après toi, je suis trop stupide pour servir à quoi que ce soit d'utile, c'est cela ?

— Tu n'es pas stupide, Bella. Tu ne connais rien à la vie, c'est tout. Les gens peuvent être impitoyables, et tu n'en as même pas conscience. Moi, par exemple, je peux me montrer féroce, quand j'ai quelque chose en tête.

Il avait prononcé cette dernière phrase avec un sourire diabolique. Dans son regard, elle vit briller une inquiétante lueur.

Soudain, ses lèvres furent aussi sèches que du parchemin. Dans sa poitrine, son cœur se mit à battre follement.

— Tu n'arriveras pas à me mettre dans ton lit, Eduardo, dit-elle dans un souffle.

D'un geste nonchalant, il saisit une mèche de ses cheveux qu'il entoura autour de son doigt, tirant légèrement dessus. Aussitôt, elle sentit un frisson glisser le long de l'épine dorsale. Exactement comme si on y avait fait couler un liquide effervescent.

— C'est dommage ! Il y a tant de choses agréables que l'on peut faire dans un lit.

Une décharge de volupté la traversa. Pourtant, elle le détestait en cet instant. Comment son corps pouvait-il échapper à ce point à son contrôle ? C'en était presque choquant !

Après des années employées à mettre entre Eduardo et elle toute la distance possible, ses sens la trahissaient. C'était comme si elle était inexorablement attirée par lui. Aspirée, tel un satellite, dans l'orbite de sensualité qui l'entourait.

Elle se raidit, et répliqua d'un ton qu'elle espérait suffisamment ferme :

— Ecoute-moi bien, Eduardo Silveri, je ne coucherai pas avec toi !

Lentement, il dénoua les cheveux enroulés autour de son doigt. Son regard, cependant, resta plongé dans le sien, faisant naître un trouble délicieusement coupable au cœur de sa féminité.

— Tu serais prête à parier, Princesse ?

Rejetant fièrement la tête en arrière, elle s'écarta de lui.

— Si tu y tiens ! Cela ne me pose aucun problème. Je sais d'avance qui va gagner.

— Moi aussi !

Et avant qu'elle ne puisse ajouter autre chose, il sortit.

# Chapitre 5

Les jours suivants, Bella se tint à l'écart d'Eduardo autant qu'elle le pouvait. Pour passer le temps, elle renoua avec d'anciennes connaissances qui vivaient au village, et se contraignit à dîner à l'extérieur. Tout plutôt que se retrouver en tête à tête avec lui !

Petit à petit, cependant, elle sentit l'ennui et l'impatience la gagner. Elle n'avait aucune nouvelle de Julian, en mission quelque part dans des régions montagneuses où le téléphone ne passait pas. Au fur et à mesure que les jours s'écoulaient, un désagréable sentiment d'insécurité s'insinua en elle. Sans l'enthousiasme de Julian pour la guider, sans le réconfort qu'il savait lui apporter, les doutes commençaient à l'assaillir.

Parviendrait-elle à trouver sa place dans cette vie entièrement dévouée à son prochain, qui était celle de Julian ? Il mettait toute sa passion dans son engagement humanitaire, et elle l'admirait pour cela, mais saurait-il lui donner l'amour dont elle avait tant besoin ?

Cet amour qui lui avait si cruellement fait défaut depuis l'abandon de sa mère ? Maintenant, quelque chose s'était brisé en elle. C'était comme si elle était devenue incapable de vivre sereinement les relations affectives. En somme : elle tombait trop vite amoureuse, et s'engageait immédiatement, pour finir par être déçue quand l'autre ne répondait pas à ses attentes. Ce voyage à l'étranger était-il pour Julian une façon de prendre un peu de distance avec elle ?

Bien sûr, elle ne doutait pas de ses sentiments. Julian l'aimait ! Mais son amour n'avait rien de passionné.

Un moment, elle avait cru que c'était ce dont elle avait besoin. Un amour solide et raisonnable, qui saurait l'accompagner dans les bons et les mauvais moments. Un amour sur lequel elle pourrait s'appuyer pour avoir une vie de famille paisible. Etait-il possible qu'elle se soit trompée ?

Perdue dans ses pensées, elle explorait le contenu du réfrigérateur dans l'espoir d'y trouver un pot de glace ou quelque chose de réconfortant, lorsque Eduardo entra dans la cuisine.

— Tu dînes ici, ce soir ? demanda-t-il.

Avec la désagréable impression d'être surprise en plein délit, elle referma la porte du frigo d'un geste sec.

— Je mangerai plus tard, dit-elle.

— Laisse-moi le temps de nous préparer quelque chose en vitesse. Tu n'es pas obligée de te cacher dans ta chambre, tu sais.

— Je ne me cache pas ! J'étais occupée à revoir tout un tas de vieux amis, c'est tout.

Avec un sourire sceptique, Eduardo s'approcha de l'évier.

— Accorde-moi quelques minutes. Je vais bien trouver de quoi nous préparer un bon petit plat.

— Qui t'a appris à cuisiner ?

— Personne en particulier. Je ne suis jamais resté assez longtemps où que ce soit pour apprendre autre chose que quelques rudiments de cuisine.

— Quelle est ta plus longue période passée dans une famille d'accueil ?

Agacé, Eduardo dévisagea la jeune femme qui lui faisait face. Pourquoi fallait-il que Bella essaie toujours de lui tirer les vers du nez ? Ce n'était quand même pas compliqué de comprendre qu'il détestait se remémorer le passé. A plus forte raison, en parler. N'avait-il pas tout fait pour oublier ? Chaque fois que Bella l'interrogeait, il avait l'impression que ses souvenirs s'échappaient du coffre dans lequel il les avait enfermés à double tour depuis tant d'années.

— Tu ne peux pas arrêter avec tes questions ? lança-t-il. Je ne suis pas d'humeur.

— Tu ne l'es jamais ! Dis plutôt que tu es fermé comme une huître. Des tas de gens sont issus d'un milieu défavorisé. Je ne vois pas pourquoi tu fais autant de mystère.

Instinctivement, il s'avança jusqu'à être tout proche de Bella, et il vit ses grands yeux bruns s'arrondir, comme sous l'effet de la surprise.

— Tu joues avec le feu, dit-il sur un ton d'avertissement. Et tu en es tout à fait consciente, pas vrai ?

Un lourd silence s'installa entre eux.

— Je te connais depuis que je suis toute petite, finit-elle par dire d'une voix voilée, et, pourtant, je ne sais rien de toi.

Elle semblait de toute évidence mal à l'aise, mais n'avait fait aucun mouvement pour se reculer. Il s'approcha encore, jusqu'à sentir le corps de Bella contre le sien et l'attrapa par les épaules. Incapable de détourner son regard de ce visage aux traits parfaits, il l'observa tandis qu'elle se passait nerveusement la langue sur les lèvres.

Ces lèvres… Existait-il une bouche qui appelât davantage les baisers ? Une vague de désir l'assaillit, et tout son corps se tendit. C'était tellement fort qu'il avait l'impression d'être un toxicomane en manque de sa drogue favorite. Le problème — il ne l'ignorait pas — c'était qu'il ne saurait se contenter d'un seul baiser pour être rassasié. D'ailleurs, parviendrait-il jamais à l'être ?

Cela faisait des années qu'il attendait ce moment. Le moment où elle viendrait à lui, avec dans le regard cette flamme ardente qu'il y voyait briller. Oui, dans ses yeux, il pouvait lire le même besoin que celui qui le taraudait, la même faim dévorante. Ce courant d'énergie sexuelle qui les englobait tous les deux dépassait tout ce qu'il avait connu. En fait, il était si intense qu'il en devenait presque palpable.

Bella plongea son regard dans le sien.

— Je veux savoir qui tu es *vraiment*, insista-t-elle. Je veux comprendre pourquoi tu es à ce point renfermé. Pourquoi tu rejettes tout le monde.

Il serra un peu plus fort les épaules de Bella.

— Pour l'instant, je ne te rejette pas, que je sache ? A vrai dire, j'ai même envie de te serrer d'un peu plus près.

Leurs corps se frôlèrent, et il fut parcouru par une onde de désir incandescent. Mu par un besoin impérieux, il attira Bella tout contre lui puis, lentement, il se pencha vers elle, vers cette bouche qu'il rêvait de caresser. Elle aurait eu tout le temps de s'écarter, si elle l'avait souhaité, mais elle n'en fit rien. Au lieu de cela, elle entrouvrit les lèvres, et il les caressa de la pointe de sa langue, par petits coups furtifs, comme s'il pouvait y goûter la saveur de plaisirs à venir. Instantanément, elle s'alanguit contre lui avec une plainte sourde. Il continua à butiner ses lèvres avec délicatesse, comme pour mieux la rendre folle d'impatience.

Ce fut Bella qui vint provoquer sa langue avec la sienne, donnant une nouvelle dimension à leur baiser. Elle noua ses mains sur sa nuque, et il sentit ses doigts fins se glisser dans l'épaisseur de ses cheveux, tandis qu'elle plaquait ses hanches aux siennes. Fiévreusement, il écrasa contre elle son sexe tellement rigide que cela en était presque douloureux. A ce contact, Bella ondula lascivement, et frotta son corps souple contre lui.

Alors, perdant tout contrôle, il dévora ses lèvres, comme un homme affamé se jette sur un mets succulent. Le nectar de la bouche de Bella lui procurait la plus délicieuse des ivresses, tandis que leurs langues s'entremêlaient follement.

Douce et ardente à la fois, Bella réagissait exactement comme il en avait rêvé. Et plus encore. Jamais, non, jamais il ne pourrait être rassasié de tant de douceur, tant de volupté. Dans un grisant mélange de timidité et de hardiesse, elle cédait à la pression de ses lèvres, des gémissements de plaisir lui échappaient au fur et à mesure que sa langue se faisait plus hardie. Répondant à chacune de ses caresses, les lèvres de Bella se faisaient plus exigeantes, plus impatientes.

Le parfum qui émanait d'elle avait quelque chose d'entêtant. Comme une irrésistible invitation à la sensualité. A tel point qu'il se sentit bientôt au bord du vertige.

Il noya ses mains dans la masse soyeuse de la chevelure de Bella. Il la sentit frissonner sous ses doigts et, elle ondula de nouveau contre lui, en un mouvement qui disait assez la puissance impérieuse de son désir. Le désir d'une femme pour un homme.

Oh ! il brûlait d'envie de se perdre en elle, de sentir son sexe se glisser en elle. C'était un besoin tellement intense, qu'un flot de lave semblait courir dans ses veines. Avait-il déjà désiré une femme avec une telle frénésie ? Plus rien ne comptait que cette soif inextinguible de la posséder, et tout son corps était tendu tel un arc bandé, vibrant contre elle.

Glissant sa main sous le corsage, il remonta jusqu'à la poitrine, et referma sa paume sur la rondeur parfaite d'un sein.

Cette nuit où Bella s'était offerte à ses caresses, en toute impudeur, c'était le contact de ses doigts délicats jouant sur son torse qui lui avait fait perdre les pédales, il ne l'avait pas oublié. Soudain il s'était embrasé — pareil à un buisson qu'enflamme une allumette — et il l'avait enlacée avec une ardeur proche de la fureur, pour lui montrer ce que c'était qu'un homme. Un vrai. Pas ces adolescents blafards dont elle aimait à s'entourer, telle la reine des abeilles suivie de ses bourdons.

Elle l'avait rendu fou, alors. Tout autant qu'elle le rendait fou aujourd'hui.

Il écarta son soutien-gorge, et s'inclina pour happer un téton dans sa bouche, décrivant de savantes arabesques sur le mamelon avec la pointe de sa langue. De la gorge de Bella montèrent des gémissements de plaisir, et elle se cramponna à lui.

Passant à l'autre sein, il en entreprit la lente exploration, promenant, tour à tour, ses lèvres puis sa langue sur le bouton durci, l'aréole rosée, et sous le sein, là où la peau de Bella était si douce.

Soudain, il sentit les doigts de Bella se refermer sur son sexe, à travers l'étoffe de son pantalon. A ce contact délicieux, il frissonna. C'était comme si tout le sang de son corps affluait dans son sexe. Comme s'il était redevenu un jeune garçon vivant sa première expérience sexuelle.

Sa bouche retrouva celle de Bella, tandis qu'il la plaquait contre la table. Il l'y hissa, et elle écarta les cuisses pour nouer ses jambes autour de sa taille, sans cesser de l'embrasser avec passion.

Les lèvres soudées à celles de Bella en un fougueux baiser, il appuya son sexe contre la fine dentelle de sa culotte. Perdu dans un tourbillon d'émotions, il ne pensait qu'à une chose : s'enfoncer en elle, et se laisser emporter vers ce paroxysme de jouissance qu'il ne tarderait pas à atteindre.

A tâtons, il écarta la barrière de dentelle pour glisser un doigt dans la chaude moiteur qui s'y dissimulait. Il entendit son sanglot de plaisir, et sentit Bella se contracter sous ses doigts. Galvanisé, il accentua ses caresses.

Ce fut alors que Bella s'écarta de lui d'un seul coup, le visage cramoisi, les yeux arrondis dans une expression d'horreur.

— Arrête ! s'écria-t-elle.

Perdu, il la dévisagea sans comprendre.

— Que j'arrête ?

Des deux mains appuyées sur son torse, elle le repoussa.

— Ecarte-toi ! ordonna-t-elle.

Interloqué, il recula, et la vit descendre de la table, puis tirer sur sa jupe pour la remettre en place.

Les épaules voûtées, les yeux baissés, elle lui lança :

— Tu n'avais pas le droit de faire cela.

— De faire quoi ? De t'embrasser ?

Le regard qu'elle posa sur lui vibrait de colère.

— Tu n'aurais pas dû me..., me toucher comme ça.

— Pourquoi ?

— Tu sais très bien pourquoi.

— Parce que tu te crois amoureuse d'un autre, c'est ça ?

Il vit son visage s'embraser de nouveau.

— Tu es allé trop loin. Tu le sais parfaitement.

— Ah bon ! Alors, je peux t'embrasser, mais cela doit rester au-dessus de la ceinture, si je comprends bien ?

Bella serra les lèvres si fort qu'elles en devinrent presque blanches.

— Je n'aurais pas dû me laisser embrasser, non plus. J'aurais dû résister davantage.

— Davantage ? Tu te moques de moi ! Tu t'es offerte à moi comme tu l'avais fait quand tu n'avais que seize ans.

— Je n'avais rien fait de tel ! J'avais juste voulu te montrer que je n'étais plus une gamine sans cervelle, comme tu avais toujours l'air de le croire.

— D'accord, Princesse, tu voulais que je te remarque. Eh bien, c'était réussi !

Les joues encore empourprées, Bella leva les yeux vers lui.

— Ne pourrions-nous pas oublier tout cela ? demanda-t-elle. Au fond, cela ne voulait pas dire grand-chose. C'était juste l'effet des hormones. Cela arrive aussi bien aux femmes qu'aux hommes, tu sais.

— On appelle ça la luxure.

Un froncement de sourcils traduisit l'agacement de Bella.

— Tu es vraiment obligé d'être aussi grossier ?

— Inutile d'enrober ça de belles paroles. On meurt d'envie de s'envoyer en l'air ensemble, Princesse. Le tout, c'est de savoir ce qu'on va faire.

— Rien ! On ne va rien faire, parce que c'est mal !

Un sourire sarcastique lui échappa. Qui croyait-elle tromper ?

— On n'est pas obligé de le dire à qui que ce soit.

Redressant la tête d'un air offusqué, Bella se dirigea vers la porte.

— Je vais me coucher, déclara-t-elle. Bonne nuit !

Alors c'était comme ça qu'elle voulait jouer ? A l'instant où elle allait quitter la cuisine, il lui lança :

— Si tu n'arrives pas à t'endormir, tu sais où me trouver. Je me ferai un plaisir de te rendre service.

Bella tourna vers lui un regard glacial, et sortit sans un mot.

Encore tremblante, Bella referma la porte de sa chambre et s'y appuya. Pourquoi diable cette porte n'avait-elle pas de clé pour la verrouiller ? Non qu'elle redoutât une incursion d'Eduardo. C'était plutôt d'elle-même dont elle se méfiait, en vérité.

Comment avait-elle pu être assez stupide pour le laisser approcher d'elle ? Le mot « danger » était pratiquement tatoué sur lui !

Il avait suffi qu'il l'effleure de ses lèvres, pour affoler tous ses sens. Comme si elle ne savait pas, de toute éternité, qu'elle était incapable de contrôler les émotions qu'il lui inspirait ! Il lui faisait perdre tout son sang-froid. Oublier ses principes et ses résolutions morales…

Oui, elle le désirait. Elle l'avait toujours désiré.

Même dans le refuge de sa chambre, elle sentait encore

son sang bouillonner dans ses veines. Les yeux fermés, elle sentait encore la délicieuse sensation de ses longs doigts s'insinuant, en toute impudence, en elle.

Dire qu'il n'avait utilisé que ses doigts ! Qu'en serait-il si… ?

*Non !*

Elle se contraignit à reprendre les rênes de son imagination. Elle refusait de se livrer à ce genre de pensée.

Eduardo lui était interdit, pour de multiples raisons.

Oubliait-elle qu'ils étaient ennemis ? Tout ce qu'il cherchait, c'était à l'épingler à son tableau de chasse, pour ensuite se moquer d'elle.

Cet homme n'avait pas de cœur. Qu'éprouvait-il pour elle, hormis un besoin physique d'assouvir ses pulsions érotiques ? Rien, si ce n'était la plus profonde antipathie !

Peut-être une douche l'aiderait-elle à apaiser les fourmillements qui continuaient à l'assaillir ? Malheureusement, ce fut pire. Le ruissellement de l'eau sur son corps, sur sa peau qu'Eduardo avait caressée, ne fit qu'exacerber les sensations et le désir qu'il avait éveillé en elle. C'était comme si chaque centimètre carré de sa peau était devenu hypersensible.

Elle s'enroula dans une serviette et regagna sa chambre. Que faire ? Trouver le sommeil ? Il ne fallait même pas y songer.

A peine avait-elle jeté un regard sur le lit, que l'image d'Eduardo s'imprima sur sa rétine. Elle visualisa son corps nu, mince et musclé, allongé sur le lit… Son sexe en érection…

Avec un juron étouffé, elle se détourna pour regarder par la fenêtre. La pleine lune inondait d'argent les champs et les collines. En gémissant, elle appuya son front contre la fraîcheur de la vitre, et ferma les yeux.

Elle les rouvrit, en entendant le bruit d'une porte que l'on fermait. C'était Eduardo qui sortait Fergus. Le chien s'enfonça dans les buissons, tandis qu'il l'attendait près d'un parterre.

Subjuguée, elle contempla ses traits parfaits qui se découpaient dans la clarté de la lune. On eût dit quelque chevalier sorti des ténèbres, quelque guerrier se livrant à une lutte silencieuse contre lui-même. Les mains enfoncées dans les poches de son pantalon, il avait l'air tendu. Le visage fermé, ses larges épaules rejetées en arrière, le dos raide, il était l'image même de la détermination. De profonds sillons marquaient son front, signes d'une profonde concentration.

Soudain, comme s'il avait senti son regard sur lui, il se tourna vers elle, et son regard plongea dans le sien.

Elle eut l'impression de recevoir un coup de poing en pleine poitrine. Le souffle court, la bouche sèche, elle sentit son cœur s'emballer tel un cheval fou.

Les yeux levés vers elle, Eduardo lisait en elle comme à livre ouvert, elle en était sûre.

Les mains plaquées sur sa poitrine, elle fit un bond en arrière et tâcha d'apaiser les battements affolés de son cœur.

Avait-elle perdu la tête ?

On aurait cru une adolescente à sa première amourette. N'était-elle pas une adulte, raisonnable, sur le point d'épouser l'homme qu'elle aimait et admirait ? Pourquoi était-elle à ce point troublée par celui qui ne lui inspirait que de l'aversion ?

C'était choquant et immoral !

Pourtant, la tentation était si forte…

— Non, non, non…, gémit-elle.

Soudain, l'escalier grinça sous le pas ferme d'Eduardo. Un instant, elle sentit son cœur suspendre ses battements. Avait-il décidé de venir la rejoindre ? Retenant sa respiration, toutes ses terminaisons nerveuses en alerte, immobile, elle l'entendit se rapprocher. Les derniers vestiges de son sang-froid volèrent en éclats. Puis, le bruit de ses pas décru dans le couloir et un silence sépulcral tomba sur la vieille bâtisse.

# Chapitre 6

Bella ne sut pas ce qui l'avait tirée du sommeil. Elle n'avait pas eu conscience de s'endormir. Pourtant, lorsqu'elle ouvrit les yeux, le réveil de sa table de nuit marquait presque 4 heures du matin. Elle repoussa les couvertures, et s'assit sur le lit, tendant l'oreille dans le silence de mort qui régnait sur le manoir.

Pendant quelques secondes, elle n'entendit pas le moindre bruit. Puis une plainte sourde lui parvint, lui donnant la chair de poule.

C'était stupide ! Haverton Manor n'était pas hanté, autant aller voir ce qui se passait.

Elle s'engagea à pas feutrés le long du couloir. Un rai de lumière filtrait sous la porte d'Eduardo. Elle fut tentée de faire demi-tour, mais un nouveau gémissement se fit entendre. Oui, il provenait indiscutablement de la chambre d'Eduardo. Oubliant toutes ses réticences, elle toqua discrètement tout en collant son oreille à la porte.

— Eduardo ? murmura-t-elle. Tout va bien ?

Elle perçut un froissement de draps que l'on repousse.

— Retourne te coucher, lança-t-il d'une voix qui n'avait pas les accents impérieux qu'elle lui connaissait habituellement.

Sans plus réfléchir, elle tourna la poignée et s'avança. Dans le désordre des draps froissés, Eduardo lui apparut, pâle comme un linge.

— Tu ne te sens pas bien ? demanda-t-elle.

Il ouvrit lentement les yeux, et répéta son injonction, assortie cette fois d'un juron.

Incapable d'obéir, elle vint s'asseoir au bord du lit, tout contre sa cuisse.

— C'est la migraine ? interrogea-t-elle. Tu veux que j'appelle le médecin de garde ?

— Pas la peine ! Je n'ai pas non plus besoin d'une infirmière, si tu veux le savoir.

— Il n'est pas question que je te laisse seul, répondit-elle. Tu pourrais faire une chute et te blesser…

Sans lui laisser le temps de terminer sa phrase, Eduardo la poussa de côté et se précipita en chancelant vers la salle de bains. Il avait manifestement de violentes nausées.

Elle le rejoignit dans la salle de bains, et prit un gant de toilette qu'elle humecta d'eau fraîche.

— Tu n'abandonnes pas facilement, maugréa-t-il d'une voix faible.

— Je choisis mes combats, répliqua-t-elle en lui tendant le gant.

— Merci. Je suppose que ça ne te déplaît pas de me voir malade.

Interloquée, elle le dévisagea.

— Quel plaisir pourrais-je prendre à voir souffrir quelqu'un ? Même toi.

— Il y a des gens pour lesquels c'est un spectacle très distrayant.

A cette idée, un frisson la parcourut.

— J'espère ne jamais leur ressembler.

Eduardo s'était relevé, et il fixa sur elle un regard lointain, comme s'il ne la voyait pas. Un regard étrangement voilé. Puis il lui tourna le dos, et regagna la chambre d'un pas mal assuré.

Elle le rattrapa et passa un bras autour de sa taille.

— Laisse-moi t'aider, dit-elle.

Lorsqu'il se fut allongé, elle tâcha de remettre un peu d'ordre entre les draps.

— Si tu racontes ça à qui que ce soit, dit-il les yeux fermés, je serai obligé de me débarrasser de toi.

Cette bravade lui arracha un sourire. D'un geste instinctif, elle lui caressa la main.

— Il faudrait d'abord que tu m'attrapes, dit-elle.

Sans lever les paupières, il laissa échapper un petit grognement amusé.

— Ce ne sera pas bien difficile, murmura-t-il avant de s'endormir presque instantanément.

Un rayon de soleil jouant sur son visage réveilla Bella. Elle s'étira, et son pied rencontra un mollet musclé. Horrifiée, elle ouvrit grand les yeux. Seigneur ! Elle dormait tout contre Eduardo, leurs jambes entremêlées.

Elle partageait le même lit qu'Eduardo Silveri !

Que s'était-il passé ? Avaient-ils fait l'amour ?

Non, son pyjama était encore boutonné de haut en bas. A n'en pas douter, elle s'était endormie tout de suite après Eduardo, et elle avait dû venir se lover contre lui, sans s'en rendre compte. A moins que ce ne soit lui, qui l'ait attirée dans ses bras. Mais alors, pourquoi ne s'était-elle pas réveillée ?

Tout ce qu'il lui restait à faire, c'était se glisser doucement hors du lit, en espérant qu'il ne se réveille pas.

Par malheur, à peine était-elle arrivée à cette conclusion, qu'Eduardo se tourna vers elle et ouvrit les yeux.

— Alors, tu as dormi avec moi, dit-il.

— Pas du tout ! Je n'ai pas dormi.

Il lui adressa un sourire d'une telle douceur, qu'elle sentit son cœur se serrer, comme si une petite main venait tirer des fils invisibles dans sa poitrine.

— Oh ! que si ! Tu as même ronflé.

— Je ne ronfle pas !

Eduardo tendit la main vers elle et enroula une mèche de ses cheveux autour de son doigt.

— Bon, d'accord. En fait, tu renifles en dormant.

— Ce n'est guère mieux.

— Viens plus près, ordonna-t-il en rivant son regard brûlant au sien.

La poitrine compressée, elle laissa échapper un soupir étranglé.

— Ne fais pas cela, Eduardo, dit-elle comme il la tirait tout doucement par la mèche de cheveux enroulée à son doigt.

Comme s'il obéissait à l'injonction qu'il lisait dans ses yeux, plutôt qu'aux paroles qui tombaient de ses lèvres, il ne tint aucun compte de sa mise en garde.

— Tu as envie de moi, déclara-t-il. Sinon, pourquoi serais-tu venue dans mes bras cette nuit ? Je ne sais pas ce qui m'a retenu de te faire l'amour à ce moment-là.

— Je vais me fiancer à un autre.

Etait-ce à lui, ou bien pour elle-même qu'elle avait prononcé cette phrase ? Elle n'aurait su le dire.

— Qu'est-ce qui t'empêche de changer d'avis ?

Incapable de détacher les yeux des lèvres d'Eduardo, elle sentit son estomac se nouer au souvenir des baisers qu'ils avaient échangés. Elle s'obligea à le regarder sans ciller.

— Il n'en est pas question, protesta-t-elle. Je ne le veux pas.

De nouveau, il étira sa mèche de cheveux. C'était à la fois douloureux et agréable. Mais n'était-ce pas à l'image de ce qu'elle ressentait pour lui ? Ce mélange troublant d'émotions qu'elle se refusait à analyser. Eduardo était l'être le plus insupportable qu'elle ait jamais rencontré et en même temps elle n'avait jamais autant désiré un homme.

Comme s'il lisait en elle, Eduardo rapprocha sa bouche de la sienne, mais il s'arrêta juste avant qu'elles ne se joignent.

— Cela ne me serait pas très difficile de te faire craquer, insista-t-il. Il me suffirait d'un petit baiser.

Elle posa un doigt en travers des lèvres d'Eduardo pour le faire taire. Au contact de sa barbe naissante une flèche de désir la transperça.

— C'est impossible, murmura-t-elle.

Sans cesser de la fixer de son regard perçant, Eduardo prit son doigt dans la bouche. Il entreprit de le mordiller délicatement, déclenchant aussitôt une tempête de sensations dans son corps affamé. C'était comme si un aimant l'attirait irrésistiblement, et elle se plaqua contre lui. Sentir l'intensité du désir d'Eduardo contre son ventre mit le feu à son esprit. Elle brûlait d'envie de caresser son sexe, de le prendre dans sa bouche…

Instinctivement, elle tendit la main vers lui. Heureusement, elle suspendit son geste à temps, horrifiée par sa propre hardiesse.

— Lâche-moi, ordonna-t-elle en essayant de dénouer les cheveux toujours pris à son doigt.

Dans le regard d'Eduardo, elle lut une frustration qui faisait écho à la sienne. Cependant il lui obéit et l'aida à se détacher.

Plus rien ne les reliait désormais, hormis ce désir lancinant qui semblait les englober tous deux dans une bulle.

Eduardo se leva, et commença à retirer le T-shirt dont il était vêtu.

— Qu'est-ce que tu fais ? s'exclama-t-elle en s'asseyant sur le lit.

— Je vais me doucher, répondit-il en faisant glisser son boxer le long de ses jambes.

Fascinée par la puissance de son érection, elle déglutit

péniblement. Dans un effort surhumain, elle parvint à fermer les yeux.

— Pour l'amour du ciel, es-tu vraiment obligé de t'exhiber devant moi, comme un paon qui fait la roue ?

Il eut un rire moqueur.

— Et toi de te comporter comme une vierge effarouchée ?

Une vierge effarouchée. Oui, c'était exactement ainsi qu'elle se sentait devant lui..., songea Bella. Il était manifeste qu'il avait nettement plus d'expérience qu'elle, en matière de relations sexuelles. Et puis, il suffisait qu'il plonge son regard bleu-vert dans le sien pour que se déclenchent en elle tous les signaux d'alarme.

Elle attendit d'entendre se refermer la porte de la salle de bains pour rouvrir les yeux. Alors seulement, elle quitta le lit d'Eduardo en toute hâte, et courut s'enfermer dans sa chambre pour résister à la tentation de le rejoindre sous la douche.

Malgré le froid mordant, Eduardo travailla dehors l'essentiel de la journée. Le désir qu'il éprouvait pour Bella le taraudait, comme une douleur lancinante. Le seul fait de l'avoir eue dans son lit, la nuit précédente, avait été un véritable supplice. Que n'aurait-il donné pour s'allonger sur ce corps divin, pour s'enfoncer profondément en elle et la faire sienne ! Dire qu'au lieu de ça, il avait dû passer la nuit à la repousser alors qu'elle ne cessait de venir se pelotonner contre lui, laissant ses mains fines errer sur son torse, tandis que son souffle léger lui effleurait le cou. Comme il avait lutté pour ne pas arracher ce pyjama ridicule, et embrasser chaque parcelle de son corps ! Il n'avait qu'une envie : lui prodiguer les caresses les plus intimes et les plus troublantes qu'elle n'ait jamais reçues, promener sa langue sur ses seins magnifiques, sur ses ravissants mamelons, glisser les doigts dans sa chaude moiteur, avoir dans sa bouche le goût salé de sa fleur secrète.

Au lieu de quoi, il avait obstinément fixé les reflets de la lune au plafond, et s'était contenté de passer les mains dans sa chevelure de soie, pendant qu'elle dormait profondément.

Jamais il ne passait la nuit entière avec une femme. C'était une règle à laquelle il se contraignait à ne pas déroger. A cause de ces maudits cauchemars qui troublaient régulièrement son sommeil, il craignait toujours de blesser ses compagnes. Ces scènes où il revivait les horreurs de son enfance étaient d'une telle violence qu'il ne maîtrisait plus aucune de ses réactions.

Et puis, il haïssait ces moments où son corps le trahissait… Comme lorsqu'il avait l'une de ses épouvantables migraines. Hors de question d'imposer cette vision à une femme ! Bien sûr, c'était moins fréquent qu'autrefois. A vrai dire, celle de la nuit passée avait été la pire depuis fort longtemps. Les médecins ne lui avaient pas caché que le stress était un facteur déclenchant. Aucun doute que Bella et sa curiosité à l'égard de son enfance ne soit une source de stress… Il ne pouvait que trop imaginer le choc et le dégoût qu'elle éprouverait en découvrant la vérité sur son passé. Parviendrait-il jamais à dépasser le sentiment de souillure qu'il traînait depuis ? Il en doutait. N'avait-il pas parfois souhaité mourir plutôt que de continuer à en endurer les souffrances ?

Alors, comment Bella aurait-elle compris cette rage furieuse qui l'habitait, elle qui n'avait jamais eu à lutter pour survivre ? Qu'aujourd'hui encore il n'avait pas vaincu tous ses démons ? Des démons qui le tourmentaient le jour, et le torturaient la nuit…

Bella ne revit Eduardo qu'à la fin de l'après-midi. Elle revenait d'une promenade autour du lac, quand elle le vit juché sur une échelle. Il était occupé à réparer un des volets du premier étage. Elle se préparait à passer sans lui prêter attention, lorsque l'échelle trembla, il rétablit son équilibre en prenant appui sur le mur. A l'idée qu'il aurait pu venir s'écraser sur le sol gelé, elle sentit son estomac se nouer.

— Est-ce que tu as besoin que je tienne l'échelle ? demanda-t-elle.

Eduardo ne lui jeta qu'un bref regard.

— Si tu veux.

Les yeux levés vers lui, tandis qu'il rabotait le montant du volet, elle ne put détourner les yeux de sa musculature virile pendant toute la durée de l'opération. Malgré elle, les souvenirs de la nuit passée revinrent la hanter. Inutile de se le cacher : le feu du désir couvait encore en elle, quand bien même elle avait essayé d'en ignorer la morsure toute la journée.

L'échelle se remit à trembler lorsque Eduardo descendit. Elle s'y appuya de tout son poids, ne s'écartant qu'au moment où il allait toucher le sol.

— Tu devrais être plus prudent, dit-elle. Un peu plus et tu te rompais le cou.

— Cela t'arrangerait bien ! Tu récupérerais le manoir. C'est bien ce que tu veux ?

— C'est chez moi ici ! Des générations de Haverton y ont grandi, et je ne vois pas pourquoi il n'en serait pas de même pour mes enfants. Mon père aurait au moins pu nous le laisser à tous les deux.

— Parce que tu aimerais y vivre avec moi ?

— Certainement pas ! Toi non plus, je suppose.

— Ah, cela pourrait s'avérer distrayant…

Elle lui jeta son regard le plus dédaigneux.

— Ne compte pas sur moi, à l'avenir, pour venir te

secourir si tu es malade, déclara-t-elle. Et je ne me laisserai pas piéger une nouvelle fois dans ton lit comme ce matin.

— Piéger ? Tu y es venue sans mon aide, que je sache. Et, si tu veux mon avis, il ne se passera pas longtemps avant que tu n'y reviennes.

Le sourire suffisant qui jouait sur les lèvres d'Eduardo acheva de la mettre hors d'elle.

— Arrête de te faire des films ! s'exclama-t-elle. Je te déteste depuis toujours.

— Je sais. C'est peut-être pour ça qu'il y a une telle alchimie sexuelle entre nous. Je meurs d'impatience à l'idée de te faire jouir. Je suis prêt à parier que ça va être un vrai feu d'artifice.

Les joues en feu, elle serra les poings.

— Il est hors de question que je couche avec toi ! martela-t-elle.

Le regard nonchalant qu'Eduardo promena sur elle était une caresse d'une telle sensualité, qu'elle sentit sa poitrine durcir. Un long frisson glissa le long de son dos.

— Pourtant, c'est ce qui va arriver, dit-il. Tu peux déjà le sentir en toi, n'est-ce pas ?

— Je ne sens rien du tout !

Il s'approcha jusqu'à la toucher. La plate-bande, derrière elle, l'empêchait de reculer davantage. Le souffle court, l'air lui manqua lorsque Eduardo laissa glisser lentement son index le long de son cou, là où la peau est le plus sensible. Ce contact ensorcelant mit toutes ses terminaisons nerveuses sur le qui-vive.

— Et ça ? interrogea-t-il. Tu le sens bien, pas vrai ?

Son regard aigue-marine la transperça, et une houle d'émotions déferla en elle.

— Je t'interdis de me toucher, dit-elle d'une voix bien trop haletante à son goût.

— Pourtant, c'est ce que réclament tes yeux, chaque fois que tu me regardes comme cela.

Les doigts d'Eduardo s'aventurèrent à la lisière de son corsage, et elle sentit son cœur s'affoler. Fermant les yeux, elle chercha désespérément en elle la force de lui résister.

— Je ne sais pas de quoi tu parles, protesta-t-elle d'une voix rauque.

Lorsqu'il avança le bassin, et que leurs cuisses se frôlèrent, ce fut comme si une onde de chaleur parcourait tout son corps. Sous le carcan de son soutien-gorge, ses seins se gonflèrent presque à lui faire mal. Eduardo était si proche qu'elle était enveloppée des effluves citronnés de son parfum, mêlés aux senteurs plus mâles de transpiration que dégageait sa peau. Quand il reprit ses caresses le long de son cou, cette fois en se servant de ses lèvres, ce fut comme si tous les petits cheveux sur sa nuque se dressaient l'un après l'autre. Il lui mordilla le lobe, et une bouffée d'excitation la submergea.

Un petit gémissement monta de sa gorge, mélange d'irritation et d'assentiment.

— Je n'ai pas envie de toi, dit-elle. Je te déteste.

— Je sais, répéta Eduardo tout contre sa bouche.

Lorsqu'il aspira sa lèvre inférieure pour la sucer délicatement, elle crut que ses jambes allaient se dérober.

Enserrant de ses mains la tête d'Eduardo, elle prit sa bouche avec avidité. L'ardeur du baiser qu'ils échangèrent mit le comble à son excitation, et elle fut emportée dans un tourbillon vertigineux. Avec passion, elle se serra contre lui. Jamais elle n'aurait cru pouvoir être en proie à cette faim sauvage, qui faisait naître une sensation presque douloureuse au centre le plus secret de sa féminité.

Sans cesser de l'embrasser, Eduardo l'agrippa par les hanches et se plaqua contre elle. Tout contre son ventre, la chaleur du sexe en érection la marquait comme un fer incandescent. Tous ses sens semblaient électrisés.

Avec une urgence fébrile, il se mit à arracher ses vêtements. En un rien de temps, il fit passer son pull-over par-dessus sa tête et défit l'agrafe de son soutien-gorge. Aussitôt, un souffle d'air glacé vint jouer sur sa peau, mais ce fut le contact impérieux des paumes d'Eduardo sur ses seins qui la fit frissonner davantage. Une onde brûlante se propagea à travers ses veines lorsqu'il les captura l'un après l'autre entre ses lèvres. Fermant les yeux, elle se livra sans retenue au délice d'éprouver contre sa peau si sensible la rudesse d'une barbe naissante.

Fébrilement, elle le libéra du carcan de son jean. Il eut un grognement de satisfaction, lorsqu'elle aventura ses doigts dans son caleçon. Lorsque, enfin, la douceur soyeuse du sexe d'Eduardo emplit sa main, un long frisson la traversa. Oh ! elle avait tellement envie, non, *besoin*, de le sentir en elle !

Jamais auparavant elle n'avait été à ce point submergée de cette envie physique, ardente et incontrôlable. Toutes les expériences qu'elle avait vécues jusque-là lui semblaient fades en comparaison. Non, aucun homme ne lui avait fait vivre une telle euphorie de tous ses sens.

D'une main, Eduardo lui releva la jupe et descendit ses collants et son slip jusqu'aux genoux. Leurs bouches étaient comme aimantées, et leurs langues s'affrontaient en un combat furieux. De ses doigts fins, il écarta le fin tissu de sa culotte et explora délicatement son intimité. En un lent va-et-vient il caressa son clitoris. Puis, il accéléra peu à peu le mouvement, jusqu'à ce qu'elle sente monter en elle des vagues successives de plaisir.

Un frisson d'une violence inouïe la secoua en même temps qu'un cri de plaisir lui échappait. Elle s'effondra contre lui, bouleversée qu'il ait su la mener au paroxysme de la jouissance.

*Bouleversée, et honteuse.*

Comment avait-elle pu perdre la tête à ce point. Elle se

raidit, le repoussa violemment, et remonta en toute hâte ses collants.

Tout en rajustant ses vêtements en désordre, elle le fusilla du regard.

— Tu es content de toi ? Tu m'as traitée comme une fille facile pour bien prouver que je suis incapable de te résister, c'est cela ?

Une moue ironique se peignit sur son visage.

— Je ne m'étais pas trompé, en tout cas. Tu as décollé comme une fusée !

Hors d'elle, elle lui assena une gifle retentissante. Un sourire narquois sur les lèvres, il ne cilla même pas.

— Tu n'es qu'un monstre ! protesta-t-elle.

Un instant, elle eut peur qu'il ne lui rende sa gifle. Le visage d'Eduardo avait la rigidité d'un masque de pierre, et il serrait les poings à en faire blanchir les jointures.

— C'est vraiment ainsi que tu me vois ? dit-il en laissant échapper un long soupir.

Honteuse, elle humecta ses lèvres aussi sèches que du parchemin.

— Pardonne-moi..., lâcha-t-elle. Je n'aurais pas dû te gifler...

Eduardo prit l'échelle sous son bras, et fit demi-tour.

— J'accepte tes excuses, lança-t-il avant de disparaître à l'angle du manoir.

# *Chapitre 7*

Assis à son bureau d'acajou, Eduardo fixait sans les voir les chiffres alignés sur l'écran de l'ordinateur. D'habitude, le travail était le remède à tous ses maux. Pourtant, cette fois, il était incapable de se concentrer.

Le souvenir de Bella alanguie entre ses bras, le faisait vibrer d'un désir aussi ardent que si les braises d'un foyer mal éteint continuaient à se consumer en lui. Il suffirait d'un regard pour en attiser les flammes, il le savait.

Certes, il l'avait obligée à affronter la vérité, mais à quel prix ? Au souvenir de la crainte qu'il avait lue dans son regard, son estomac se serra. N'était-ce pas la même frayeur qu'il avait vue autrefois dans les yeux de sa mère, lorsqu'elle redoutait de voir s'abattre sur elle les coups de son ivrogne de beau-père ?

Repoussant sa chaise d'un geste brusque, il se leva pour aller se planter devant la fenêtre. La météo annonçait d'abondantes chutes de neige. A l'horizon, les nuages s'amoncelaient, aussi sombres que l'était son humeur.

Son regard se posa sur Fergus qui, d'un pas lent, abandonnait le tapis sur lequel il était allongé, et se dirigeait péniblement vers la porte. Le pauvre méritait bien d'aller prendre l'air ! A l'instant où il lui ouvrit la porte, Bella passa devant le bureau. D'un bond, elle recula, portant une main à sa gorge laiteuse.

— Tu m'as fait peur, dit-elle.

— On dirait que cela devient une habitude chez moi.

Bella baissa les yeux, l'air gêné.

— Je sais que…, que tu n'es pas… comme ça, bredouilla-t-elle.

— Dois-je comprendre que tu te sens malgré tout en sécurité avec moi ?

Nerveusement, comme si elle ne savait que répondre, elle mordilla sa lèvre inférieure.

— Bien sûr…, répondit-elle enfin.

— Tu ne m'as pas l'air d'en être vraiment certaine.

— Je sais que tu ne me ferais jamais de mal. Physiquement, je veux dire. Mais…, ce qu'il se passe entre nous… Il faut que ça cesse. C'est trop compliqué.

Malgré lui, un petit rire ironique lui échappa.

— C'est ton père qui a rendu notre relation bien compliquée en faisant de moi ton tuteur, dit-il.

Le regard de Bella se fit suppliant.

— Pourquoi ne pas mettre fin à cette tutelle ? demanda-t-elle. Nous serions débarrassés tous les deux.

— Pas question, Princesse ! J'ai promis de veiller sur toi et ta fortune. Ne compte pas sur moi pour te laisser te jeter dans les bras de quelque gigolo qui dilapidera en un rien de temps tout ce que ton père a amassé au prix de tant d'efforts.

— Je ne suis pas aussi naïve que tu as l'air de le croire !

— Peut-être, mais tu es bien trop confiante. Et tu as tellement besoin de l'approbation des autres que tu es prête à te laisser exploiter pour gagner ce que tu crois être l'amitié de ceux qui ne sont que de véritables sangsues.

— Tu ne sais rien de mes amis ! Aucun n'a jamais cherché à m'exploiter, comme tu le dis.

— Ah oui ? Et qu'en est-il des filles qui partagent ton

somptueux appartement de Londres ? Elles te versent un loyer ? Tu ne te rends même pas compte qu'elles t'utilisent.

— Je n'ai que faire de tes opinions ! Je n'ai pas besoin de toi pour savoir comment gérer ma vie.

— C'est là que tu te trompes, Princesse. Que cela te plaise ou non, tu m'as encore sur le dos pour toute une année.

Bella roula des yeux d'un air excédé.

— Une fois que j'aurai épousé Julian, tu seras bien obligé de me laisser tranquille.

— N'espère pas que cela arrive tant que j'aurai mon mot à dire.

Bella serra les poings et darda sur lui un regard courroucé.

— Est-ce pour cela que tu t'obstines à vouloir me mettre dans ton lit ? demanda-t-elle.

Impassible, Eduardo la dévisagea longuement, avant de demander :

— Est-ce que tu as l'intention d'avouer à ton fiancé si bien-pensant que tu as eu un orgasme dans mes bras ?

Les joues de Bella s'embrasèrent.

— Ce n'est même pas vrai !

— De toute façon, tu n'auras pas besoin de le lui dire. Il suffit de te regarder pour le savoir. Cela m'étonnerait que tu parviennes à le lui cacher. Surtout, si nous nous trouvons en présence l'un de l'autre devant lui.

— Je ne vois pas à quelle occasion tu le rencontrerais.

— Tu ne m'inviteras pas à la noce ?

— Ne me dis pas que tu viendrais. Je me trompe ?

Pendant quelques secondes, Eduardo fit mine de réfléchir à la question. Il avait bien souvent imaginé le jour où il verrait Bella descendre la nef d'une église au bras d'un inconnu. A n'en pas douter, elle ferait une mariée ravissante. Cependant, c'était un spectacle dont il se dispenserait volontiers.

— Ce genre de cérémonie n'est pas vraiment ma tasse de thé, finit-il par répondre. De toute façon, la plupart des mariages ne sont-ils pas voués à l'échec ? Les gens confondent trop souvent l'amour et le désir. Ce dernier s'émousse inévitablement. Seul l'amour véritable croit et s'épanouit, si les conditions s'y prêtent.

— Je ne te savais pas aussi sentimental !

— Ce n'est pas parce que je ne l'ai jamais éprouvé, que je ne crois pas à l'existence de l'amour. Je n'ignore pas que certains le connaissent.

— Malgré tout, tu me juges incapable d'être amoureuse. C'est cela ?

— Ce que je pense, c'est que tu as désespérément besoin d'être aimée. Cela peut se comprendre, dans la mesure où tu n'as plus ton père, et où ta mère est bien trop égoïste pour te donner l'affection que tu recherches.

Bella mordilla une nouvelle fois sa lèvre inférieure. Il aurait juré qu'elle n'en était pas consciente…

— A t'entendre, je suis une vraie héroïne de tragédie !

Un moment, il la contempla en silence. Elle était si belle ! Farouche et fragile à la fois…

— Ne va pas gâcher ta vie avec quelqu'un qui ne t'aime pas réellement, Bella, dit-il.

— Julian m'aime *réellement*. C'est le premier homme que je rencontre qui ne me met pas la pression pour que nous couchions ensemble. Il me respecte.

— Cet homme est un saint. Je n'arrive pas à être dans la même pièce que toi sans avoir envie d'arracher tous tes vêtements.

— Tu ne devrais pas dire des choses pareilles !

Comme mû par une force supérieure, il s'approcha lentement de Bella. Passant l'index sous son menton, il lui releva la tête pour rencontrer son regard.

— De quoi as-tu tellement peur ? demanda-t-il. Du pouvoir que j'ai sur toi ?

— Tu dis n'importe quoi !

Du bout de l'index, il lui caressa la lèvre.

— Ah bon ?

Il sentit Bella tressaillir sous ses doigts, puis elle s'écarta, lui jetant un regard ulcéré.

— Tout ce que tu cherches à faire, c'est à détruire ma vie, protesta-t-elle entre ses dents serrées. Tu as toujours été jaloux de moi, parce que j'avais tout et que tu n'avais rien. Alors tu imagines qu'en me rabaissant à ton niveau tu seras vengé. Mais nous ne serons jamais à égalité, Eduardo Silveri ! Tu resteras toute ta vie un laissé-pour-compte. Un parvenu !

Un silence de mort tomba entre eux.

— Tu te sens mieux, maintenant que tu as vidé ton sac ? demanda-t-il après quelques secondes.

Bella releva le menton d'un air de défi.

— Je pars, dit-elle. Il n'est pas question que je reste ici une minute de plus.

— Je te souhaite bonne chance. Cela fait une heure que nous sommes en pleine tempête de neige. Tu risques de ne même pas atteindre la route.

— C'est ce que nous verrons.

Sur ces mots, Bella s'éloigna d'une démarche altière.

— Bon sang !

Bella frappa le volant du plat de la main. Il s'en était fallu de peu qu'elle ne donne tort à Eduardo. En dépit de ses mises en garde, elle était parvenue jusqu'à la route principale. Mais elle n'était pas allée bien loin. Dans un dérapage qu'elle n'avait pu contrôler, sa voiture était allée s'encastrer dans une congère. La neige bloquait la route à perte de vue, et elle était trop loin du manoir pour s'essayer à y retourner à pied.

Grelottante, elle tenta d'appréhender la situation calmement.

Quelle solution lui restait-il ? Appeler les services de secours ? Ils mettraient des heures avant de venir la dépanner. Non, elle n'avait pas le choix…

Fourrageant dans son sac, elle en extirpa son téléphone portable et, avec un grand soupir, composa le numéro d'Eduardo.

— J'imagine qu'il faut que je vienne te chercher, lança-t-il sans préambule.

Agacée, elle tenta de garder sa voix la plus polie.

— Si ce n'est pas trop te demander.

— Reste dans la voiture.

— Je ne vois pas comment j'en sortirais !

Elle venait tout juste de raccrocher, quand son téléphone sonna. D'un coup d'œil, elle vit que c'était sa mère. Que pouvait-elle vouloir ? Certainement lui soutirer de l'argent, comme toujours.

— Maman ? Qu'est-ce qui t'arrive ?

— Ah, Bella ! Il faut que je te parle. J'ai décidé de quitter José. Mais, du coup, j'aurais besoin de quelques milliers de livres. Je suis à Londres en ce moment. Nous pourrions peut-être nous voir ?

— C'est que moi, je suis à la campagne.

— Ah bon ? Où ça ?

Bella soupira. A quoi bon dissimuler la vérité à sa mère ? Après tout, qui sait si se confier un peu à elle n'aiderait pas à améliorer leur relation ? Et puis, elle se sentait tellement seule…

— Je suis à Haverton Manor.

— Quoi ? Avec ce… *Silveri* ?

— Pas vraiment *avec* lui. En fait, on se croise à peine. Il…

— Quand je pense que ton père a fait la folie de mettre tes affaires entre ses mains ! Si ça se trouve, il est en train de te dépouiller de tous tes biens. Je te rappelle que si Godfrey ne l'avait pas sorti du ruisseau, il aurait probablement fini en prison.

— Maman ! Eduardo fait fructifier ma fortune comme personne avant lui. De plus, on ne peut pas juger les gens en fonction de leurs origines. D'ailleurs, il a merveilleusement réussi si l'on tient compte du fait qu'il était orphelin à cinq ans.

— Seigneur ! Mais c'est que tu prends sa défense ! Dois-je comprendre que tu as fini par tomber amoureuse de lui, comme l'espérait ton père ?

— Quoi ?

— Il ne faut pas être grand clerc pour deviner que c'était ce qu'il avait en tête. Sinon, pourquoi aurait-il rédigé son testament comme il l'a fait ? Je suppose qu'il pensait qu'Eduardo et toi finiriez par tomber dans les bras l'un de l'autre, à force d'être obligés de continuer à vous fréquenter.

— C'est n'importe quoi ! Je ne serai jamais amoureuse d'Eduardo !

— Ce serait la cerise sur le gâteau pour un type comme lui. Le couronnement de son ascension sociale. Quelle victoire que d'avoir une épouse bien née, qui lui donnerait des héritiers en mêlant un peu de sang bleu à son sang de voyou !

Malgré elle, s'imaginer portant les enfants d'Eduardo fit naître une curieuse sensation au creux de son ventre. Elle mit les mains sur son corps, comme pour en soulager la tension.

— Il faut que j'y aille, maman, dit-elle enfin. Je t'enverrai un peu d'argent dès que possible. Pour l'instant, je suis occupée.

D'un geste brusque, elle raccrocha. Rares étaient les moments où sa mère se souvenait avoir une fille, pourquoi fallait-il toujours que ce soit quand elle avait besoin d'argent ?

Eduardo trouva la voiture de Bella dans un fossé à quelques centaines de mètres à peine du portail du manoir. Lorsqu'il descendit de son tracteur, elle abaissa la vitre.

— Evite de gaspiller ta salive, lui lança-t-elle d'une voix sèche. Je sais, tu avais raison !

— Tu ne fais pas les choses à moitié, dis donc ! Reste au volant pendant que je te sors de là.

Une fois que le véhicule fut hors du fossé, il vint chercher Bella pour qu'elle le rejoigne sur le tracteur.

— Tu n'as pas trop froid ? demanda-t-il lorsqu'elle fut assise à côté de lui. Prends ma veste.

— Ça… ça va aller, répondit-elle en claquant des dents.

Ainsi, même grelottante, elle ne pouvait s'empêcher de le contredire… Sans tenir compte de ses protestations, il lui posa sa veste sur les épaules.

— Ce n'est pas la peine de me tenir tête juste par principe, dit-il.

— J'imagine que c'est une habitude.

— Rien n'empêche de tordre le cou aux habitudes.

Le silence les accompagna sur tout le chemin du retour. La neige continuait à tomber. Un épais manteau blanc recouvrait le paysage à perte de vue.

Recroquevillée dans sa veste bien trop grande pour elle, Bella semblait minuscule…

Comme elle semblait fragile, et sans défense !

— Ça va ? demanda-t-il, en la poussant doucement du coude.

Elle tourna vers lui un regard songeur.

— Tu m'as demandé quelque chose ? interrogea-t-elle.

— A quoi pensais-tu ? Tu es sûre que tout va bien ?

— Hmm…

Il arrêta le tracteur dans la cour du manoir, et sauta à terre pour aller l'aider à descendre.

— Tu es transie, dit-il en prenant ses mains dans les siennes. Rentre. Je m'occupe de la voiture et je te rejoins.

— Eduardo ?

— Oui ?

— J'aurais besoin que tu vires cinq mille livres sur mon compte.

— Pour quoi faire ? Tu n'as pas de dettes de jeu au moins ?

— Mais non ! C'est ma mère. Elle m'a appelée, tout à l'heure.

— Tu ne lui rends pas service, en cédant à chacune de ses demandes. Si ça continue, c'est elle qui va finir par te dépouiller. C'est aussi pour ça que ton père m'a confié tes affaires. Il n'ignorait pas que tu es trop gentille, et trop généreuse pour ne pas te laisser plumer par Claudia.

— Elle dit que je devrais me méfier de toi. Que tu détournes probablement mes capitaux.

— Et toi, qu'est-ce que tu en penses ? Est-ce que tu crois que je tomberais assez bas pour trahir la confiance de ton père ?

— Non, bien sûr. D'ailleurs, je suis désolée de t'avoir dit toutes ces horreurs, tout à l'heure. Tu es l'un des hommes les plus honnêtes qu'il m'ait été donné de rencontrer.

Plus touché qu'il ne l'aurait voulu par ses paroles, il esquissa un petit sourire moqueur.

— Eh bien ! C'est le froid qui te ramollit comme ça ? Allez, rentre avant de geler sur pied.

Incapable de détacher son regard de sa silhouette, si petite dans cette veste qui lui descendait sous les genoux, il la regarda s'éloigner.

Un étrange frisson se noua au creux de son estomac.

Ce ne fut que lorsque Bella fut hors de sa vue, qu'il exhala un long soupir.

— Oh ! non ! murmura-t-il. Ne va pas t'aventurer sur ce terrain-là, mon vieux !

# *Chapitre 8*

Lorsque, une heure plus tard, Eduardo rejoignit Bella dans la cuisine, il la trouva penchée sur un livre de recettes. Elle leva les yeux en l'entendant entrer.

— Je me suis dit qu'il fallait que je mette un peu la main à la pâte, lança-t-elle. Puisqu'il semble que je vais être coincée ici pour un petit moment.

Surpris, il la dévisagea.

— Je ne savais pas que tu t'y connaissais en cuisine.

— J'ai pris des leçons, si tu veux le savoir. Avec le chef d'un restaurant de Soho.

— Ah, celui qui appartient à l'un de tes multiples *fiancés* ?

Bella eut une moue agacée.

— Nous n'avons jamais été fiancés. Si au moins les journalistes pouvaient me laisser tranquille !

— Tout le monde a envie de connaître la vie de la plus riche héritière à marier du Royaume-Uni.

— Parfois je préférerais avoir moins d'argent, et échapper à toute cette curiosité. J'aimerais tellement être certaine que les gens m'aiment pour ce que je suis, et pas pour ce que je possède. Tu avais raison, tout à l'heure. J'ai trop besoin d'être aimée, et cela obscurcit mon jugement.

— On a tous besoin d'amour. C'est tout simplement humain.

Les grands yeux noisette de Bella se posèrent sur lui, comme pour lire au plus profond de lui.

— Toi aussi ?

Il eut un haussement d'épaules désabusé.

— Cela ne m'intéresse pas vraiment.

— Tu ne peux pas penser une chose pareille, répondit-elle d'une voix douce. En fait, ce dont tu as peur c'est d'être une nouvelle fois abandonné.

Eduardo serra les mâchoires. Décidément, il devrait faire plus attention. Bella n'était pas loin de le percer à jour, et c'était un risque qu'il ne pouvait pas prendre. Même devant Godfrey, il ne s'était jamais complètement mis à nu.

— C'est ce que tu crois ?

— Je suis persuadée que si tu repousses tout le monde, c'est parce que tu veux garder le contrôle de ta vie. T'attacher à quelqu'un te paraîtrait trop dangereux. Cette personne pourrait disparaître subitement, comme tes parents autrefois, en te laissant seul et désespéré.

Mal à l'aise, il détourna le regard. Il préférait encore la Bella hautaine et pleine de colère, que toute cette sollicitude.

Bien sûr, elle avait raison. Comment n'aurait-il pas appris à se méfier de tout, et de tout le monde ?

Alors qu'il n'était encore qu'un être sans défense, les mains qui le nourrissaient n'avaient pas hésité à le frapper avec la plus cruelle sauvagerie. Jusqu'à ce qu'on le retire à la garde de son beau-père, il avait vécu dans la hantise de voir s'abattre sur lui, sans qu'il ne sache pourquoi, les coups et les insultes.

Mais mieux valait ne plus y penser. Hors de question d'exposer devant Bella les blessures d'un passé désormais enfoui au plus profond de lui-même.

— Tu ne sais pas de quoi tu parles, dit-il d'un ton rogue.

— Bien au contraire. Tu cherches ce que l'on cherche tous, mais tu es persuadé de ne pas le mériter.

— Tu as lu ça dans un manuel de psychologie ? demanda-t-il, sarcastique.

— Non. C'est juste ce que je ressens.

De nouveau, elle le scruta de ce doux regard qui semblait capable de lire dans ses pensées.

— Que t'est-il arrivé, Eduardo ? demanda-t-elle.

Malgré ses efforts pour les repousser, les souvenirs jaillirent en lui. Comme si une voix venue de loin lui murmurait :

*Tu te rappelles les coups de ceinturon qui te mettaient en sang ? Tu te rappelles les douches glacées ? La faim qui te tenaillait ? La soif atroce ?*

*Et les cigarettes ? Tu te souviens des cigarettes ?*

— Cela suffit, Bella, dit-il sèchement. Je ne vois pas à quoi ça rime d'aller exhumer des trucs que j'ai oubliés depuis longtemps.

— Sauf que tu ne les as pas oubliés…

Mais la voix de Bella n'était plus qu'un murmure lointain. Dans son dos, il sentit les cuisantes brûlures du passé. Il revécut cet épouvantable sentiment d'impuissance qu'il avait détesté plus que la souffrance même.

Il sentit un filet de transpiration couler entre ses omoplates. Le sang battait furieusement à ses tempes.

— Eduardo ? Tu te sens bien ?

Bella avait posé la main sur son avant-bras, et elle levait vers lui un regard plein de compassion.

Dans sa poche, il sentit la vibration de son téléphone qui lui annonçait un message.

Il laissa échapper un long soupir.

— Je sais que tu as de bonnes intentions, Bella, dit-il, mais il y a des choses qu'il vaut mieux ne pas évoquer. C'est le cas pour mon enfance.

Bella s'écarta, et retourna à son livre de cuisine.

— D'accord, acquiesça-t-elle. Mais si tu as envie d'en parler…

D'un rapide coup d'œil, il regarda le message sur son portable.

— Je te remercie, mais je ne préfère pas. Et je ne suis pas sûr de dîner avec toi, ce soir.

Une ombre passa sur le visage de Bella.

— Tu sors, avec ce temps ?

— Rebecca Gladstone a besoin de moi. Je ne sais pas combien de temps cela prendra.

Les lèvres pincées, Bella tourna vers lui un regard qui lançait des éclairs.

— Et pourquoi a-t-elle besoin d'aide ? Pour changer ses draps ?

— La jalousie ne te va pas, Princesse !

— Je ne suis pas jalouse. Simplement, je trouve que cela ne se fait pas de faire marcher quelqu'un comme tu le fais avec cette pauvre fille.

— Cela te va bien de dire ça ! Je te rappelle que pendant que ton soi-disant fiancé est à l'autre bout du monde, tu ne te gênes pas pour te livrer à tout un tas de bêtises avec moi.

— Au moins, moi, je ne joue pas avec tes sentiments. Cela me serait difficile, étant donné que tu n'en as aucun. Et surtout pas pour moi.

— C'est ce qui t'ennuie, n'est-ce pas ? Que je ne rampe pas à tes genoux, en te déclarant mon amour éternel ?

Un regard froid comme l'acier lui répondit.

— Il y aurait peu de chances que je te croie !

Il laissa échapper un rire de gorge.

— Non, bien sûr. Tu me connais trop bien. J'ai beau me consumer de désir pour toi, je ne t'aime pas. C'est un peu dur à entendre, pas vrai ?

— Je m'en moque éperdument. Ce n'est pas comme si je nourrissais le moindre sentiment à ton égard.

— Hormis le désir charnel.

Le visage de Bella se colora.

— Au moins, c'est quelque chose que je peux maîtriser.

— Vraiment ? Tu en es sûre ?

La prenant par le menton, il plongea ses yeux dans ceux de Bella. Aussitôt il vit sa poitrine se soulever sous l'effet de sa respiration haletante.

— Essaie, pour voir, murmura-t-elle d'une voix rauque.

La tentation était grande. Une puissante onde de désir se propagea à travers ses veines. L'envie qui le faisait trembler de tous ses membres était comme un fauve affamé, tapi au tréfonds de son être, réclamant sa proie.

Il s'obligea à laisser tomber sa main, et s'écarta.

— Une autre fois, peut-être, dit-il.

Pendant une fraction de seconde, il crut voir un soupçon de regret passer sur le visage de Bella. Mais elle se reprit.

— Il n'y aura pas d'autre fois, déclara-t-elle. Je partirai dès que les routes seront dégagées.

— Rien ne prouve que ce soit avant la fin de la semaine.

— Eh bien, s'il le faut je ferai fondre la neige au séchoir à cheveux !

Bella émergea d'un sommeil agité vers 2 heures du matin, et alla regarder par la fenêtre.

Il neigeait encore mais moins abondamment. Le paysage était féerique. Comme tout cela allait lui manquer, quand prendrait fin la période de tutelle et qu'elle ne pourrait plus revenir à Haverton Manor !

Dire qu'elle n'aurait plus, alors, aucune raison de revoir Eduardo !

Chacun suivrait son chemin. Et c'était très bien ainsi !

Elle s'écarta de la fenêtre en soupirant. Il fallait vraiment qu'elle cesse de penser à lui, de se tourmenter pour savoir ce qui l'avait rendu à ce point cynique et solitaire.

Une boisson chaude lui permettrait peut-être de trouver le sommeil… D'un pas décidé, elle se dirigea vers la cuisine.

Elle faisait chauffer un bol de chocolat au lait quand Eduardo entra, des flocons plein les cheveux.

— Tu m'attendais, Bella ? demanda-t-il d'un ton moqueur.

Elle le gratifia d'un regard noir.

— Tu plaisantes ?

— Rebecca t'envoie ses amitiés, dit-il en secouant sa veste.

— Vous n'avez quand même pas parlé de moi pendant que vous étiez au lit !

— Nous n'étions pas au lit. Je l'ai aidée à soigner un pur-sang qui s'était blessé sur la propriété d'un nouveau voisin. Un type charmant, d'ailleurs. Il conviendrait tout à fait à Rebecca. D'ailleurs, je crois bien qu'il a le béguin pour elle.

Du menton, il désigna la tasse de chocolat fumant.

— J'en boirais bien moi aussi, dit-il.

Sans un mot, elle prépara la boisson, et la lui tendit. Au passage, leurs doigts se frôlèrent. Une brûlure se propagea aussitôt dans tout son corps et elle recula vivement la main.

— Puisque nous en sommes à parler de couple, dit-elle, j'aimerais bien que nous discutions un peu de l'organisation de mon mariage. Comme je te l'ai dit, je prévois ça pour juin prochain…

— Non.

— Mais enfin, écoute-moi !

— Tu vas faire la pire bêtise de ta vie, Bella. Il n'y a qu'à voir ce qui se passe entre nous. Comment peux-tu envisager d'être heureuse avec un homme capable de passer des mois, voire des années, sans te faire l'amour ? Tu ne peux pas être amoureuse de lui. Regarde comment tu réagis dès que je m'approche de toi.

— Tout ça c'est ta faute ! Pendant des années, tu ne m'as même pas regardée. Qu'est-ce qui te prend de te comporter comme ça, au moment où je t'annonce que je veux en épouser un autre ?

D'un geste brusque, Eduardo posa sa tasse sur le plan de travail. Une tension intense se lisait sur son beau visage.

— Bon sang, Bella ! s'exclama-t-il enfin. Tu es aveugle, ou quoi ? Tu crois que je n'ai pas eu envie de toi pendant toutes ces années ? Mais d'abord, tu étais trop jeune. Et ensuite j'avais promis à ton père de prendre soin de toi. Après sa mort, son testament n'a fait que compliquer les choses entre nous. Si j'avais su ce qu'il mijotait, je l'en aurais dissuadé.

Surprise, elle le dévisagea.

— Je croyais que c'était toi qui avais tout comploté avec lui. Tu n'étais pas au courant du tout ?

— Tout ce que je savais, c'était qu'il se méfiait de ton grand cœur. Il avait peur que cela fasse de toi une proie facile pour tout un tas de requins.

— Je n'ai pas fait preuve de beaucoup de cœur à la fin de sa vie, pourtant.

Lui relevant le menton, Eduardo plongea son regard dans le sien.

— Ce n'était pas uniquement ta faute, Bella. Lui aussi t'a mise à l'écart.

— Exactement comme tu l'as fait à ton tour ? Vous vous ressemblez tellement tous les deux. Lui aussi avait eu une enfance difficile. Sa mère est morte quand il n'avait que six ou sept ans. Comme son père travaillait à l'étranger, on l'a envoyé chez de lointains cousins. Il détestait parler de tout cela. C'était comme une blessure qu'il avait honte d'exhiber.

— Tu aurais dû être psychologue, ma parole ! Le problème, c'est que tu n'as pas autant de perspicacité quand il s'agit d'analyser les raisons pour lesquelles tu veux absolument épouser ce Julian.

— Parce que je l'aime, tout simplement.

— Non, Bella. Tu as peur de l'avenir, c'est tout. Dans moins d'un an, tu vas hériter d'une somme qui t'effraie. Tu ne sais pas si tu vas être capable de gérer cette fortune toute seule. Alors tu te précipites dans les bras du premier type qui te paraît assez fiable, et assez solide, pour t'aider à faire face.

— Ce n'est pas vrai. Ce que je veux, c'est fonder une famille. Je n'en peux plus d'être seule au monde.

Eduardo l'attira à lui.

— Tu as peur de la passion qui brûle en toi. Tu ne veux pas finir comme ta mère, à papillonner de passade en béguin éphémère.

Elle tenta de se dégager, mais les bras d'Eduardo la retenaient fermement contre lui.

— Je ne ressemble absolument pas à ma mère, protesta-t-elle. Je ne laisse pas les pulsions sexuelles diriger ma vie. En tout cas, cela n'a rien à voir dans ma volonté d'épouser Julian.

— Certes, vu que ce n'est pas vers lui qu'elles te poussent, pas vrai ?

Il l'attira contre lui. Ainsi pressée contre le corps d'Eduardo, elle ne pouvait ignorer la force de son désir plaquée contre son ventre. L'incendie se ralluma en elle, réduisant en cendres toutes ses défenses.

Comment aurait-elle pu lui résister, quand elle avait le sentiment d'être programmée pour lui appartenir ?

— Je ne veux pas éprouver du désir pour toi, gémit-elle.

La bouche d'Eduardo était si près qu'elle sentait son souffle brûlant sur sa joue.

— Parce que tu crois que moi je le veux ? demanda-t-il. D'aussi loin que je me souvienne, je lutte pour ne pas céder à ce besoin de toi qui me rend fou.

Cet aveu, fait d'une voix rauque, lui fit l'effet de la plus excitante des caresses. Mais pourquoi avait-il tant attendu pour le lui faire ?

— Tu ne crois pas qu'il est un peu tard pour me dire ça ? demanda-t-elle.

Il se pencha et effleura ses lèvres.

— Est-ce vraiment trop tard ?

Malgré elle, elle fixa sa bouche. Cette bouche si sensuelle, si diabolique, qui lui faisait éprouver des émotions interdites. Qu'elle s'empare de nouveau de la sienne ! Oui, elle brûlait de la sentir courir sur son corps, sur sa poitrine, sur ses cuisses, explorer son intimité…

— Tu ne m'aimes pas, dit-elle tout en dessinant de son index le contour de sa lèvre inférieure.

— Toi non plus, tu ne m'aimes pas. Sinon pourquoi voudrais-tu en épouser un autre ?

— Est-ce que tu voudrais que je sois amoureuse de toi ?

— Non. Ce n'est pas du tout ce que je veux.

Interrompant son geste, elle leva les yeux vers Eduardo. Son cœur se mit à battre la chamade lorsque son regard rencontra la flamme dévorante qui illuminait ses prunelles aux reflets bleutés.

— Que veux-tu, alors ? demanda-t-elle.

Il referma les mains sur ses fesses, et l'attira tout contre son sexe durci.

— Tu as vraiment besoin de poser cette question ?

Très lentement, il se pencha vers elle. Elle aurait pu s'écarter. Elle aurait pu protester. Elle aurait eu tout le temps de lui dire qu'elle ne voulait pas faire l'amour avec lui.

Elle n'en fit rien.

# Chapitre 9

Lorsque les lèvres d'Eduardo rencontrèrent les siennes, Bella ferma les yeux. Il prit sa bouche en un doux baiser, si léger et si délicat qu'elle s'alanguit entre ses bras. La langue d'Eduardo vint voluptueusement jouer avec la sienne, et le frisson qui la parcourut avait l'exquise effervescence des bulles de champagne courant sur sa peau.

Puis la pression de ses lèvres se fit plus insistante, sa langue plus impatiente, trahissant un désir impérieux qui la fit vibrer du besoin irrépressible qu'il la possède sur-le-champ. Déjà, elle sentait sourdre en elle un désir fou.

Elle gémit lorsqu'il la saisit par la nuque, pour approfondir son baiser. Sentir son sexe, si dur contre son ventre, l'enivra. Fébrilement, elle laissa ses mains errer sur son torse, cherchant sa peau nue.

— J'ai envie de toi, soupira-t-elle. Je sais que c'est mal, mais j'ai envie de toi.

— Non, ce n'est pas mal, dit-il en passant les mains sous son pull-over pour trouver ses seins. C'est juste inéluctable. Ça l'a toujours été.

Sous la caresse de ses paumes rêches, elle retint sa respiration. Fébrilement, les doigts tremblants, elle défit les boutons de sa chemise, sans même s'interrompre lorsqu'elle en arracha un. Enfin, elle put déposer une pluie de baisers enflammés sur son cou et le long de son torse. Enfin…

Impatiente de le sentir nu contre elle, elle s'attaqua à sa ceinture et à la fermeture Eclair de son jean.

Un râle de plaisir monta de la gorge d'Eduardo, lorsqu'elle dégagea son sexe.

Il était si doux ! Hypnotisée, elle tendit la main vers son sexe dressé.

— Dans la chambre, murmura Eduardo dans un souffle, tout en la prenant dans ses bras.

— Je suis trop lourde, protesta-t-elle. Tu vas te casser le dos.

— Ne dis pas de bêtises ! Tu es légère comme une plume. Je me demande à quel genre de types, tu as eu à faire avant moi.

Il poussa la porte d'un coup d'épaule, et l'emporta jusqu'à l'étage, s'arrêtant de temps en temps pour dévorer sa bouche de baisers torrides.

Lorsqu'enfin ils parvinrent à sa chambre, elle était éperdue de désir. Eduardo la déposa sur le lit et vint s'allonger sur elle.

Passant les mains sous les pans de sa chemise, elle découvrit les courbes de son dos et de ses épaules. Comment pouvait-il être si mince et si musculeux à la fois ?

Et sa peau ! Elle était si douce, si chaude…

S'appuyant sur un bras, Eduardo arracha sa chemise et la jeta par terre. Elle frissonna d'excitation quand il entreprit, à son tour, de la dévêtir. Son pull alla rejoindre la chemise sur le sol. Puis ce fut son soutien-gorge. Mais pas avant qu'il n'ait sucé chacun de ses tétons à travers la fine dentelle.

C'était comme si la fine barrière rendait cette caresse encore plus suave, plus érotique.

Lentement, il laissa sa bouche descendre vers son ventre, ne s'interrompant que pour explorer son nombril de la pointe de sa langue. Elle ne put s'empêcher de se raidir quand elle le sentit prêt à la débarrasser de son slip.

— Ça ne va pas ? demanda-t-il en suspendant son geste. Est-ce que je vais trop vite ?

— Non…, c'est juste que…, je ne me suis pas épilée récemment.

— Parfait ! Il n'y a rien que j'aime tant qu'une femme sans artifice.

Bella retint son souffle tandis qu'il faisait descendre le petit bout de dentelle pour la découvrir. Elle vit le désir assombrir son regard.

— Tu es superbe, dit-il.

Du bout de l'index il suivit les contours des boucles nichées au creux de son ventre. A ce contact, un long frisson de plaisir la parcourut.

Puis, très délicatement, il explora du bout des doigts la fleur de sa féminité, s'attardant longuement sur son clitoris. Lorsqu'elle poussa un gémissement de plaisir, il s'écarta et remplaça ses doigts par sa bouche. Sa langue s'attarda avec habileté sur le bouton ultrasensible. Tandis que des sensations inconnues la submergeaient, elle sentit la panique l'envahir.

Que se passerait-il si elle ne réagissait pas comme il s'y attendait ? N'allait-elle pas se couvrir de ridicule ? Tout cela était bien trop intime ! Il fallait y mettre un terme.

Elle prit une profonde inspiration, et essaya de s'écarter.

— Détends-toi, dit Eduardo d'un ton rassurant. Laisse-toi aller. Ne te crispe pas.

Désemparée, elle se mordilla la lèvre inférieure.

— C'est…, c'est quelque chose que je ne sais pas trop faire.

— Concentre-toi sur ton plaisir. Prends tout le temps qu'il te faut.

Elle se laissa aller sur les oreillers, tandis que les doigts d'Eduardo reprenaient leurs caresses expertes, avec une infinie douceur.

Il attendit qu'elle soit en parfaite confiance avant de promener de nouveau sa langue en elle, lentement, doucement, jaugeant ses réactions. Puis il intensifia le rythme et la pression de ses caresses, jusqu'à ce qu'une vague de jouissance l'emporte dans un tourbillon de sensations merveilleuses.

— Oh ! Seigneur…, dit-elle d'une voix haletante. C'était…, c'était incroyable !

Eduardo revint s'allonger sur elle. Avec douceur, il écarta les cheveux en désordre sur son front.

— J'ai l'impression que tu n'es pas très à l'aise, quand il s'agit de relation sexuelle. Je me trompe ?

Mal à l'aise, elle baissa les yeux.

— Je ne suis pas vierge, si c'est ce que tu veux savoir. J'ai eu quantité d'amants.

Délicatement, il lui prit le menton et la força à relever la tête.

— Combien ?

— Cinq…

Eduardo inclina la tête d'un air dubitatif.

— Cinq ?

— Bon, six avec le premier. Mais il ne compte pas vraiment. Nous n'étions pas allés jusqu'au bout, et ça avait été un vrai désastre.

— Raconte-moi.

— C'était à Noël, l'année où je suis restée à Londres. Je tenais absolument à me prouver que j'étais assez mûre pour avoir une relation sexuelle. Juste parce que tu avais dit le contraire, la nuit où nous nous étions embrassés. Mais tu avais raison. Je n'étais pas encore prête. Cela a été terminé avant même de commencer. J'ai fini en larmes, et le type a quitté la soirée avec une autre.

Eduardo lui lissa une nouvelle fois les cheveux du plat de la main. Son regard posé sur elle, il la contemplait avec une intensité telle qu'elle sentit une bouffée de désir naître au creux de ses reins.

— J'ai envie de toi, dit-il. J'avais autant envie de toi cette nuit-là qu'aujourd'hui.

Emue, elle noua ses bras autour du cou d'Eduardo. Un brasier s'alluma dans son ventre au contact de son érection.

— Fais-moi l'amour, murmura-t-elle.

Il s'inclina vers elle, et prit sa bouche avec une ensorcelante sensualité. Sous la caresse de ce baiser, elle se sentit fondre. Instinctivement elle referma ses doigts sur le sexe d'Eduardo. Le gémissement sourd qui monta alors de ses lèvres la ravit.

Lorsqu'il laissa glisser sa bouche jusqu'à sa poitrine, elle ferma les yeux. Lentement, il entreprit de soumettre chacun de ses seins à la caresse brûlante de sa langue, avant d'en aspirer les pointes durcies, l'une après l'autre. Un frisson plus délicieux encore la parcourut lorsqu'il passa la langue sous chacun de ses seins, à l'endroit où sa peau était si sensible, si érogène.

Dans l'attente éperdue du moment où il allait enfin la posséder, elle se cabra sous lui. Tout son corps était tremblant de désir.

— Je t'en prie..., murmura-t-elle.

Il tendit le bras pour attraper un préservatif.

— C'est toi qui me le mets ? demanda-t-il.

Tout doucement, elle fit glisser le préservatif le long de son sexe si doux, si dur, le caressant tendrement au passage. Comme elle aimait son corps ferme sous ses doigts, son sexe vibrant du désir qu'il avait pour elle...

Comme s'il n'y tenait plus, Eduardo la repoussa avec tendresse et la fit s'allonger de nouveau. Avec une divine lenteur, il vint s'allonger sur elle.

Impatiemment, elle souleva les hanches pour venir à sa rencontre. Alors, avec un nouveau râle, il s'enfonça en elle, en une longue poussée. Enfin… Elle avait l'impression d'attendre ce moment depuis toujours.

Tout doucement il se mit à aller et venir en elle, en un lent mouvement entêtant. Puis ses assauts se firent de plus en plus fougueux. Chacun était source de délices inouïs. C'était comme se tenir, vacillante au bord d'un précipice.

Les plus infimes parcelles de son corps palpitaient de tremblements irrépressibles, au fur et à mesure que s'accélérait le rythme de leur danse enfiévrée. Elle sentait tout son être se tendre vers une jouissance prête à la ravir.

Eduardo passa une main sous ses fesses pour la soulever, l'amener plus près de lui encore et il plongea en elle avec encore plus de force.

— Ne te retiens pas, Bella, dit-il. Laisse-toi aller.

De son autre main, il caressa le bourgeon secret qui palpitait de fièvre en elle. Son clitoris était tellement sensible qu'elle étouffa un sanglot au moment où des vagues de plaisir se déchaînèrent dans tout son corps.

Eperdue, elle se cramponna à Eduardo de toutes ses forces. Vague sur vague, un plaisir impétueux l'emporta vers un abîme dans lequel elle bascula en une plongée affolante, tandis qu'explosait en elle une myriade d'étincelles.

De très loin, comme venus d'un autre monde, elle percevait les derniers coups de reins d'Eduardo. Chacun la faisait frémir des ricochets du plaisir. Tendrement, elle caressa ses épaules et son dos. Sous ses doigts, elle sentit tous les muscles bandés, jusqu'à ce qu'il soit secoué d'un long spasme et retombe sur elle avec un gémissement sourd.

Progressivement, elle attendit qu'il retrouve un souffle régulier, pesant sur elle de tout le poids de son corps détendu.

Pour rien au monde, elle n'aurait bougé. Cette bienheureuse langueur, cet océan d'euphorie sur lequel elle flottait… Jamais elle n'avait éprouvé un tel sentiment de plénitude.

— Je n'ai pas envie de bouger, murmura Eduardo dans un souffle.

— Moi non plus, dit-elle en passant avec délice ses mains sur la courbe ferme de ses fesses.

S'appuyant sur un avant-bras, il dessina délicatement de sa main libre les contours de son visage, suivant de l'index l'arc de ses sourcils, l'arête de son nez, ses joues, sa lèvre supérieure puis inférieure. Sous sa caresse, si douce, elle se sentit frissonner.

— Tu as été extraordinaire Bella. Vraiment stupéfiante.

Un peu décontenancée, elle fixa obstinément sa clavicule qu'elle caressait du bout des doigts.

— Cela n'a jamais été comme ça pour moi, avant…, dit-elle. Je n'ai jamais…, tu sais…

Eduardo s'écarta un peu comme pour mieux la dévisager.

— Tu veux dire que tu n'avais jamais eu d'orgasme ?

— Non. Mais je sais que c'est ma faute. Je réfléchis trop, et je n'arrête pas de m'inquiéter pour tout un tas de choses. Je me fais des idées…

Il prit son visage entre ses mains, et caressa tendrement sa joue avec son pouce.

— Qu'est-ce qui t'inquiète comme ça ?

Elle esquissa un haussement d'épaules.

— Oh ! répondit-elle, des choses banales. Je me pose des questions sur mes hanches, mon ventre, ma poitrine.

L'expression de stupeur qui se peignit sur les traits d'Eduardo lui procura une étrange sensation d'euphorie.

— Mais Bella, tu es superbe ! Comment peux-tu avoir ce genre de préoccupations ? Tu es parfaite.

— Je sais…, ça a l'air tellement superficiel…

— Non, pas superficiel. C'est juste que tu n'as pas confiance en toi. Ce qui est ridicule, parce que tu es la plus belle femme que je n'ai jamais rencontrée.

Elle lui adressa un timide sourire.

— Merci.

Un instant il suspendit sa caresse, et son regard bleu-vert plongea dans le sien, comme s'il fouillait son âme.

— Ce qui vient de se passer entre nous..., dit-il d'une voix hésitante. Je voudrais que cela continue...

A ces mots, elle sentit son cœur bondir dans sa poitrine.

— Combien de temps ? demanda-t-elle.

Pendant quelques secondes, il la dévisagea sans mot dire.

— Je n'aime pas fixer de délais quand il s'agit d'une liaison. Laissons faire les choses, et nous verrons bien.

Nous verrons bien... Ces quelques mots lui firent l'effet d'une gifle, comme si elle était soudain rattrapée par la réalité. Oh ! elle n'avait aucune illusion sur ce que lui réservait l'avenir...

Eduardo voudrait bien d'elle comme maîtresse tant qu'il y prendrait du plaisir, puis il passerait à autre chose. Il ne promettait rien.

Au fond, sa préoccupation essentielle n'était-elle pas de la dissuader de se marier avant d'avoir vingt-cinq ans ? Quelle meilleure manière de lui faire temporairement oublier ses projets qu'en lui offrant quelques semaines, ou quelques mois d'une relation sexuelle satisfaisante ? Jamais il ne lui proposerait autre chose, inutile de rêver !

— Tu sembles oublier quelque chose, dit-elle.

Eduardo fronça les sourcils.

— Ne me dis pas que tu persistes dans cette idée ridicule de fiançailles !

— Et pourquoi pas ?

D'un bond, il quitta le lit, passant nerveusement la main dans ses cheveux.

— Parce qu'il me semble que nous pourrions avoir une relation amoureuse, toi et moi. Au moins pour quelque temps.

— En fait, tu me proposes une liaison éphémère. Rien de plus, c'est ça ?

Le visage d'Eduardo se ferma.

— C'est tout ce que j'ai à offrir.

— Cela ne me suffit pas. Je ne veux pas vivre comme ma mère, allant d'aventure en aventure. Je veux me fixer. Avoir une vie normale.

Mais à quoi bon tenter de la convaincre ? Eduardo n'avait rien à lui offrir, elle le savait. Dissimulant au mieux sa détresse, elle se leva et commença à ramasser ses vêtements. Mais Eduardo l'attrapa par le poignet avant qu'elle n'ait eu le temps d'atteindre la porte.

— Qu'y a-t-il de normal à épouser un homme pour qui l'on n'a aucun sentiment ? Tu ne vois pas que tu te condamnes à une vie tiède, sans la moindre passion ?

Dans un mouvement désespéré, elle essaya d'échapper à son étreinte, mais en vain.

— Tu te trompes ! J'*aime* Julian.

Il laissa échapper un grognement ironique.

— Cependant, tu viens de faire l'amour avec moi.

— Et alors, tu dis toi-même qu'une relation sexuelle ne veut pas dire grand-chose.

— Parce que c'est aussi ce que tu penses ?

Oh ! comme elle aurait aimé pouvoir penser comme lui !

— Je n'aurais jamais dû coucher avec toi, lança-t-elle. C'était une grossière erreur. Je n'ai pas réfléchi.

— Effectivement. Tu as obéi à ton instinct, répondit-il en l'attirant contre son corps nu. Comme en cet instant. Est-ce que tu sens l'effet que tu me fais, Bella ? Est-ce que tu sens ce que nos deux corps nous disent ?

Comment ne l'aurait-elle pas senti ? Submergée par une vague de désir, elle tenta une nouvelle fois de se dégager. Mais elle sentait sa résolution faiblir. Déjà son corps palpitait d'excitation, toutes ses terminaisons nerveuses étaient électrisées par le souvenir de la passion qui les avait emportés quelques instants plus tôt.

Il l'embrassa et il n'en fallut pas plus pour qu'elle perde pied. Les bras noués autour de son cou, elle le serra contre elle de toutes ses forces.

Si seulement, elle avait pu se fondre en lui jusqu'à ce qu'ils ne fassent plus qu'un ! Peut-être cela aurait-il apaisé cette fièvre qui la tenaillait et semblait inextinguible ?

Elle plongea les doigts entre ses boucles brunes, attirant sa tête à elle pour s'enivrer de l'envoûtant parfum qu'il exhalait.

Lorsqu'il la prit par les fesses pour la plaquer contre son sexe durci, elle sentit la violence d'un courant électrique la transpercer. Tous ses pores frémissaient du désir qu'il la possède de nouveau. Rien d'autre ne pourrait apaiser cette faim qui la taraudait, elle le sentait.

Enhardie par la force de son désir, elle referma la main autour du sexe d'Eduardo. Délicatement, elle le caressa. Comme il était doux et dur à la fois ! Peu à peu, elle accéléra le mouvement, grisée par les râles sourds qui s'échappaient de la gorge d'Eduardo. Oui, c'était bien elle qui l'excitait autant !

C'était si bon de sentir la bouche d'Eduardo dévorer fiévreusement la sienne, la rudesse de sa barbe naissante contre la peau sensible de ses joues !

Avec adresse, il mordillait ses lèvres, comme pour mieux la tourmenter en mettant dans ses caresses une pointe de danger.

Inexorablement, il la faisait reculer jusqu'au lit. Lorsqu'elle en sentit le bord contre l'arrière de ses genoux, elle se laissa tomber sur le matelas tandis que tout son corps s'embrasait de désir.

D'un geste vif, Eduardo enfila un nouveau préservatif, avant de venir peser de tout son poids sur elle. Oh ! jamais elle ne se lasserait du poids de son corps d'homme sur le sien !

Dans un élan impérieux qui lui coupa le souffle, il la pénétra. Chaque nouveau coup de reins faisait courir des ondulations de plaisir le long de son dos, et vibrer les cheveux sur sa nuque. Le souffle court, elle s'agrippa à ses épaules tandis qu'il allait et venait de plus en plus vite, de plus en plus fort, en elle.

— Tu me rends fou, chuchota-t-il contre sa bouche gonflée par les baisers. Est-ce que tu t'en rends compte ?

— Oh ! moi aussi, murmura-t-elle.

La bouche d'Eduardo s'égara le long de son cou.

— Ce n'est pas trop fort pour toi ? demanda-t-il.

Elle rejeta la tête en arrière pour mieux s'offrir à sa caresse.

— Non, répondit-elle. Continue. Plus fort. Plus vite.

— Je ne veux pas te faire mal. Tu es si fragile à côté de moi. J'ai peur de t'écraser.

N'y tenant plus, elle se cambra pour l'attirer plus profondément en elle.

— N'aie pas peur, dit-elle. C'est si bon.

De nouveau, il l'embrassa. Un baiser langoureux et doux. La tension qui l'habitait était maintenant à la limite du soutenable. Elle ondula sous lui, accompagnant les mouvements de son corps sur le sien. Comme si Eduardo avait compris sa prière silencieuse, il glissa une main entre leurs deux corps. Lorsqu'il caressa du pouce son clitoris, elle se sentit projetée dans un autre monde par un orgasme foudroyant. Le corps secoué de longs frissons, dont les répliques se prolongèrent interminablement, elle retomba sur l'oreiller dans un cri de plaisir.

Elle haletait encore quand Eduardo, après une ultime poussée, jouit à son tour en elle.

De toutes ses forces, elle le serra contre elle. Elle aurait tout donné pour prolonger autant qu'elle le pouvait cette merveilleuse communion de leurs deux corps. C'était une telle émotion de le sentir perdre ainsi le contrôle de lui-même !

Avait-elle tort d'imaginer que ce qu'ils venaient de partager était sans commune mesure avec ce que les autres partenaires d'Eduardo lui avaient fait connaître ? C'était sans doute une folie, mais elle ne pouvait s'empêcher d'espérer être pour lui autre chose qu'une conquête sexuelle de plus…

Eduardo se redressa, en s'appuyant sur ses avant-bras pour la regarder.

— Pourquoi cet air soucieux ? demanda-t-il, en écartant une mèche de cheveux de son visage. Je ne t'ai pas fait mal, au moins ?

— Bien sûr que non !

Du pouce, il lui caressa le front.

— Je sais à quoi tu penses, dit-il. Mais ce n'est pas la peine de te faire des reproches. Cela devait forcément arriver…, toi et moi dans un lit…

— Juste parce que tu voulais démontrer que tu as raison ?

Le regard d'Eduardo s'assombrit.

— Je n'ai pas cherché à démontrer quoi que ce soit, dit-il. Il me semble simplement que tu devrais prendre le temps de réfléchir avant de prendre une décision. Il est normal que tu sois paniquée à l'idée d'hériter d'une telle fortune. C'est une lourde responsabilité sur les épaules d'une personne aussi jeune que toi. C'est tout à fait compréhensible que tu essaies de t'appuyer sur quelqu'un de fiable, qui t'aiderait à faire face. Mais je ne veux pas que tu commettes une erreur que tu regretterais pour le restant de tes jours.

— J'ai l'impression que quel que soit mon choix, personne ne trouverait grâce à tes yeux. Je me trompe ?

Pendant quelques secondes, Eduardo soutint son regard en silence, puis il s'assit au bord du lit.

— Il serait temps que je sorte Fergus, dit-il.

Impuissante à le retenir, elle le regarda tendre la main vers ses vêtements sur le sol.

— Qu'est-ce que c'est que ces marques sur ton dos ? demanda-t-elle.

— Rien, répondit-il en enfilant son jean. Juste des cicatrices de varicelle.

S'enroulant dans le drap, elle se rapprocha de lui.

— Cela m'a l'air bien gros, pour être des traces de boutons de varicelle, s'exclama-t-elle, en le retenant par le bras.

D'un geste brusque, il se dégagea.

— Laisse tomber, Bella !

L'expression d'Eduardo était redevenue indéchiffrable. Comme si ce qu'ils venaient de partager n'avait jamais existé. Comment osait-il ? Elle ne le laisserait pas la repousser de la sorte !

— Pourquoi voit-on un petit cercle blanc autour, sous ton bronzage ? Et puis tu en as au moins sept ou huit..., insista-t-elle.

Un long silence s'installa. Les signes du conflit intérieur qui se jouait en Eduardo étaient visibles sur chacun de ses traits. Des ombres douloureuses passèrent dans ses yeux, révélant une détresse telle qu'elle sentit son cœur se serrer.

— Ce sont des brûlures, finit-il par lâcher. De cigarette.

Sous le choc, elle demeura un instant interdite.

— Des brûlures de cigarettes ? Mais comment... ? Oh ! mon Dieu !

Horrifiée, elle porta les mains à sa bouche, comme pour s'interdire de formuler l'impensable.

— Pas bête, n'est-ce pas ? reprit Eduardo d'une voix pleine d'amertume. Il s'arrangeait toujours pour que je n'aie pas de marques visibles. On se serait douté de quelque chose si on m'avait vu avec un œil au beurre noir, ou des bleus. Comme ça, il évitait les questions embarrassantes.

A ces mots, elle sentit les larmes lui monter aux yeux. Comment pouvait-on soumettre un petit garçon à de telles tortures ? Etait-ce la raison pour laquelle Eduardo refusait d'évoquer son passé ? Les souvenirs qu'il en gardait étaient-ils trop abominables ?

— Ton beau-père te maltraitait ? demanda-t-elle.

— Il me battait, oui, dit-il. Mais ce n'est rien à côté de ce qu'il faisait endurer à ma mère. Il était tellement horrible avec elle, qu'elle a fini par se suicider par overdose. C'est moi qui l'ai trouvée.

Anéantie, elle tenta d'imaginer l'enfant terrifié, découvrant sa mère sans vie, seul face à la violence d'un fou.

— C'est affreux, dit-elle en s'efforçant de retenir ses larmes. Cela a dû être abominable pour toi. J'ose à peine y penser…

— Pas la peine de pleurer sur mon sort ! Je n'ai besoin de la pitié de personne.

Dire que nul n'avait été là pour le protéger de cette barbarie ! Pas étonnant qu'il soit devenu aussi indépendant. Depuis sa toute petite enfance, il n'y avait eu personne sur qui il puisse compter. Personne à qui il puisse faire confiance. Comment s'étonner qu'il ne croit plus à rien, et encore moins à l'amour ?

— Comment as-tu réussi à échapper à ce monstre ?

— J'avais dix ans quand un instituteur a remarqué que je n'allais pas bien. Cela faisait dix jours que mon beau-père ne m'avait rien donné à manger. Une assistante sociale est venue chez nous, voir ce qu'il en était.

Sentant sa lèvre trembler, elle lutta pour contenir son émotion. Eduardo ne supporterait pas sa pitié, elle le savait.

— Je suis tellement désolée pour toi, dit-elle.

— C'est le passé. Je préfère oublier.

— Mais tu n'as pas envie que l'on te rende justice ? Est-ce que ton beau-père a payé pour ce qu'il t'a fait ?

— Non. Il a raconté que j'étais incontrôlable. Un rebelle. Avec des troubles du comportement, ou quelque chose comme ça. Ce n'était pas complètement faux. J'étais un vrai sauvageon. Il y avait tant de colère en moi, que je créais des problèmes partout où je passais.

— Ce n'était pas ta faute ! Tout jouait contre toi. Heureusement que mon père a cru en toi !

— Il m'a sauvé la vie. Lorsqu'il m'a recueilli, j'étais sur le point de mal tourner.

— Tu l'as certainement aidé, autant qu'il t'a aidé. Il n'arrivait pas à se remettre de son divorce, et il était en train de sombrer dans la dépression. Tu lui as donné une nouvelle raison de vivre. Je crois qu'il t'a vraiment considéré comme le fils qu'il n'a jamais eu. Lui as-tu montré tes cicatrices ?

— Non, jamais. Mais d'autres les ont vues.

— Tu veux parler de tes maîtresses ? demanda-t-elle d'une voix la plus neutre possible.

Eduardo enfila sa chemise.

— Oui, répondit-il. Tu es la première à ne pas croire à mon histoire de varicelle. Je suppose que je n'ai pas besoin de te dire que tout ceci doit rester secret. Je n'ai pas l'intention que l'on découvre ce que j'ai mis tant d'années à oublier.

— Tu imagines vraiment que je pourrais révéler ton passé à qui que ce soit ?

— Je ne sais pas. Parfois les femmes sont prêtes à tout pour se venger, quand on leur résiste.

— Tu as une vision désespérante de la gent féminine !

Il haussa les épaules d'un air désabusé.

— Je parle d'expérience.

Plus blessée qu'elle ne le voudrait par ces paroles, elle détourna le regard. Décidément, il ne voyait en elle qu'une de ses conquêtes parmi tant d'autres. Ainsi, ce qui venait de se passer entre eux n'avait pas la moindre importance pour lui. Dire que, pour sa part, elle avait vu voler en éclats tout ce qui faisait son univers jusque-là…

— Qu'y a-t-il ? demanda Eduardo.

— Rien, répondit-elle en lui tournant le dos.

Elle sentit qu'il se rapprochait d'elle et, bientôt, il posa les mains sur ses épaules. Comme elle avait envie de se laisser aller contre son corps ! Ce corps dont elle sentait la chaleur si près d'elle. Que n'aurait-elle donné pour avoir encore une fois le plaisir de se lover dans ses bras… Mais n'avait-elle pas largement dépassé les limites ? Comment parviendrait-elle à s'adapter à cette vie normale à laquelle elle aspirait tant, si elle ne maîtrisait pas ses pulsions ? Finirait-elle un jour par oublier ce que son corps réclamait à grands cris ? Oh oui, il le fallait ! Mais comment, après le plaisir inouï qu'il lui avait donné, pourrait-elle un jour trouver la satisfaction dans les bras d'un autre ?

— Tu ne me croiras peut-être pas, mais ce que nous avons vécu ce soir est tout à fait inhabituel pour moi, murmura Eduardo, dans ses cheveux.

Malgré elle, elle se retourna pour se blottir dans ses bras.

— Tu le penses vraiment ? demanda-t-elle.

Délicatement, il prit son visage entre ses mains.

— Est-ce que tu es obligée de repartir immédiatement à Londres ?

Bouleversée, elle plongea son regard dans les beaux yeux aux reflets d'océan de son amant.

— Pourquoi me demandes-tu cela ?

Il effleura ses lèvres d'un baiser.

— Reste avec moi quelques jours.

Seigneur ! C'était exactement ce qu'elle avait redouté ! C'était dangereux, elle le savait. Terriblement dangereux !

Bien sûr, le risque de voir leur liaison découverte était grand, mais il y avait pire, hélas. Le plus grand danger était qu'elle finisse par tomber amoureuse de lui.

Mais n'était-ce pas déjà le cas ?

Incapable de résister plus longtemps, elle noua ses bras autour du cou d'Eduardo, et dit dans un souffle, à l'instant où sa bouche s'approchait de la sienne :

— C'est d'accord. Je reste.

# Chapitre 10

La neige avait fondu depuis bien longtemps. Pourtant, Bella ne parvenait pas à se décider à regagner Londres. Bien sûr, elle avait conscience qu'elle ne pourrait plus retarder indéfiniment le moment de quitter Eduardo, mais c'était comme si la femme promise à épouser sous peu Julian Bellamy n'avait plus rien à voir avec elle. D'ailleurs, ni elle ni Eduardo n'évoquaient jamais ces fiançailles.

Depuis la nuit où il lui avait raconté son passé, elle avait découvert un homme sensible sous la carapace de cynisme qu'il s'était forgé pour surmonter les épreuves. En vérité, Eduardo était l'être le plus secret qu'elle n'eût jamais connu. Son mépris pour les potins, les commérages et les bavardages inutiles ne cessait jamais de l'étonner. Mais comment aurait-il pu en être autrement alors qu'elle avait passé tant d'années entourée d'une foule de journalistes ? C'était comme si Eduardo était à l'exact opposé de ce qu'avait été sa propre vie jusqu'alors. Doté d'un exceptionnel sens moral, il ne croyait qu'à la valeur de l'effort.

Grâce à lui, elle se sentait changer. Bien qu'il lui en coûtât, elle se devait d'admettre qu'elle n'avait jamais réfléchi aux sacrifices que son père avait dû consentir, pour lui laisser en héritage une fortune qui dépassait largement tout ce dont pouvait rêver le commun des mortels. Oui, c'était pour elle, pour assurer son avenir, et non pour lui-même que son père avait travaillé comme un forcené. Eduardo lui avait ouvert les yeux : après le douloureux divorce avec Claudia, elle était devenue la seule raison de vivre de son père. Certes, il ne le lui avait jamais dit. Mais ses actes parlaient pour lui. Comment avait-elle pu être assez ingrate pour ne pas s'en rendre compte ?

La semaine touchait déjà à sa fin lorsqu'elle se rendit au village pour y faire quelques courses. Quelle ne fut pas sa surprise de voir deux journalistes bondir de leur voiture à l'instant où elle sortait d'un magasin !

Aussi vite qu'elle le put, elle partit en sens inverse, la tête obstinément baissée. Peine perdue ! Il ne leur fallut pas longtemps pour la rattraper.

— Peut-on savoir quelles sont vos relations avec le très mystérieux Eduardo Silveri ? demanda l'un des deux hommes. Est-il vrai que vous séjournez chez lui à Haverton Manor ? C'était bien votre maison de famille, n'est-ce pas ?

Sans même lever les yeux, elle poursuivit sa route. Quoi qu'elle dise, ces vautours trouveraient le moyen de déformer ses paroles, elle le savait.

— Dans les environs, reprit l'autre journaliste, on dit qu'il a un passé de délinquant, et un casier judiciaire. Qu'est-ce que cela vous fait d'avoir une liaison avec un voyou repenti ?

Hors d'elle, elle fit volte-face, et fusilla du regard le malotru.

Comment pouvait-il calomnier ainsi Eduardo alors qu'il ne savait absolument rien de lui ? C'était insupportable.

— Il n'a jamais été un voyou. Ce sont ceux qui lui ont fait du mal qui auraient dû être condamnés !

— A en croire la rumeur, M. Silveri ne s'en serait jamais sorti sans l'aide considérable que lui a apportée votre père.

— C'est totalement faux ! Eduardo aurait réussi dans la vie sans le soutien de personne, en dépit de son milieu social. Mon père a simplement cru en lui. Il lui a donné l'opportunité de développer ses qualités et il serait très fier de l'homme qu'Eduardo est devenu. Maintenant, je vous prie de me laisser tranquille. Je n'ai rien à ajouter.

Lorsqu'elle fut certaine que les journalistes étaient partis et qu'elle ne serait pas suivie, elle regagna sa voiture d'un pas lent et reprit le chemin du manoir.

Fallait-il qu'elle mette Eduardo au courant de cet incident ?

Non ! Cela risquait de le contrarier, et de gâcher les derniers moments qu'il leur restait à passer ensemble.

Car, c'était leurs derniers moments, inutile de se voiler la face ! Même si c'était son souhait le plus cher, elle ne pouvait demeurer plus longtemps à Haverton Manor. Chaque jour supplémentaire passé avec Eduardo était une erreur. Il ne lui avait pas caché qu'il ne l'aimait pas suffisamment pour passer le reste de sa vie avec elle. Alors, la seule solution était la rupture, quand bien même cela lui brisait le cœur.

Une demi-heure à peine après qu'elle eut regagné le manoir, son portable sonna. C'était Claudia.

— Maman ? Je me demandais quand j'aurais eu de tes nouvelles.

— Tu sais, j'ai été très occupée ces derniers temps avec tous les problèmes que José m'a laissés sur les bras. D'ailleurs, à ce sujet, est-ce que tu pourrais me prêter de quoi régler quelques factures ?

— *Prêter* ? répondit-elle d'une voix ironique.

— Bella, tu n'as pas à me parler sur ce ton ! Je suis ta mère, quand même.

— Tu comptes toujours sur moi pour te sortir de tes difficultés financières. Qu'as-tu fait de tout l'argent que papa t'a donné au moment du divorce ?

— Oh ! tu es bien mal placée pour me critiquer, ma fille ! Que je sache, tu n'as jamais eu besoin de travailler de ta vie.

— C'est vrai, mais ça va changer. Dès que je rentrerai en possession de mon héritage, je vais mettre sur pied une fondation pour financer un orphelinat. D'ici là, je vais faire du bénévolat. Je veux aider un enfant en difficulté, comme papa l'a fait avec Eduardo.

— Il me semble que la petite expérience de ton père n'a pas eu que des effets positifs. Au fait, je ne t'ai pas trouvée chez toi aujourd'hui. Ne me dis pas que tu es encore terrée au manoir, avec ce type !

— Je rentre à Londres samedi pour aller chercher Julian à l'aéroport.

— Tu t'es demandé ce qu'il allait penser en apprenant que tu avais passé toute la semaine avec un autre ?

Instinctivement, Bella resserra les pans de sa veste autour d'elle. Comme si le fait d'être habillée allait lui faire oublier toutes les heures qu'elle venait de passer nue… c'était ridicule !

— Je n'ai pas l'intention de donner suite à ma relation avec Julian, maman, reprit-elle. Il me semble plus honnête de lui faire part de ma décision de vive voix qu'au téléphone.

Claudia laissa échapper un petit rire moqueur.

— Alors cette petite brute a enfin réussi à t'ensorceler ? J'en étais sûre ! Je t'avais prévenue, pourtant.

Malgré elle, Bella sentit la fureur l'envahir.

— Eduardo est *tout* sauf une brute, dit-elle. Il est doux et attentionné. Tu ne le connais pas. Il n'a rien à voir avec l'idée que tu t'en fais.

— Tu as couché avec lui, c'est ça ?

— Maman ! Cela ne te regarde pas !

— Tout ce qu'il veut, c'est ta fortune. C'est pour ça qu'il refuse que tu me donnes de l'argent. Il veut tout garder pour lui.

— C'est faux !

Bella frissonna. Soudain, toutes les émotions qu'elle avait si longtemps contenues la submergèrent. C'était plus qu'elle n'en pouvait supporter, et elle laissa libre cours à son indignation.

— Eduardo ne cherche pas à m'épouser. Il n'a pas l'intention d'épouser qui que ce soit, d'ailleurs. Tout ça, c'est à cause de son passé. Il a terriblement souffert quand il était enfant. Son beau-père le martyrisait atrocement. Tu ne peux même pas imaginer les épreuves qu'il a traversées. C'est la personne la plus extraordinaire que j'ai jamais rencontrée. Je ne peux pas te laisser dire de telles horreurs sur lui. Je ne le permettrai à personne.

— Pauvre petite sotte ! J'imagine que tu te crois amoureuse de lui.

Bella jeta un regard par la fenêtre. Eduardo revenait à travers champs, Fergus sur ses talons. Il leva les yeux et lui sourit en lui adressant un signe de la main. Machinalement, elle lui rendit son geste et son sourire. Pourtant, elle avait soudain l'impression que l'on serrait son cœur dans un étau.

— A vrai dire, je l'ai toujours aimé…, dit-elle bien que sa mère eût déjà raccroché.

Eduardo finissait de dégager la neige sur l'allée lorsque Bella le rejoignit. Avec son bonnet à pompon et ses mitaines, elle était tellement délicieuse qu'il sentit son cœur faire un bond dans sa poitrine. Pourtant quelque chose n'allait pas, il le sentait. Bella semblait contrariée.

— Pourquoi fais-tu cette tête ? demanda-t-il en prenant ses deux mains si menues dans les siennes. Il y a une demi-heure, tu étais toute souriante à la fenêtre. Qu'est-ce qui s'est passé ?

Bella se mordilla la lèvre inférieure. Puis, elle eut une mimique résignée.

— Je viens d'avoir une conversation avec ma mère, dit-elle. Je lui ai annoncé qu'à partir de maintenant, il n'était plus question que je la dépanne financièrement. Cela ne lui a pas plus. Elle m'a raccroché au nez.

— Tu as bien fait, dit-il. Cela fait trop longtemps qu'elle compte sur toi, répondit-il en la serrant contre lui.

Bella fixa ses deux grands yeux noisette sur lui.

— Je lui ai également annoncé que je ne voulais plus me fiancer à Julian. Samedi, je retournerai à Londres pour lui parler.

Pendant un instant, il fut incapable de réagir. Quelque chose lui disait que l'instant qu'il avait tant redouté était arrivé…

— Je vois, finit-il par dire.

De la pointe de la langue, elle s'humecta les lèvres.

— Je crois que tu as raison. Il est préférable que je prenne un peu plus de temps pour décider de mon avenir. Et tu as raison sur un autre point, aussi. Je ne suis pas amoureuse de lui.

— Qu'est-ce qui t'en a fait prendre conscience ?

Dans les yeux de Bella toujours levés vers lui, il lut une silencieuse prière qui l'émut jusqu'à l'âme. Pourtant, il devait se montrer ferme, il le savait.

— Peut-être ai-je enfin fini par grandir, répondit Bella. Cela m'aura pris assez longtemps, pas vrai ?

Lentement, il s'écarta d'elle.

— Il ne faut pas que tu te fasses des idées, Bella, dit-il. Je t'ai dit clairement jusqu'où j'étais prêt à aller. On peut continuer à avoir une liaison, mais je ne pourrai jamais te donner plus. Tu le sais, n'est-ce pas ?

Le regard de Bella se fit encore plus suppliant, et il sentit son cœur se contracter encore davantage.

— Pourtant, nous pourrions être si heureux ensemble…

— Ton père comptait sur moi pour t'empêcher de faire des bêtises. De te lancer tête baissée dans une histoire, comme tu es en train de le faire. Il y a seulement dix jours, tu étais prête à épouser ce Bellamy. Aujourd'hui, tu es convaincue d'être soudain tombée amoureuse de moi. Qu'est-ce qui va se passer la semaine prochaine ? Ou dans un mois ?

— Je ne suis pas tombée amoureuse, tout d'un coup. Ce que je ressens pour toi n'a rien de nouveau. Mais j'ai besoin d'un peu de temps pour y voir clair. Ces derniers jours ont été tellement extraordinaires… Mais tu as raison, je ne crois pas qu'une simple liaison puisse me satisfaire. Je veux bien plus que ça.

Avec un long soupir, il l'attira de nouveau à lui. Le visage enfoui dans sa chevelure au parfum inimitable, il murmura :

— Mon intention n'est pas de te faire souffrir, Bella. Mais, ce genre de promesse est au-dessus de mes forces.

Il inspira son parfum, et la sentit qui se lovait contre lui comme s'ils ne faisaient qu'un. Jamais il n'avait à ce point désiré une femme.

Dire qu'il avait cru que son désir s'émousserait à partir du moment où il la posséderait ! C'était tout le contraire qui s'était produit. Il avait plus besoin d'elle que jamais… Néanmoins, l'engagement n'était pas pour lui.

Que ce soit avec Bella, ou n'importe qui d'autre.

Ne serait-ce pas prendre le risque d'être de nouveau abandonné, un jour ? Et ce pouvoir, il ne l'accorderait à personne.

Pas même à quelqu'un d'aussi adorable et d'aussi attachant que Bella.

Ne s'était-il pas forgé une carapace pour ne plus être à la merci de qui que ce soit ?

Ne s'était-il pas toujours refusé à tomber amoureux ?

Par chance, Bella ne tarderait pas à se lasser de lui. Depuis son entrée dans l'adolescence, elle avait toujours enchaîné les tocades. Elle finirait par retourner à Londres, pour y reprendre le cours de sa vie mondaine. Oui, elle l'oublierait.

Au moins, comme cela, elle ignorerait à quel point il souffrait de son absence.

Le lendemain, Eduardo se leva de bonne heure. Non pas qu'il ait eu son compte de sommeil… Et Bella non plus, d'ailleurs. Ils avaient fait l'amour longuement. Malgré lui, savoir qu'elle s'apprêtait à partir le surlendemain, le bouleversait…

C'était à n'y rien comprendre. Ne s'était-il pas résigné, depuis longtemps, à l'idée que les choses ne pouvaient se prolonger entre eux ? D'habitude, il n'avait aucun mal à prendre de la distance lorsqu'une relation arrivait à son terme. Jamais le moindre regret, ou le moindre remords ne venait troubler sa conscience. Il coupait les ponts et poursuivait sa route. Comme c'était différent cette fois ! Peut-être était-ce dû à la façon dont Bella s'était lovée contre lui, cette nuit ? Sa façon de s'endormir la tête posée sur son torse ? A cet instant, il avait senti quelque chose se briser dans sa poitrine.

Pendant ses longues heures d'insomnie jusqu'à l'aube, il s'était laissé aller à rêver de l'avenir qu'ils pourraient avoir ensemble. Il avait imaginé Haverton Manor résonnant de son rire joyeux, et du rire de leurs enfants. Haverton Manor devenant leur foyer !

Malgré tous ses efforts pour écarter ces pensées, elles ne cessaient de revenir le hanter.

Pourquoi, après tout, n'aurait-il pu tout avoir ?

Bella *et* Haverton Manor.

Ensemble, pourquoi ne bâtiraient-ils pas un avenir solide ?

Mais si elle le quittait, comme Claudia avait abandonné Godfrey, et le laissait seul, accablé de chagrin…

Une nouvelle fois, il fut envahi par un sentiment de panique. Au bout de combien de temps, Bella regretterait-elle les lumières de la ville ? Combien de temps avant que sa seule compagnie ne lui pèse ? Un mois ? Un an ? Parviendrait-il à vivre ainsi toujours en sursis ? Non, chaque jour, il se torturerait à l'idée que cela puisse être le dernier jour de son bonheur. N'était-il pas préférable de ne rien avoir, que de risquer de perdre ce que l'on a ?

Puis une autre idée encore plus dérangeante s'insinua en lui. Et si Bella faisait semblant d'être amoureuse ? Après tout, peut-être cherchait-elle tout simplement à se venger de se voir dépossédée de sa maison de famille ? Quel meilleur moyen de lui rendre la monnaie de sa pièce que de lui faire croire qu'elle avait des sentiments pour lui, avant de le laisser tomber, et de le livrer à la curiosité malsaine des médias ?

Non ! Assez. La douleur et la proximité du départ de Bella l'égaraient. En attendant que le jour se lève, il devait trouver à s'occuper. Dans l'espoir de tuer le temps, il alluma son ordinateur. A peine eut-il ouvert un journal en ligne, qu'il reçut comme un coup de poing en pleine figure.

Inutile d'attendre en se rongeant les sangs le moment où Bella se déciderait à le trahir !

Sa trahison était, d'ores et déjà, étalée au regard de tous !

Lorsque Bella descendit, il était déjà 10 heures du matin. Eduardo l'avait tenue éveillée une bonne partie de la nuit, en lui faisant l'amour avec une passion débridée. Son corps en était encore délicieusement perclus.

Etait-ce la perspective de son départ imminent qui avait mis cette note de tristesse dans la façon dont il lui avait fait l'amour ? Etait-ce pour cela qu'il l'avait gardée étroitement enlacée contre lui pendant des heures, comme s'il se refusait à la laisser partir ?

Si seulement il avait pu lui dire les mots qu'elle attendait ! Mais non, il était resté muet… Peut-être prendrait-il enfin conscience de ce qu'elle représentait pour lui, une fois qu'elle serait loin ?

Bien sûr, elle ne se faisait pas d'illusion, cela prendrait certainement du temps, peut-être même des mois, avant qu'il n'admette qu'il avait tort de sacrifier ce qu'il y avait entre eux. Pourtant, après la nuit qu'ils venaient de passer, elle ne pouvait s'empêcher d'être un peu plus confiante. Même s'il n'avait pas prononcé les mots qu'elle attendait tant, ce qu'il éprouvait pour elle n'était rien d'autre que de l'amour, elle l'avait senti. Il fallait seulement lui laisser le temps de se faire à cette idée. Mais cela finirait bien par arriver. Certes, il était du genre à nier ses émotions, mais comment pourrait-il ignorer longtemps le lien extraordinaire qui s'était forgé entre eux ? Ce n'était pas uniquement une fabuleuse entente sexuelle. Non, c'était beaucoup plus profond. Jamais elle ne s'était sentie en osmose avec quelqu'un, comme avec Eduardo. Il lui avait ouvert les portes de son âme. Désormais, elle le connaissait intimement. Elle savait tout de ses forces et de ses faiblesses. Tout de sa vraie nature.

D'un pas léger, elle entra dans le bureau et trouva Eduardo debout devant la fenêtre, le dos tourné.

— Eduardo ? appela-t-elle, inquiète de sentir chez lui une telle raideur.

Il se retourna et la balaya des pieds à la tête d'un regard qui n'avait plus rien de passionné. Bien au contraire, la lueur menaçante qui y brillait la bouleversa.

— Je viens de parler au notaire, lança-t-il avec froideur.

Cette voix froide, glaciale… elle en avait des frissons dans le dos. Où donc était passée la sensualité de la voix de velours qui lui avait murmuré des paroles enflammées toute la nuit ?

— Pardon ? dit-elle sans parvenir à cacher son désarroi.

Il poussa vers elle une liasse de documents posée sur le bureau.

— Tu es entièrement libre, dit-il. Je ne suis plus ton tuteur.

Que voulait-il dire ? D'un pas chancelant, elle avança vers la table de travail.

— De quoi parles-tu ? Je ne comprends rien.

L'éclat métallique qu'elle vit briller dans ses yeux lui glaça le sang.

— Tu as une heure pour quitter les lieux, lança-t-il. Pas la peine de t'embêter à faire tes bagages, Mme Baker se chargera de tout envoyer chez toi dès son retour. Je lui demanderai de t'expédier aussi tout ce que tu as pu laisser dans ta chambre d'enfant. Je ne veux pas qu'il reste quoi que ce soit t'appartenant dans cette maison.

— Eduardo… ? Que dis-tu… ?

— C'était un plan très habile. Tu as été très convaincante. Rares sont ceux qui parviennent à me tromper, mais je dois te reconnaître cette qualité : tu as presque réussi Bella !

Un frisson glacé remonta le long du dos de Bella.

— Quel plan ? De quoi parles-tu ? Et pourquoi es-tu aussi odieux, tout à coup ?

D'un geste brusque, il fit pivoter vers elle l'écran de l'ordinateur posé sur son bureau.

— Voilà ton œuvre, dit-il. Tu avais tout manigancé depuis le début, pas vrai ? C'était une vengeance parfaite. Tu m'as bien piégé !

Lorsque ses yeux se posèrent sur la page du journal en ligne, elle eut l'impression que son cœur cessait de battre.

*Révélations sur le passé tragique du magnat des affaires Eduardo Silveri.*

*Le mauvais garçon réhabilité était un enfant martyr.*

*Sa liaison amoureuse avec la riche héritière guérit le beau ténébreux au cœur blessé.*

Une photo — prise devant Haverton Manor, probablement au téléobjectif — montrait Eduardo en train de l'embrasser.

Soudain, elle se rappela les deux journalistes rencontrés au village. Se pouvait-il qu'ils les aient espionnés ? Etaient-ils allés creuser dans le passé d'Eduardo ?

Affolée, elle leva vers Eduardo un regard suppliant.

— Tu penses vraiment que c'est *moi* qui suis à l'origine de ce coup monté ?

— Inutile de me faire ton regard innocent, répondit-il, les lèvres pincées. Et dépêche-toi de débarrasser le plancher, avant que je ne te jette dehors.

— Ce n'est pas moi Eduardo ! Comment peux-tu me croire capable d'une telle trahison ? C'est à croire que tu ne me connais pas !

Le regard qu'il posa sur elle était brillant de haine.

— Qui d'autre alors ? Je n'ai jamais confié à personne ce que je t'ai dit sur mon enfance. Maintenant, grâce à toi, mon passé est étalé aux yeux de tous. J'aurais dû savoir que je ne pouvais pas te faire confiance. Tu as toujours été une sale petite hypocrite. Tu voulais ta vengeance parce que je te refusais l'autorisation d'épouser ton missionnaire ? Eh bien, maintenant, tu peux épouser qui tu veux !

Le choc, la douleur et l'incrédulité laissèrent Bella hébétée.

— Comment peux-tu imaginer que j'ai voulu te piéger ? Lorsque je suis allée au village, hier, il y avait des journalistes. Je ne t'en ai pas parlé parce que…

— Parce que tu les as attirés jusqu'ici en leur promettant un témoignage exclusif, c'est ça ? C'est toi qui leur as suggéré le dernier titre ? J'imagine que tu espérais que j'allais me jeter à tes genoux pour te proposer de m'épouser.

Bouleversée, elle jeta un coup d'œil aux titres qui s'étalaient sous ses yeux.

— Je ne leur ai rien dit au sujet de…

Tout à coup, elle sentit son souffle se coincer dans sa gorge. Seigneur, serait-il possible que…

— Eduardo, reprit-elle d'une voix faible, c'est peut-être ma mère, qui… Mais je lui ai tout juste dit quelques mots au sujet de ton enfance. Elle n'arrêtait pas de te calomnier, et j'ai pensé que…

— Qu'à vous deux, vous alliez pouvoir me faire tomber dans vos filets ? Cela t'était bien égal de démolir tout ce pour quoi j'ai travaillé si dur.

— Je ne comprends pas pourquoi tu prends les choses de cette façon. Tu n'as à avoir honte de rien. Au contraire, on ne peut qu'admirer ta capacité de résilience.

La lueur de mépris qui passa dans le regard d'Eduardo lui brisa le cœur.

— Comment pourrais-tu comprendre ? Tu adores être sous les projecteurs. Il ne se passe pas un jour sans que ton nom n'apparaisse dans la presse. Tu sais pourtant à quel point je tiens à protéger ma vie privée. Tu ne pouvais pas trouver meilleure vengeance. Quand je pense que j'ai failli me laisser prendre à tes déclarations d'amour. Mais tu n'aimes personne, à part toi-même !

Meurtrie, Bella dévisagea l'homme qui se tenait face à elle et qu'elle avait cru connaître. Comment pouvait-il lui faire si peu confiance ? La rejeter ainsi ? Si elle avait compté pour lui, ne serait-ce qu'un tout petit peu, n'aurait-il pas essayé de comprendre ce qui s'était vraiment passé ?

Puisqu'elle n'était rien pour lui, hors de question de lui montrer le mal qu'il lui faisait. Non, elle ne lui ferait pas ce plaisir. Sa fierté l'en empêchait.

— Eh bien, dit-elle en redressant les épaules, je suppose que tout est dit.

— Exactement ! Et je ne veux plus jamais te revoir, tu m'entends ?

— Ne t'inquiète pas. Tu ne me reverras jamais.

Rejetant la tête en arrière, elle quitta la pièce d'un pas décidé.

# *Chapitre 11*

Pendant plusieurs semaines le tapage médiatique battit son plein. Tous ceux qui avaient eu affaire à Eduardo au cours de son enfance, de plus ou moins près, réclamèrent leur quart d'heure de gloire. Horrifiée, Bella voyait les témoignages les plus ignobles se répandre dans la presse. Lorsque la famille du beau-père d'Eduardo — certainement assurée qu'aucune poursuite ne pouvait être exercée à l'encontre d'un mort — prit la défense de ce dernier, et s'évertua à le faire passer pour un saint, injustement calomnié, elle entra dans une colère folle.

Ces semaines furent un véritable cauchemar. Chaque fois qu'un nouvel article paraissait, elle en était malade. Bien sûr, ce n'était pas vraiment sa faute, après tout sa seule erreur avait été de vouloir faire comprendre à sa mère à quel point Eduardo avait eu une enfance difficile. Pourtant, elle ne pouvait s'empêcher de se faire des reproches.

Claudia, pour sa part, ne semblait pas avoir le moindre remords. Bella était horrifiée. Dire qu'elle avait un moment espéré que sa mère prendrait l'initiative d'appeler Eduardo pour s'excuser… Bien sûr, elle n'en fit rien. A croire qu'elle se délectait de voir le tragique passé d'Eduardo exposé sur la place publique…

Mais inutile de le contacter elle-même, pour lui expliquer que c'était sa mère qui avait accordé l'entretien aux journalistes.

Il ne la croirait pas. Eduardo ne lui faisait pas confiance. Il n'avait confiance en personne…

Le notaire avait réglé toutes les questions financières, et elle pouvait maintenant disposer de sa fortune comme elle l'entendait.

Mais comme cette victoire était amère !

Que pourrait-elle bien faire de tout cet argent ? Il ne pouvait combler l'épouvantable sentiment de solitude qui l'accablait…

Le pire, c'étaient les soirées.

Bien sûr, ses amis ne l'avaient pas abandonnée, ils essayaient régulièrement de la convaincre de les accompagner à des dîners ou des fêtes. Mais qu'y aurait-elle fait ? Non, elle ne voulait voir personne. Le mieux était encore de rester chez elle, pelotonnée sur le canapé, le regard perdu dans le vague. Depuis son retour à Londres, toutes ses soirées se ressemblaient. Comment quelqu'un d'aussi riche qu'elle pouvait être aussi désespéré ?

Bella ramena un coussin sur sa poitrine avec un soupir. Dire que Julian n'avait même pas fait mine d'être triste lorsqu'elle avait rompu avec lui. Au fond, c'était sans doute la preuve qu'elle avait pris la bonne décision… Tout ce qui semblait l'intéresser, c'était de savoir si elle ferait quand même un don à sa fondation ! S'il l'avait vraiment aimée, ne se serait-il pas battu pour la garder ?

Eduardo non plus ne s'était pas battu pour elle…

Comment avait-il pu se montrer aussi cruel après ce qu'ils avaient partagé ? Il ne lui avait même pas accordé le bénéfice du doute. Non, il l'avait chassée de sa vie comme si elle ne représentait rien pour lui.

Un nouveau soupir lui échappa. Au fond, à quoi bon se torturer l'esprit avec de telles pensées ?

Dans une semaine, elle serait à l'autre bout du monde. Elle avait hâte d'arriver en Thaïlande, pour visiter l'orphelinat qu'elle parrainait ! Avec un peu de chance, la distance lui permettrait de laisser derrière elle toute cette épouvantable affaire.

Lorsque Mme Baker entra pour lui apporter son café, Eduardo essayait sans grand succès de s'intéresser aux plans d'un projet immobilier qu'il devait réaliser dans le comté voisin. Il sentait monter une de ces terribles migraines qui l'assaillaient régulièrement depuis quelque temps. On aurait dit qu'on lui enfonçait des aiguilles dans les globes oculaires.

— Merci, dit-il en levant brièvement les yeux.

Mme Baker demeura plantée devant le bureau, les bras croisés sur son ample poitrine, les lèvres pincées.

— Quelque chose ne va pas ? demanda-t-il.

— Avez-vous lu les journaux du jour ?

D'un regard vide, il fixa le plan étalé devant lui.

— Cela fait des semaines que je n'ai pas lu la presse. Il n'y a rien qui m'intéresse dans ces torchons.

Tirant un journal soigneusement plié de la poche de son tablier, Mme Baker le lui tendit.

— Eh bien, vous devriez jeter un coup d'œil à ceci, dit-elle. Cela concerne notre petite Bella.

Sans faire un geste, il leva les yeux vers sa gouvernante.

— Reprenez cela, dit-il en reportant son attention sur ses plans. Je me moque éperdument de ce qu'elle peut faire. Ce n'est plus mon affaire.

Comme si elle n'avait rien écouté de ce qu'il venait de dire, Mme Baker entama la lecture de l'article.

— Après bien des spéculations, il semble que la riche héritière Arabella Haverton serait la bienfaitrice anonyme d'un orphelinat thaïlandais. Miss Haverton aurait déjà consacré des sommes très importantes à l'achat de nourriture, vêtements et jouets pour les enfants. Elle a cependant refusé de confirmer la rumeur, alors même qu'elle embarquait hier dans un avion en direction de Bangkok.

Mme Baker abaissa le journal, et il sentit son regard perçant le traverser.

— Alors, reprit-elle, qu'en pensez-vous ?

Il se recula dans son fauteuil le plus nonchalamment possible.

— Grand bien lui fasse.

— C'est tout ce que cela vous inspire ?

— Que voulez-vous que je dise. Elle peut bien faire ce qu'elle veut de son argent. Je m'en soucie peu. Sa vie ne me regarde plus, je vous le répète.

La gouvernante souffla bruyamment en secouant la tête.

— Et si elle décide de ne pas revenir ? Si on ne la revoit *jamais* ?

Malgré lui, un soupir irrité lui échappa et il fusilla sa gouvernante du regard.

— Je ne vois pas ce que cela pourrait me faire. Pour tout vous dire, je suis ravi qu'elle disparaisse de mon horizon…

*Menteur. Elle te manque tellement que tu en es pratiquement malade.*

Ses efforts pour dissimuler ses sentiments à Mme Baker ne devaient pas être convaincants car elle l'interrompit.

— Ce n'est pas vrai ! s'exclama-t-elle. Vous êtes épouvantablement malheureux. Vous tournez en rond comme un ours en cage. Je ne vous reconnais plus depuis qu'elle est partie. Même Fergus a perdu l'appétit.

Ainsi, il ne trompait personne ? Agacé d'être aussi transparent, il fit mine de s'intéresser au mécanisme d'un stylo qui traînait sur son bureau.

— C'est parce qu'il se fait vieux, dit-il.

— Un jour, ce sera votre tour d'être vieux. Et vous serez arrivé à quoi dans la vie ? A avoir une belle maison, et plus d'argent que vous ne pourrez jamais en dépenser ? Mais il n'y aura personne auprès de vous, pour vous éponger le front quand vous aurez une de vos épouvantables migraines. Pas de femme pour vous sourire et vous dire qu'elle vous aime plus que sa vie même. Il faut être aveugle pour ne pas se rendre compte que Bella est incapable d'avoir raconté quoi que ce soit à un journaliste. Elle est spontanée, et c'est ce qui la rend si attachante. Elle a le cœur sur la main, certes. Mais elle ne manque pas de jugeote. Non, c'est sa mère qui a tout divulgué à la presse, c'est sûr !

Elle fit claquer le journal sur le bureau.

— Page 20, reprit-elle, vous trouverez l'interview exclusive de Claudia Alvarez sur les œuvres de bienfaisance de sa fille !

A contrecœur, il laissa errer son regard sur le journal posé devant lui. Certes, il avait déjà envisagé l'hypothèse que Bella ne soit pas à l'origine de la fuite. Car il devait reconnaître que Mme Baker n'avait pas tort : Bella était incapable de dissimuler ses sentiments.

Mais au fond, qu'elle soit responsable ou pas, cela ne changeait rien au problème.

Aimer c'était prendre le risque de souffrir. Surtout lorsqu'on était amoureux de quelqu'un comme Bella. Comment pourrait-il jamais s'y résoudre ?

Bella était beaucoup trop impulsive. Elle finirait inévitablement par tomber amoureuse d'un autre. Ce jour-là, son monde s'effondrerait. Serait-il capable de le supporter une seconde fois ? Rien n'était moins sûr…

Non, autant se réhabituer tout de suite à la solitude. Cela ne lui faisait pas peur.

Certes, depuis le départ de Bella, le manoir lui paraissait bien trop grand, les pièces désespérément vides, mais cela finirait par passer… Mais en était-il sûr ? N'était-il pas devenu presque incapable de pénétrer dans sa propre chambre où flottait encore le parfum de Bella ? Les longs corridors résonnaient de l'écho de ses pas solitaires. Et il avait beau augmenter le chauffage, le froid le transperçait jusqu'aux os. Même Fergus levait vers lui un vrai regard de chien battu. Comme pour bien lui rappeler que toute joie, toute couleur, avait déserté leur vie. Et dire que c'était lui, et lui seul, qui en était responsable. C'était lui qui avait chassé Bella, alors qu'il ne désirait qu'une chose : la garder près de lui…

Il leva les yeux vers la gouvernante.

— N'avez-vous rien à faire ? demanda-t-il sèchement.

Mme Baker pinça les lèvres.

— Cette enfant vous aime, lança-t-elle. Et vous l'aimez aussi, mais vous êtes bien trop entêté pour le lui dire. Trop même, pour vous l'avouer à vous-même.

— Ce sera tout ?

— Elle passe probablement ses nuits à pleurer. Quant à son père, il doit se retourner dans sa tombe. Il était persuadé que vous sauriez prendre soin d'elle. Mais vous l'avez rejetée au moment où elle avait le plus besoin de vous.

C'en était trop ! Ne voyait-elle pas qu'il était à la torture ? Repoussant violemment son fauteuil, il se leva d'un bond.

— Je n'ai pas à écouter vos divagations ! s'exclama-t-il.

*Je sais que je me suis comporté comme un pauvre idiot. Je n'ai pas besoin que ma gouvernante me le rappelle. Il me faut seulement un peu de temps pour savoir comment je vais me sortir de cette situation, et regagner le cœur de Bella. S'il n'est pas trop tard pour cela…*

Il vit les larmes monter aux yeux de Mme Baker.

— C'est sa maison, ici, gémit-elle. C'est chez elle !

— Je sais, soupira Eduardo. C'est pour cela que j'ai demandé au notaire de mettre les actes de propriété à son nom, et de les lui faire parvenir.

Mme Baker ouvrit des yeux ronds.

— Vous ne vivrez plus ici ?

— Non.

Malgré ce qu'il avait cru, ses rêves d'une splendide demeure pour abriter sa réussite, renoncer à Haverton Manor ne lui avait pas été si difficile, finalement. Bien moins, en tout cas, que de renoncer à Bella.

Si seulement il avait pris la peine de réfléchir un peu avant d'agir !

S'était-il jamais demandé comment il supporterait qu'elle épouse un autre que lui ? Avait-il imaginé ce que cela lui ferait d'apprendre qu'elle avait des enfants avec un autre ?

Il aimait Bella. Il l'adorait en fait. Elle était tout pour lui. Oui, elle comptait plus que sa vie même. Mais les jeux étaient faits. Il l'avait terriblement blessée. Jamais elle ne lui pardonnerait, il le savait. Ce n'était même pas la peine d'espérer. La seule chose à faire était de la laisser vivre sa vie, et disparaître pour toujours. D'ailleurs, il n'avait jamais appartenu à son monde…

— Et que ferez-vous de Fergus ? demanda Mme Baker.

— Bella s'en occupera. Après tout, c'était le chien de son père.

— Mais cette pauvre bête s'est attachée à vous. Comment êtes-vous assez insensible pour l'abandonner ?

— C'est mieux ainsi.

Il fallut plusieurs jours à Bella pour surmonter le choc éprouvé en découvrant l'orphelinat. C'était à peine si elle parvenait à se nourrir ou à fermer l'œil. Certes, les enfants n'étaient pas mal soignés. Mais l'idée qu'ils étaient seuls au monde lui était insupportable. Elle passait l'essentiel de ses nuits à sangloter. Dès l'aube, elle s'employait à leur dispenser tout l'amour dont ils manquaient si cruellement, et à essayer de mettre un peu de joie dans leur vie. Elle jouait avec eux, leur lisait des histoires, et leur chantait même les quelques comptines que sa mère lui avait apprises.

— Vous allez y laisser toutes vos forces, si vous ne prenez pas un peu de repos, finit par lui dire Tasanee, l'un des responsables de l'orphelinat.

Bella déposa un baiser sur le léger duvet qui couvrait le crâne de la petite fille de huit semaines qu'elle serrait contre elle.

— Je ne veux pas la poser dans son lit tant qu'elle n'est pas endormie, dit-elle. Sinon, elle pleure pendant des heures. Sa maman doit lui manquer terriblement. Elle sent certainement qu'elle ne reviendra pas.

*Et je sais ce que c'est que de se sentir seul au monde.*

— Oui, ajouta Tasanee, c'est très triste que ses deux parents soient morts. Mais nous avons un couple qui attend pour l'adopter. Les démarches sont en train d'être faites. Elle aura une belle vie. C'est plus facile pour les bébés. Ce sont les plus grands qui ont du mal à s'adapter.

Un peu plus loin, un groupe d'enfants jouaient. Comme à l'accoutumée, un des jeunes garçons restait à l'écart, observant autour de lui avec un visage triste. Il venait d'avoir cinq ans et, lorsqu'elle le voyait, elle ne pouvait s'empêcher d'imaginer Eduardo au même âge. Comme il avait dû souffrir d'être seul, livré à la violence d'un beau-père haineux. A l'idée de l'enfant qu'il avait été, pétrifié de terreur, une tristesse sans nom l'envahissait toujours. Mais sa tristesse, à la pensée qu'elle ne vivrait jamais avec lui, était bien pire encore. Partager la vie d'Eduardo…, elle en avait tant rêvé. !

— Miss Haverton ? l'interpella une des jeunes bénévoles, alors qu'elle venait de déposer Lawan dans son berceau. Ceci est arrivé pour vous au courrier ce matin.

— Merci.

Intriguée, elle prit la grande enveloppe qu'elle ouvrit sans plus attendre. Elle contenait un document à l'apparence officielle. Qui pouvait bien lui écrire ici ?

Lorsqu'elle en eut parcouru les premières lignes, elle sentit un mélange de stupeur et de colère la gagner.

— Il… il doit y avoir une erreur, bredouilla-t-elle.

— Qu'y a-t-il ? questionna la jeune bénévole.

Se mordant la lèvre, Bella feuilleta la liasse d'actes notariés.

— Je crois que je vais être obligée de retourner en Angleterre pour tirer tout cela au clair…

— Est-ce que vous reviendrez vite ?

Elle adressa un sourire aussi rassurant que possible à la jeune fille.

— Ne t'inquiète pas. Je serai de retour très vite. Il faut juste que j'aille voir quelqu'un. Au sujet d'un chien.

Eduardo finissait de ranger ses bagages à l'arrière de sa voiture, lorsqu'un petit coupé sport remonta l'allée du manoir à vive allure.

Immédiatement, Fergus se leva et remua joyeusement la queue, avec un gémissement étouffé.

— Oh ! je t'en prie, marmonna Eduardo, pas d'effusions. Elle est certainement revenue pour protester au sujet d'une clause qui ne lui convient pas.

Bella s'extirpa de la voiture, et il sentit un parfum de fleurs printanières flotter autour d'elle.

— Qu'est-ce que c'est que ça ? lança-t-elle, en agitant les papiers qu'elle tenait.

— Ton acte de propriété. Le manoir est désormais à toi. Ainsi que Fergus.

Elle fronça les sourcils. Dieu, qu'elle était belle !

— Mais tu n'as vraiment pas de cœur ! s'exclama-t-elle. Ce chien est attaché à toi. Comment peux-tu…

Un instant, elle sembla ne plus trouver ses mots, et leva les bras au ciel.

— Comment peux-tu, reprit-elle, te débarrasser de lui, comme d'un paquet dont tu ne veux plus ?

— Je ne peux pas l'emmener avec moi.

— Pourquoi ? Où vas-tu ?

— Loin.

— Loin, mais où ?

Il ferma le coffre.

— Je ne suis pas chez moi ici, dit-il. C'est ta maison, pas la mienne.

Bella lui fourra les papiers entre les mains.

— Je n'en veux pas.

Il les lui rendit.

— Moi non plus. Ton père a eu tort de m'en faire hériter. C'est le dernier lien que tu as avec lui. Je n'ai pas le droit de t'en priver.

— Mais c'est la même chose pour toi.

— Bah, j'ai suffisamment de souvenirs, répondit-il avec un haussement d'épaules.

— Tu ne peux pas partir comme ça. Et Fergus ? Je croyais que tu l'aimais.

Affectueusement, il se pencha vers le chien et lui caressa les oreilles.

— C'est vrai. C'est un merveilleux compagnon. Mais il est temps pour moi de passer à autre chose. C'est mieux comme ça, Bella.

— Mieux pour qui ? Fergus va mourir de chagrin. Et tu as pensé à Mme Baker ? Elle t'a consacré l'essentiel de sa vie. Tu as le courage de laisser tomber tous ceux qui t'aiment ?

Décidé à écourter la confrontation, il ouvrit la portière de la voiture.

— Au revoir, Bella.

Mais elle ne semblait pas l'entendre ainsi et elle se planta devant la voiture, les poings sur les hanches.

— Tu n'es pas fichu de le dire, hein ? Tu es trop fier, ou trop entêté, pour admettre qu'il y a des gens auxquels tu tiens. Pour reconnaître que tu es capable d'*aimer.*

— Est-ce qu'il suffirait d'avouer que je t'aime pour que cela efface toutes les horreurs que j'ai pu te dire ?

L'air boudeur, Bella haussa les épaules.

— Je ne sais pas… On ne risque rien à essayer…

Malgré ses résolutions, il ne put s'empêcher de sourire à demi. Comme Bella était attendrissante, avec cette expression fâchée ! Elle avait beau essayer d'adopter un air hautain, elle ne le trompait pas. Il voyait les doux rayons de l'amour briller à travers les fissures de sa cuirasse. Un espoir fou naquit en lui.

— Est-ce que tu crois que tu pourrais me pardonner de t'avoir chassée, si je te disais que je t'aime ?

Cette fois, il vit scintiller une petite étincelle dans ses prunelles, tandis qu'elle haussait de nouveau une épaule.

— Je ne déteste pas qu'on se confonde en excuses devant moi, quand c'est justifié, dit-elle.

Alors, il plongea son regard dans ses yeux noisette, et un torrent d'émotions le submergea.

Comment pourrait-il ne pas être fou amoureux ? Ne l'avait-il pas *toujours* aimée ?

— Alors, je ferais mieux de m'y mettre sans attendre, dit-il. Cela va prendre un peu de temps. Tu n'es pas trop pressée, j'espère ?

Le regard de Bella pétilla de plus belle.

— Je saurai être patiente. Je ne manquerais cela pour rien au monde.

Il prit une profonde inspiration, avant d'enserrer les deux mains de Bella dans les siennes.

— Je te demande pardon pour toutes les paroles blessantes

que je t'ai jetées à la figure. Pour t'avoir traitée aussi durement que je l'ai fait. Pour t'avoir rejetée impitoyablement.

Bouleversé, il attira Bella contre sa poitrine, et enfouit son visage dans ses cheveux.

— Je ne suis pas l'homme qu'il te faut, dit-il enfin. Je suis incapable d'aimer.

— Bien sûr que si, tu en es capable, répondit-elle en s'écartant pour lever vers lui un regard plein d'adoration. Je t'ai vu à l'œuvre bien des fois. Tu es exactement comme mon père. Tu n'exprimes pas ton amour par des paroles, mais par des actes.

Incapable de croire que c'était vraiment Bella qui était là, devant lui, dans ses bras, il lui caressa le visage avec mille précautions.

— Tu m'as tellement manqué, soupira-t-il. Je ne comprends même pas ce qui m'a pris de te chasser. C'était cruel et sans cœur. Mais si cela peut te consoler, sache que j'ai souffert le martyre.

— Je te jure que je n'ai pas trahi ta confiance, en racontant ton secret aux journalistes. A aucun moment, je n'ai pensé te faire du mal. Bien au contraire, j'ai seulement rétabli ton image.

— Je sais. Je crois que je l'ai toujours su, mais j'avais besoin d'un prétexte pour te repousser. Tu prenais trop de place dans mon cœur, tu comprends ? Je ne savais pas faire face. Toute ma vie, j'ai tenu à l'écart ceux qui me voulaient du bien.

Bella se lova contre lui.

— Je t'aime, murmura-t-elle. J'aime tout ce que tu es. Depuis toujours.

Incapable de croire à son bonheur, il se recula d'un pas pour mieux la contempler. Bella, sa Bella.

— Il me semble bien que ton père l'avait deviné, dit-il enfin. Sa plus grande crainte, c'était que tu te jettes inconsidérément dans les bras du premier homme qui te demanderait en mariage. C'est pour cela qu'il m'avait fait promettre de t'en empêcher avant que tu n'atteignes l'âge de vingt-cinq ans. Mais je crois qu'il va me falloir manquer à ma promesse.

— Comment cela ?

— Bella, veux-tu m'épouser ?

Les yeux écarquillés par la surprise, Bella demeura un instant bouche bée.

— Mais..., mais je croyais que tu avais juré de ne jamais te..., finit-elle par bredouiller.

— Ça, c'était autrefois. Depuis, j'ai pris conscience de mon erreur. Et puis, je ne voudrais pas que Mme Baker me mette en pièces, si je ne me comporte pas correctement avec toi.

Bella noua les bras autour de son cou et le sourire qu'elle lui adressa le transporta de bonheur.

— Nous ne pouvons pas prendre le risque de contrarier Mme Baker, pas vrai ? répondit-elle d'un ton moqueur.

— Dois-je comprendre que tu acceptes ?

Les yeux pleins de larmes, elle répondit :

— Ai-je jamais réussi à te refuser quoi que ce soit ?

Plongeant son regard dans celui de Bella, il prit son visage entre ses mains.

— Je t'aime, Bella, murmura-t-il. Je n'ai jamais dit cela à personne, mais je suis prêt à te le dire tous les jours du reste de ma vie.

Elle lui décocha un sourire radieux.

— Je t'aime aussi.

— Je veux avoir des enfants avec toi. Au moins deux. Et nous pourrions aussi en adopter.

— Rien ne pourrait me rendre plus heureuse.

— Alors, peut-être faudrait-il nous atteler à la tâche sans plus tarder, tu ne crois pas ?

— Quoi ? Tout de suite ?
— Tout de suite !
Et souriant devant son air faussement choqué, il prit Bella dans ses bras pour la porter jusque dans le manoir.

Retrouvez prochainement,
dans votre collection

# DIADÈME

## Passion pour une héritière, de Lynn Raye Harris - N°22

SÉRIE : LA COURONNE DE SANTINA

Enceinte ? À cette nouvelle, Anna sent son estomac se nouer. Certes, elle a toujours souhaité devenir mère, pourtant lorsqu'elle a cédé au désir que lui inspirait le séduisant Léo Jackson, jamais elle n'a imaginé qu'elle se retrouverait liée à ce séducteur impénitent par le plus puissant des liens. Résolue à protéger l'enfant qui grandit en elle, Anna propose à Léo un arrangement insensé : un mariage de façade...

## Un mariage à Santina, de Carol Marinelli

Quand elle a accepté le marché que lui proposait Alessandro Santina – de fausses fiançailles en échange de la somme d'argent dont elle a besoin pour aider sa famille –, Allegra ne pensait pas que les choses iraient si loin. Hélas ! la presse ne tarde pas à s'emparer de leur histoire, et la voilà désormais vraiment fiancée au prince héritier du royaume ! Un homme froid qui n'éprouve aucun sentiment pour elle...

---

## Une reine pour Niroli, de Penny Jordan - N°23

Pour Niroli, son île adorée, Natalia est prête à tous les sacrifices. Aussi accepte-t-elle la proposition du roi Giorgio : épouser l'homme qui lui succédera sur le trône, le fils illégitime qu'il a eu d'une princesse orientale. Mais, lorsqu'elle découvre le visage de son futur époux, Natalia comprend qu'elle a commis une terrible erreur. Car son promis ne peut éprouver pour elle que mépris...

## Scandale au palais, de Leanne Banks

Réservée et sérieuse, la princesse Pippa Devereaux de Chantaine s'est toujours tenue à l'écart du scandale. Par devoir, elle a donc mis fin à la romance qui la liait à Nic Lafitte, l'ennemi de sa famille. Seulement voilà, elle est incapable de l'oublier. Aussi, à la faveur de leurs retrouvailles, Pippa finit-elle par braver l'interdit – en cédant à l'attirance qu'elle éprouve pour le seul homme qu'elle ne pourra jamais avoir...